U1007402

普及类古籍整理图书专项资助项目

名家视角

唐诗精选

霍松林 编选

凤凰出版社

图书在版编目（CIP）数据

唐诗精选 / 霍松林编选. -- 南京 : 凤凰出版社, 2018.3
（名家视角丛书）
ISBN 978-7-5506-2716-1

Ⅰ. ①唐… Ⅱ. ①霍… Ⅲ. ①唐诗－诗集 Ⅳ. ①I222.742

中国版本图书馆CIP数据核字(2018)第036194号

书　　名　唐诗精选
编　　选　霍松林
责任编辑　陈晓清
装帧设计　徐　慧
出版发行　凤凰出版社(原江苏古籍出版社)
　　　　　发行部电话025-83223462
出版社地址　南京市中央路165号,邮编:210009
出版社网址　http://www.fhcbs.com
照　　排　南京凯建图文制作有限公司
印　　刷　苏州市越洋印刷有限公司
　　　　　苏州市吴中区南官渡路20号　邮编:215104
开　　本　850×1168毫米　1/32
印　　张　8.5
字　　数　182千字
版　　次　2018年3月第1版　2018年3月第1次印刷
标准书号　ISBN 978-7-5506-2716-1
定　　价　48.00元
(本书凡印装错误可向承印厂调换,电话:0512-68180638)

前 言

中国是诗的国度，唐代则是我国诗歌发展的黄金时期。

唐王朝吸取隋朝覆亡的教训，采取了一系列开明措施，发展社会经济，安定人民生活。经过“贞观之治”和“开元之治”，中国社会达到繁荣昌盛的高峰，大唐帝国成为当时世界上最富强的帝国。国家的统一，南北的融合，日益频繁的国际经济文化交流，民族自信心和民族自豪感的空前提高，大批底层知识分子通过科举考试登上政治舞台，思想活跃，视野开阔，又受过作诗的基本训练。《诗经》、《楚辞》以来悠久的诗歌传统所积累的丰富的艺术经验和多样的诗歌体裁，都为诗歌的高度繁荣提供了必要条件。在不到三百年的时间里，论诗人，则名家辈出，灿若群星；论作品，则百花齐放，争奇斗丽。经过千余年的沧桑巨变，流传到现在的，还有两千三百多位诗人的约五万篇诗作，数量之多，令人惊异。不仅数量众多，而且质量优美。这一历史时期的杰出篇章，由于题材广泛，意境雄阔，形象鲜明，情韵悠扬，具有独特的艺术风格，跟其他时代的诗歌相区别，被称为“唐诗”或“唐音”，不仅传诵国内，脍炙人口；而且早已超越国界，成为世界文化宝库中的珍品。

唐诗的发展，通常分为初、盛、中、晚四期，简称“四唐”。

初唐(618—713)前期，南朝浮艳诗风虽有消极影响，但总的趋向是南北交融互补，全面继承传统中的优秀成分。其诗歌创作，既日益贴近现实，追求清新雅健，又吸取齐梁清音与丽藻。唐太宗的《帝京篇》及《赐房玄龄》等诗，便是这种趋向的具体体现。由于在新形势下兼取南北之长，因而一方面在南朝"新体诗"逐渐律化的基础上继续实验，五、七言律诗相继定型，五、七言绝句更加成熟；加上五、七言排律，这就是唐人所说的近体诗或今体诗。在唐代，近体诗与古体诗异彩纷呈，形成众体咸备、各擅其美的盛况。不难设想，如果没有近体诗所包含的各种诗体，唐诗百花园将大为减色。另一方面，在初唐阶段，各种古体诗的创作也有成绩，特别在汉魏以来七言古风基础上吸取汉赋、汉乐府民歌和南朝鲍照《拟行路难》诸作的创作经验和艺术手法而自运炉锤，将七言歌行发展到崭新高度，开盛唐高、岑、李、杜先河。其代表作品，则是卢照邻的《长安古意》、骆宾王的《帝京篇》、王勃的《临高台》和张若虚的《春江花月夜》。

由隋入唐的王绩多写田园山水，淳朴淡远，无齐梁藻缋之习。然如《野望》等诗，就律化程度而言，已是合格的五律。初唐"四杰"在诗歌革新方面各显实绩，比较而言，卢照邻、骆宾王擅长歌行，王勃、杨炯擅长五律。至于七律，则经过多人的长期探索，到沈佺期、宋之问等人手中才完全定型。沈佺期的《独不见》有"高振唐音"之誉，被推为唐人七律"压卷"。陈子昂力矫齐梁浮靡，首倡汉魏风骨，其五言古诗高峻雄浑，寄兴遥深，五律亦多佳什。李白、杜甫、白居易、韩愈等都曾指出他开启一代风尚的积极作用。

盛唐(714—766)是唐诗繁荣的高峰期。盛唐杰出诗人多怀有经邦济世的抱负、建功立业的渴望和蔑视权贵、抨击腐恶的精神。这一切，在诗歌创作中激发出浪漫主义火焰，成为盛唐诗歌的主要特色。强烈地表现出这种特色的是边塞诗和政治抒情诗。

隋代以来，内地与边疆之间经济、文化交流日益频繁，边境战争又不时发生，因而反映边塞题材的诗篇逐渐增多。到了盛唐，边塞和田园，已成为两个有代表性的主题。高适、岑参，都有边塞生活的体验，是边塞诗派的代表诗人。其边塞诗代表作如《燕歌行》、《白雪歌》等，都用歌行体，章法奇变，音调悲壮，形象鲜明生动，极富浪漫主义激情。王昌龄、王翰、王之涣等善用七绝体裁表现边塞主题，其《凉州词》、《从军行》等，都是唐人绝句中的杰作。李颀的边塞名篇则用七言古体，悲壮苍凉，近似高适。

田园山水诗派的重要诗人有王维、孟浩然、储光羲、常建、祖咏、裴迪等，而以王、孟为代表。王维通音乐、精绘事，其诗富有音乐美和绘画美。前期积极入世、奉使出塞，创作了不少边塞诗和政治抒情诗，沉雄壮阔，意气飞动，不乏盛唐气象。后期半官半隐，创作了大量"诗中有画"的田园山水诗，或壮丽雄阔，或清幽淡远。就诗体而言，五古、七古、五律、七律，各有名篇，而尤以绝句见长。五绝绘景传神，超妙绝伦；七绝言近旨远，语浅情深，至今传诵不衰。

李白、杜甫是盛唐时期最伟大的诗人。李白胸怀"安社稷"、"济苍生"的壮志，面对统治者的日趋骄奢、社会危机四伏的现实，创作了一系列政治抒情诗。或抒发怀才不遇、壮志难酬的愤慨，或反权贵、轻王侯，赞颂美好事物，抨击黑暗势力，无不激情喷涌，波澜壮阔，具有浪漫主义特色。李白也写山水诗，却很少描绘幽寂的丘壑、宁静的林泉，而是以奇情壮采表现奇峰大山、千丈飞瀑、滚滚江河，借以体现狂放不羁的个性。大胆的夸张，神奇的想像，丰富多彩的语言，变幻莫测的节奏和章法，足以表现其浪漫精神。

“安史之乱”是大唐帝国由盛到衰的转折点。杜甫亲身经历了“安史之乱”前后的巨大变化。早年渴望通过科举考试“立登要路”，实现其匡国济时的政治理想。“会当凌绝顶，一览众山小”一类的诗作，也洋溢着浪漫激情。后来困处长安，逐渐认识到朝政的腐败，预见到社会危机。在“幼子饿已卒”时写出的《自京赴奉先县咏怀五百字》，为他此后的现实主义诗歌创作开拓了广阔的道路。他用各种诗体创作的讽喻时事、揭露矛盾、反映人民苦难的杰作被誉为“诗史”，其认识作用和审美教育作用不容低估。李白律诗(特别是七律)不多，其卓越成就主要表现在七古和七绝方面。杜甫则兼擅众体，“尽得古今之体势而兼人人之所独专”。

中唐(767—835)前期，元结、顾况步趋杜甫，写了一些同情民间疾苦的诗。刘长卿、韦应物以山水诗见长。“大历十才子”虽各有成就，而题材不广。李益的边塞诗艺术性极高，而凄凉感伤，带有乱离时代的烙印，与豪放悲壮的盛唐边塞诗不同。

中唐后期，诗坛又趋活跃。这期间的重要诗人可分为白派和韩派。白派以白居易为首，元稹、张籍、王建、李绅为辅。他们从杜甫“因事立题”、反映现实的创作中得到启发，提倡“文章合为时而著，歌诗合为事而作”，大写讽喻诗、乐府诗，广泛地反映社会问题，向统治阶层发出诘问。语言通俗流畅，易于被读者接受。其乐府诗数量之多，题材之广，都超越前人。当然，白派诗人的成就远不止此。仅就长篇叙事诗而言，白居易的《长恨歌》、《琵琶行》和元稹的《连昌宫词》，都有新的突破，享有盛誉。

韩派诗人以韩愈为首，孟郊、贾岛、卢仝、李贺等为辅。在艺术上刻意创新，追求险怪、幽僻、苦涩、冷艳等前人尚未开拓的意境。语言的运用也避熟就生，炼奇字、造拗句、押险韵，乃至以散文句法入诗。当然，这是就其主要倾向而言。全面地看，他们的艺术风格也是多样化的，不乏清新、自然、浑厚、博大的作品。

白、韩两派之外，柳宗元善写山水诗，简洁深婉，自成一家。刘禹锡长于律诗、绝句，其怀古诗和政治讽刺诗简练沉着，寓意深远；其《竹枝词》和《浪淘沙》含思宛转，极富民歌风味。

晚唐(836—906)前期的杰出诗人是杜牧和李商隐，人称“小李杜”。他们目睹宦官专权、朋党交争、藩镇割据、人民受难的现实，企图有所作为，诗中表现了扶危济困、忧国忧民的情怀。他们都曾用长篇古诗表现重大题材，但更工于近体。比较而言，杜牧更精于七绝，李商隐尤长于七律。杜牧抒情写景的绝句词采清丽，画面鲜明，情致俊爽。咏史绝句寓史论于感慨，侧面落笔，英气逼人。李商隐七律学习杜甫壮浪纵恣、沉郁顿挫的风格和工于对仗、善于用典、严于结构的艺术经验，又融合齐梁诗的浓艳色彩、李贺诗的幻想象征手法，创作了许多词采绚丽、情韵绵邈、富于暗示、引人联想的佳作。温庭筠虽与李商隐齐名，但其诗作缺乏深广的社会内容和扣人心弦的艺术魅力，其成就远逊于李。

晚唐后期诗人不少，皮日休、聂夷中、杜荀鹤、罗隐、于濆、陆龟蒙等人，继承白派新乐府传统，反映了黄巢起义前后的社会动乱和人民疾苦，对于官吏的残暴、徭役赋税的繁重等等，都有大胆深刻的揭露。司空图、吴融、郑谷、韦庄等人，则追忆往日的繁华，伤悼眼前的离乱，流露出凄婉梦幻的末世情调。韩偓工于近体，绝句轻妍婉约，托兴深远；七律取法杜甫、李商隐而能自具面目，纵横变化，沉郁顿挫，造语妍练，律对精切，其感愤时事之作，尤深挚凄婉、豪宕勃郁，为三百年唐诗发展谱写了悲壮的尾声。

目 录

李世民(599—649)

即唐太宗。李渊次子,公元626—649年在位。推行均田制、租庸调法和府兵制,发展科举制度,较能任贤纳谏,社会经济得到恢复和发展,史称“贞观之治”。其开明的文化政策和自己提倡并从事诗歌创作,对唐诗的繁荣有积极影响。《全唐诗》存诗一卷。

赐房玄龄①

太液仙舟迥,②西园引上才。③
未晓征车度,鸡鸣关早开。④

【注释】

①房玄龄(579—648):齐州临淄(今属山东)人。与魏徵、杜如晦等同为唐太宗重要助手。曾任宰相十五年,求贤若渴,量才任用,史称贤相。　②“太液”句:汉、唐京城皆有太液池,像蓬莱仙境,故称池中舟为“仙舟”。迥(jiǒng):远。　③引:《全唐诗》作“隐”,与下两句不贯,据《万首唐人绝句》改。　④“鸡鸣”句:函谷关鸡鸣开关放行,见《史记·孟尝君传》。

【品评】

此诗的主旨,是颂扬、勉励房玄龄为国求贤。首句从反面落墨,用一“迥”字,表明房玄龄与“太液仙舟”距离甚远,其无暇游乐、无意求仙之意已见于言外。次句从正面着笔，点明他正忙于“引上才”，而“仙舟”之所以“迥”，也由此得到解释。三、四两句，以形象而有象征意味的笔墨写“引上才”的措施及其效果。唐王朝的京城长安四面都有“关”，如果闭关拒才，谁能进来？可是如今呢，天未破晓，不远千里而来的英雄豪杰已经驱车入关，向长安进发。因为雄鸡初唱，关门就早已为他们打开；而贤明的宰相，正在“西园”忙于援引他们呢！四句诗，写得兴会淋漓，其求贤望治之意，溢于言表。第四句，可能用了《史记·孟尝君传》函谷关鸡鸣始开的典故，但其中的“关”并不限于函谷关。从泛指的、象征的意义上理解，会从更深的层次上把握全诗的意境美。

王　绩(590,一说585—644)

字无功,号东皋子,绛州龙门(今山西河津)人。隋末举孝悌廉洁科,授秘书省正字,出为六合丞。简傲嗜酒,屡被勘劾。时天下已乱,遂托病还乡。其后浪迹中原、吴、越间。唐初,曾待诏门下省、任太乐丞。复弃官归田,躬耕东皋。其诗多写田园山水,淳朴自然,无齐梁藻缋雕琢之习,对唐诗的健康发展有一定影响。有《王无功集》五卷,《全唐诗》存诗一卷。

野　望

东皋薄暮望,[①]徙倚欲何依![②]
树树皆秋色,山山唯落晖。
牧人驱犊返,猎马带禽归。
相顾无相识,长歌怀采薇。[③]

【注释】

①东皋:皋,水边地。王绩称他在故乡的躬耕、游息之地为东皋。薄暮:日将落之时。　②徙倚:犹徘徊、彷徨。　③"长歌"句:薇,羊齿类草本植物,其嫩叶可食。或以为此句诗意,乃作者联想到《诗经》中有关"采薇"的片段,长歌以抒苦闷。或以为此句诗意,即长歌《采薇歌》,怀念伯夷、叔齐。从作者心态和全诗脉络看,前解较切。

【品评】

此诗写山野秋景，景中含情，朴素清新，流畅自然，力矫齐梁浮艳板滞之弊，是王绩的代表作之一。

首联叙事兼抒情，总摄以下六句。首句给中间两联的“望”中景投入薄薄的暮色；次句遥呼尾句，使全诗笼罩着淡淡的哀愁。颔联写薄暮中的秋野静景，互文见义，山山、树树，一片秋色，一抹落晖。萧条、静谧，触发诗人彷徨无依之感。颈联写秋野动景，于山山、树树，秋色、落晖的背景上展现“牧人驱犊返，猎马带禽归”的画面。这画面，在秋季薄暮时的山野间具有典型性。既然是“返”与“归”，其由远而近的动态，也依稀可见。这些牧人、猎人，如果是老相识，可以与他们“言笑无厌时”(陶潜《移居》)该多好。然而并非如此，这就引出尾联：“相顾无相识”，只能长歌以抒苦闷。王绩追慕陶潜，但他并不像陶潜那样能够从田园生活中得到慰藉，故其田园诗时露彷徨、怅惘之情。

此诗一洗南朝雕饰华靡之习，发展了南齐永明以来逐渐律化的新形式，已经是一首比较成熟的五律，对近体诗的形成颇有影响。

卢照邻(635? —689?)

字升之,自号幽忧子,幽州范阳(治所在今北京市大兴区一带)人。“初唐四杰”之一。曾任邓王府典签,调新都尉。后染风疾而卒。其诗多抒发仕宦不遇、贫病交加的忧苦愤激之情。擅长歌行,与骆宾王等引进六朝辞赋的表现手法,四句或八句换韵,上下蝉联,对偶工丽,音调和谐,词采富艳,于排比铺张中见婉转流动之致。有《幽忧子集》,《全唐诗》存诗二卷。

长安古意[①]

长安大道连狭斜,[②]青牛白马七香车。[③]
玉辇纵横过主第,[④]金鞭络绎向侯家。
龙衔宝盖承朝日,[⑤]凤吐流苏带晚霞。[⑥]
百尺游丝争绕树,[⑦]一群娇鸟共啼花。
游蜂戏蝶千门侧,碧树银台万种色。
复道交窗作合欢,[⑧]双阙连甍垂凤翼。[⑨]
梁家画阁中天起,[⑩]汉帝金茎云外直。[⑪]
楼前相望不相知,陌上相逢讵相识?[⑫]
借问吹箫向紫烟,[⑬]曾经学舞度芳年。
得成比目何辞死,[⑭]愿作鸳鸯不羡仙。
比目鸳鸯真可羡,双去双来君不见?
生憎帐额绣孤鸾,[⑮]好取门帘帖双燕。

双燕双飞绕画梁，罗帏翠被郁金香。[16]
片片行云着蝉鬓，[17]纤纤初月上鸦黄。[18]
鸦黄粉白车中出，含娇含态情非一。
妖童宝马铁连钱，[19]娼妇盘龙金屈膝。[20]
御史府中乌夜啼，[21]廷尉门前雀欲栖。[22]
隐隐朱城临玉道，遥遥翠幰没金堤。[23]
挟弹飞鹰杜陵北，[24]探丸借客渭桥西。[25]
俱邀侠客芙蓉剑，[26]共宿娼家桃李蹊。[27]
娼家日暮紫罗裙，清歌一啭口氛氲。[28]
北堂夜夜人如月，[29]南陌朝朝骑似云。
南陌北堂连北里，[30]五剧三条控三市。[31]
弱柳青槐拂地垂，佳气红尘暗天起。
汉代金吾千骑来，[32]翡翠屠苏鹦鹉杯。[33]
罗襦宝带为君解，[34]燕歌赵舞为君开。
别有豪华称将相，转日回天不相让。[35]
意气由来排灌夫，[36]专权判不容萧相。[37]
专权意气本豪雄，青虬紫燕坐春风。[38]
自言歌舞长千载，自谓骄奢凌五公。[39]
节物风光不相待，桑田碧海须臾改。[40]
昔时金阶白玉堂，即今惟见青松在。
寂寂寥寥扬子居，[41]年年岁岁一床书。
独有南山桂花发，[42]飞来飞去袭人裾。[43]

【注释】

①古意：谓拟古、仿古，但实际是托古咏今。 ②狭斜：小巷。 ③七香车：用多种香木制成的车。 ④玉辇：皇帝乘车名，这里泛指贵人所乘的车。主第：公主家。皇帝赐的宅有甲

乙等第之分,故称宅为第。 ⑤龙衔宝盖:车上装的华贵伞盖,用雕有龙形的柱子支撑着,好像龙口衔着伞盖。 ⑥凤吐流苏:车盖上装饰的立凤,嘴端挂着流苏。流苏:一种彩色的球状物,底部缀有下垂的丝缕。 ⑦游丝:虫类吐在空中飘扬的丝。 ⑧复道:架在空际用以连接楼阁的通道。交窗:花格子窗。合欢:又叫夜合花、马樱花,这里指的是窗格子上的图案花形。 ⑨"双阙"句:阙:宫门前的望楼。汉未央宫前有东阙、北阙双阙。甍(méng):屋脊。垂凤翼:汉建章宫圆阙上有金凤。这里"双阙垂凤翼"是泛指。 ⑩梁家:东汉顺帝时,外戚梁冀在洛阳大造第宅,豪华绝伦。这里借指长安达官贵人所起的宅第。中天:极言其高。 ⑪金茎:铜柱。汉武帝刘彻在建章宫中立铜柱,上置铜盘,名仙人掌,以承天露。云外直:形容铜柱高。 ⑫讵:岂。 ⑬吹箫:传说春秋时秦穆公有女弄玉,嫁善吹箫的萧史学吹箫,后夫妻乘凤凰双双仙去。紫烟:云。向紫烟:指飞升。 ⑭比目:鱼名。《尔雅·释地》:"东方有比目鱼焉,不比不行,其名谓之鲽。" ⑮生憎:最厌恶。帐额:帐檐。鸾:传说中凤一类的神鸟。 ⑯翠被:用翠鸟羽毛织成的被。郁金香:传说出大秦国(即古罗马帝国),我国今已广为种植,为香料作物。此句谓以郁金香熏帐子和被褥。 ⑰行云:形容女子鬓发飞动,有如缥缈的云片。蝉鬓:将鬓发梳得形似蝉翼。 ⑱鸦黄:嫩黄色,又名额黄。六朝和唐代妇女喜在额上涂鸦黄色,以为装饰。纤纤初月:即涂作窄窄的月牙形。 ⑲妖童:指豪强人家蓄的衣着华丽的少年随从。铁连钱:有圆斑的青色马。 ⑳娼妇:指豪贵人家蓄的歌舞妓。盘龙金屈膝:饰有盘龙纹的金属阖叶,用于车门接茬处的零件。此处以部分代整体,指车。 ㉑"御史"句:指长安权贵横行,执法机关不敢干预,虚设御史府,只是乌鸦栖息的地方。御史:掌弹劾的官。乌夜啼:《汉书·朱博传》:"(御史)府中列柏树,常有野乌数千栖宿其上,晨去暮来,号曰'朝夕乌'。" ㉒"廷尉"句:与上面“御史”句对仗而意思亦同，也是形容执法机关无法履行职责，门前冷落景象。廷尉：司法官。雀欲栖：《史记·汲郑列传》：“始翟公为廷尉，宾客阗门，及废，门外可设雀罗。” ㉓翠幰：车上青色的帷幔。金堤：坚固的堤。 ㉔杜陵：汉宣帝陵墓，在长安东南。 ㉕探丸：汉时长安少年有一种专门谋杀官吏的组织，事前设赤、白、黑三种丸，参加者探取，摸得赤丸的杀武官，摸得黑丸杀文官，摸得白丸的负责为刺杀中死去的人料理丧事。借客：助人报仇。渭桥：在今西安西北渭河上。 ㉖芙蓉剑：宝剑名。春秋时，越王允常请欧冶子所铸。 ㉗桃李蹊：《史记·李将军列传》：“谚曰：桃李不言，下自成蹊。”蹊，小路。此指人多去的热闹场所。 ㉘氛氲（yūn）：香气四溢。 ㉙北堂：古代妇女居住的地方。此处指娼家住的地方。人如月：指娼家貌美。 ㉚北里：即平康里，亦称平康坊，唐时妓女聚居的地方。 ㉛五剧：泛指交通发达。三条：谓有三条宽广的大路。控：贯通。三市：每天三次集市。一说长安有九市，道东有三市。按这里五剧、三条、三市皆非实指，为袭用成语。 ㉜金吾：即执金吾，掌管京师的治安。 ㉝翡翠：这里指酒泛绿色。屠苏：美酒名。鹦鹉杯：用鹦鹉螺制成的杯。 ㉞襦：短袄。 ㉟转日回天：形容权力之大。 ㊱排：不相让。灌夫：汉武帝时的将军，好使酒负气，后被丞相田蚡杀害。 ㊲判：绝对。萧相：指萧望之，在宣帝、元帝朝皆为显宦。后为石显等所陷害，入狱，自杀。 ㊳青虬、紫燕：皆良马名。坐春风：在春风中驰骋。 ㊴凌：压倒、超过。五公：指汉代张汤、杜周、萧望之、冯奉世、史丹五个权贵。 ㊵桑田：《神仙传》卷五：“麻姑谓王方平曰：接侍以来，见东海三为桑田。” ㊶扬子：指汉代扬雄，因仕宦不得意，闭门著《太玄》、《法言》。人很少去他家。这里作者以扬雄自比。 ㊷南山：终南山，在长安南。 ㊸袭人裾：飘到人的衣前襟上。

【品评】

题为《长安古意》,实则借汉京人物写唐都现实,极富批判精神。

自开篇至"娼妇盘龙金屈膝",铺写统治集团上层人物寻欢作乐、穷奢极欲的生活情景。首句展现长安大街深巷纵横交错的平面图,接着描绘街景:香车宝马,络绎不绝,有的驶入公主第宅,有的奔向王侯之家。"承朝日"、"带晚霞",表明这些车马,从朝至暮,川流不息。接着写皇宫、官府的华美建筑:在花、鸟、蜂、蝶、游丝、绿树点缀的喧闹春光里,千门、银台、复道、双阙、画阁、金茎,以及"交窗作合欢"、"连甍垂凤翼"的特写镜头连续闪现,令人眼花缭乱。而这正是统治集团上层人物活动的大舞台。接下去,集中笔墨描状豪门歌儿舞女的生活和心境。憎绣孤鸾,自帖双燕,表现这些"笼中鸟"也有自己的爱情追求。"得成比目何辞死,愿作鸳鸯不羡仙",则是追求恋爱自由的坚决誓言,成为历代传诵的名句。

从"御史府中乌夜啼"到"燕歌赵舞为君开",以娼家为中心,写各色特殊人物的夜生活,妙在先以掌弹劾的御史和掌刑法的廷尉门庭冷落作陪衬,然后描写从杜陵到渭城、从南陌到北里,整个长安,在夜幕笼罩下变成颠狂、放荡的游乐场。那些目无法纪的王孙公子,或"挟弹飞鹰",或"探丸借客",邀约身带宝剑的侠客"共宿娼家"。娼家燕歌赵舞,花天酒地,招来的贵客远不止此。翠幰没堤,红尘暗天,各类声势显赫的人物都向这里聚集;最有讽刺意味的是"汉家金吾千骑来",连禁卫军的军官们也成群结队,来此寻欢!

从"别有豪华称将相"至"即今惟见青松在",写权臣倾轧,得意者横行一时,有"转日回天"之力,自以为荣华永在,但不久即灰飞烟灭。

在长安,还有与上述各色人物迥乎不同的另一类人物,那就是失意的知识分子。而作者,正是这类人物的代表,于是以穷居著书的扬雄自况，结束全篇。

第一段先用浓墨重彩描绘车马络绎奔向权门的多种画面；去干什么，却一字未提，给读者留有驰骋想像的空间。次用极少笔墨写到几种建筑，然而复道、双阙、金茎等等，都是京城长安的主要标志，故可由局部联想整体。然后用较多文字表现歌儿舞女物质享受的奢华与精神生活的贫苦，未写他们的主子，而那些权豪势要之家的骄奢淫逸，也不难推想。

前三段所写的场景、人物既各有特点，又相互补充，合拢来便可窥见京城长安的轮廓和上层集团各色人物活动的概况。结尾用南山桂花烘托出自甘寂寞、治学著书的知识分子与上述争权夺利、寻欢作乐的各色人物作强烈对照，便可引发读者的无限联想。

全诗长达六十八句，以多姿多彩的笔触勾勒出京城长安的全貌。抑扬起伏，悉谐宫商；开合转换，咸中肯綮。既体现了大唐帝国的繁荣昌盛，又暴露了长安这座繁华都市肌体中的脓疮。在同类题材的作品中，不仅左思的《咏史（济济京城内）》、唐太宗的《帝京篇》无法比拟，就是骆宾王的《帝京篇》和王勃的《临高台》，在思想性和艺术性上也略逊一筹，可说是初唐划时代的力作。难怪胡应麟极口称赞："七言长体，极于此矣！"（《诗薮·内编》卷三）

王　勃(650—675)

字子安,绛州龙门(今山西河津)人。高宗麟德三年(666)应制科,对策高第,拜朝散郎,为沛王府修撰。总章二年(669)漫游蜀中,诗文大进。后为虢州参军,坐事当诛,遇赦免职。其父福畤官雍州司功参军,受株连贬交趾令。勃渡海省亲,溺水,惊悸而卒。擅长五律、五绝及七言歌行,在"初唐四杰"中最杰出。对五律的建设和歌行的提高尤有贡献。有《王子安集》,《全唐诗》存诗二卷。

送杜少府之任蜀川①

城阙辅三秦,②风烟望五津。③
与君离别意,同是宦游人。
海内存知己,天涯若比邻。
无为在歧路,④儿女共沾巾。

【注释】

①杜少府:名不详,"少府"是当时县尉的通称。之任:赴任。蜀川:犹言蜀地。　②城阙:指长安的城郭宫阙。三秦:项羽分秦地为雍、塞、翟三国,合称三秦。此泛指关中一带。全句意为长安以三秦为辅。　③五津:蜀中岷江的五个渡口,即白华津、万里津、江首津、涉头津、江南津。此泛指蜀川。　④歧路:岔路,大路分出的小路。古代送行,至岔路处告别。

【品评】

这是一首别开生面的送别诗。首联上句写送别之处,下句写杜少府即将宦游之地。自长安“城阙”遥“望”蜀川“五津”,视线为迷濛的“风烟”所遮,微露伤别之意,已摄下文“离别”、“天涯”之魂。首联对仗工整,次联以散调承之,文情跌宕。“与君离别意”紧承首联,写惜别之感,妙在欲吐还吞。“离别意”究竟如何,不愿明说,故改口用“同是宦游人”来宽慰和鼓励对方:你和我既然同样是出门作官、想干一番事业的人,那就免不了各奔前程,哪能没有分别呢?三联推开一步,奇峰突起。从构思方面看,很可能受了曹植《赠白马王彪》“丈夫志四海,万里犹比邻;恩爱苟不亏,在远分日亲”的启发,但高度概括,自铸伟词,情调又积极、乐观,能给人以鼓舞力量。因而千百年来,万口传诵。张九龄《送韦城李少府》中的“相知无远近,万里尚为邻”,高适《别董大》中的“莫愁前路无知己,天下谁人不识君”,都从此脱胎。尾联紧接三联收束全篇,劝慰杜少府欣然启程。交情很深的朋友总是不愿分离的,然而“儿女情长”,就难免“英雄气短”。这两句诗,既曲折地表现了双方的惜别之情,又用“无为”排除了“儿女情长”,鼓舞对方的英雄之气。全诗一洗向来送别诗的悲酸之态,意境雄阔,风格爽朗,不愧名作。

唐代诗人大都通过科举进入仕途,因而送友人“之任”,就成为常见题材。王勃的这首五律首先以积极乐观的态度反映这一题材,为传统送别诗开拓了新领域。此后,以积极乐观的态度送人赴任、送人从军、送人出使、送人去从事其他有利于国计民生之事的诗作大量涌现,其中有不少名篇。

杨　炯(650—693?)

华阴(今属陕西)人,排行七。显庆四年(659)举神童,五年待制弘文馆,上元三年(676)补校书郎,天授元年(690)与宋之问同直习艺馆。后为婺州盈川令,世称杨盈川。与王勃、卢照邻、骆宾王并称“初唐四杰”。擅长五律,语言精丽严整,风格警劲弘放。有《盈川集》,《全唐诗》存诗一卷。

从军行①

烽火照西京,②心中自不平。
牙璋辞凤阙,③铁骑绕龙城。④
雪暗凋旗画,⑤风多杂鼓声。
宁为百夫长,⑥胜作一书生。

【注释】

①从军行:乐府《相和歌・平调曲》旧题。　②“烽火”句:化用《汉书・匈奴传》“烽火通于甘泉、长安数月”语意。西京:指长安。　③牙璋:调兵的符信,分两块,合处凸凹相嵌,叫作“牙”,分别掌握在朝廷和主将手中,调兵时以此为凭。凤阙:指长安宫阙。《史记・封禅书》:“(建章宫)其东则凤阙,高二十余丈。”　④龙城:匈奴的名城,借指敌方要地。　⑤凋:此处意为“使脱色”。旗画:军旗上的彩画。　⑥百夫长:指下级军官。

【品评】

"初唐四杰"的从军、出塞之作,表现唐代知识分子立功边陲的壮志豪情,慷慨雄壮,令人感奋,对盛唐边塞诗的高度繁荣和成熟,有一定影响。杨炯的《从军行》,是代表作之一。

《旧唐书·高宗本纪》载:永隆二年(681),突厥入侵固原、庆阳一带,裴行俭奉命出征。杨炯此诗当作于此时。发端警竦。"烽火照西京"一句,用夸张手法写外患严重、情势危急,自然引出下句。目睹外患严重而"心中自不平",其"从军"愿望与卫国决心,已和盘托出。第二联写从军。"牙璋"才"辞凤阙","铁骑"已"绕龙城",词采壮丽,对偶精整,而一气直贯,将边塞的军事行动写得迅猛凌厉,声势逼人。第三联以战地风雪烘托战斗之激烈,反跌尾联:尽管风雪苦寒,战斗激烈,仍然"宁为百夫长",为保卫祖国效力。首尾呼应,完美地表现了"从军"主题。

苏味道(648—705)

赵州栾城(今属河北)人,二十岁中进士,曾两度居相位。工诗文,与李峤、崔融、杜审言号“文章四友”;又与稍晚的沈佺期、宋之问齐名,时有“苏、李居前,沈、宋比肩”之语。他们都在近体诗定型过程中起过积极作用。《全唐诗》存诗一卷。

正月十五夜①

火树银花合,②星桥铁锁开。③
暗尘随马去,明月逐人来。
游伎皆秾李,④行歌尽落梅。⑤
金吾不禁夜,玉漏莫相催。⑥

【注释】

①正月十五:古称“上元”,即后来的元宵节。 ②火树银花:形容灯火、焰火的绚丽。合:连成一片。 ③“星桥”句:城河桥上,灯如繁星,关锁尽开,任人通行。 ④游伎:参加灯会演出的歌女。 ⑤落梅:《梅花落》歌曲。 ⑥“金吾”二句:金吾即执金吾,官名,掌管京城治安。玉漏:古代计时仪器。

【品评】

唐人写节令、民俗的诗很多,这是其中的名作之一。刘肃

《大唐新语·文章》云:“神龙之际(705—707),京城正月望日盛饰灯影之会。金吾弛禁,特许夜行。贵族戚属及下隶工贾,无不夜游。车马骈阗,络绎不绝,人不得顾。王主之家,马上作乐,以相夸竞。文士皆赋诗一章以纪其事,作者数百人;惟中书侍郎苏味道、吏部员外郭利贞、殿中侍御史崔液三人为绝唱。”郭利贞诗云:“九陌连灯影,千门遍月华。倾城出宝马,匝路转香车。烂熳惟愁晓,周游不问家。更逢清管发,处处落梅花。”崔液诗云:“玉漏铜壶且莫催,铁关金锁彻明开。谁家见月能闲坐?何处闻灯不看来?”互相比较,自以苏味道诗为优。

首联写灯火盛况如在目前,总摄全篇。次联承“铁锁开”写游人潮涌。“明月”既点题,又写灯月相辉,照耀如昼。三联写灯会演出,歌女如花,歌声宛转。尾联写京城中常年宵禁,惟此夜特许狂欢达旦,故切盼计时器失灵,天不再亮,与“打杀长鸣鸡”异曲同工。全诗律对精切,风调清新,是初唐比较成熟的五律。

沈佺期(656—715)

字云卿,排行三,相州内黄(今属河南)人。上元二年(675)进士。武后时参修《三教珠英》,迁考功员外郎、给事中。中宗时因谄事张易之流驩州,越明年遇赦北返。其后以起居郎兼修文馆直学士,终太子少詹事。诗与宋之问齐名,并称沈、宋。在五律的定型和七律的创建方面颇有贡献。有《沈詹事诗集》,《全唐诗》存诗三卷。

独不见[①]

卢家少妇郁金堂,[②]海燕双栖玳瑁梁。[③]
九月寒砧催木叶,[④]十年征戍忆辽阳。[⑤]
白狼河北音书断,[⑥]丹凤城南秋夜长。[⑦]
谁谓含愁独不见,更教明月照流黄。[⑧]

【注释】

①独不见:《才调集》题作《古意呈乔补阙知之》。 ②"卢家"句:梁武帝萧衍《河中之水歌》:"河中之水向东流,洛阳儿女名莫愁。……十五嫁为卢家妇,十六生儿字阿侯。卢家兰室桂为梁,中有郁金苏合香。"首句语意本此。郁金:芳香植物。郁金堂:指以郁金香涂壁的堂屋。 ③玳瑁梁:指以玳瑁(水产动物,其甲光滑有文采)装饰的屋梁。 ④砧(zhēn):捣衣用的工具。 ⑤辽阳:今辽宁省一带。 ⑥白狼河:又名大凌河,在今

辽宁省南部。 ⑦丹凤城:指长安帝城。因其中有凤阙,又有丹凤门,故名。 ⑧流黄:黄紫色的绢,此指帏帐。

【品评】

此诗写久别相思之苦,主人公为一少妇,“卢家”不过是用典。首联以居室之华贵反衬内心之凄凉,以海燕之双栖反衬己身之独处。所谓以乐景写哀,倍增其哀。次联闻捣衣之声,兴念远之情。古时裁衣必先捣帛,深秋裁衣,寄征人御寒。故六朝以来诗赋中多借砧声以写闺思,此诗亦然;而其新创之处,乃在用“寒”和“催”,将砧声拟人化,酿出木叶摇落、秋气袭人的萧瑟氛围,烘托女主人公对丈夫的关切与思念。其夫“十年征戍”,远在“辽阳”,思念已非一日,而“寒砧催木叶”之时,思念尤殷。三联分写思妇与征夫,而出发点仍在思妇。“白狼河北音书断”,非客观叙事,乃思妇的内心独白。连音书都没有,是生是死,反复思量,深宵不寐,故感到秋夜特别漫长。上句是因,下句是果,词语对偶,意脉单行,有流走回环之妙。尾联拓开一步,又逼进一层。思夫而不得见,已极悲凉;更何况一轮明月,偏偏又透过帏帐,照出她的孤独身影!

此诗起、结警挺,中间两联对仗工丽,通篇色彩鲜妍,气势飞动,情景交融,声韵和谐,是七律初创阶段出现的最佳作品,有示范意义。胡应麟认为它是“初唐七律之冠”(《诗薮·内编》),沈德潜认为它“骨高,气高,色泽、情韵俱高”(《说诗晬语》),姚姬传甚至认为它“高振唐音,远包古韵,此是神到之作,当取冠一朝矣”(《五七言今体诗钞》)。

张若虚(660? —720?)

扬州(今属江苏)人,曾任兖州兵曹。与贺知章、包融、张旭合称"吴中四士"。神龙(705—707)中,与贺知章、包融等俱以吴越之士,文词秀发,名扬京都。其诗多已散佚,《全唐诗》仅存二首。一为《代答闺梦还》,写闺情,诗风近齐梁,无甚特色;一为《春江花月夜》,"孤篇横绝,竟为大家"(王闿运《王志·论唐诗诸家源流》)。

春江花月夜①

春江潮水连海平,海上明月共潮生。
滟滟随波千万里,②何处春江无月明。
江流宛转绕芳甸,③月照花林皆似霰。④
空里流霜不觉飞,汀上白沙看不见。⑤
江天一色无纤尘,皎皎空中孤月轮。
江畔何人初见月?江月何年初照人?
人生代代无穷已,江月年年只相似。
不知江月待何人,但见长江送流水。
白云一片去悠悠,青枫浦上不胜愁。
谁家今夜扁舟子?何处相思明月楼?
可怜楼上月徘回,应照离人妆镜台。
玉户帘中卷不去,捣衣砧上拂还来。
此时相望不相闻,愿逐月华流照君。

鸿雁长飞光不度，鱼龙潜跃水成文。
昨夜闲潭梦落花，可怜春半不还家。
江水流春去欲尽，江潭落月复西斜。
斜月沉沉藏海雾，碣石潇湘无限路。⑥
不知乘月几人归，落月摇情满江树。

【注释】

①春江花月夜：乐府《清商曲·吴声歌》旧题，始创于陈后主，现存歌辞，最早的有隋炀帝所作二首，乃五言二韵小诗。 ②滟滟：波光闪耀貌。 ③芳甸：杂花飘香的原野。 ④霰（xiàn）：雪珠。 ⑤汀（tīng）：河滩。 ⑥碣石：山名，在今河北昌黎。潇湘：二水名，均在今湖南。

【品评】

此诗兼写春、江、花、月、夜及其相关的各种景色，而以月光统众景，以众景含哲理、寓深情，构成朦胧、深邃、奇妙的艺术境界，令人探索不尽，玩味无穷。

全诗可分前后两大段落。“长江送流水”以前是前一段落，由春、江、花、月、夜的美景描绘，引发关于宇宙、人生的哲理思考。发端两句，展现了“春江潮水连海平，海上明月共潮生”的辽阔视野。一个“生”字，将明月拟人化；一个“共”字，又强调了春江与明月的天然联系。江流千万里，月光随波千万里；江流绕芳甸，月照花林皆似霰。总而言之，月光、江波互相辉映，有春江处，皆有明月，何等多情！诗人立于江畔，仰望明月，不禁产生了“江畔何人初见月？江月何年初照人”的疑问。对于这个涉及宇宙生成、人类起源的疑问，诗人自然无法回答。于是转入“人生代代无穷已，江月年年只相似。不知江月待何人，但见长江送流水”的沉思。宇宙永恒，明月常在；而人生呢，就个体而言,生命何其短促!然而就人类整体而言,则代代相传,无穷无尽,因而能与明月共存。所以虽然不知“江月何年初照人”,但从“初照”以后,照过一代人,又照一代人。诗人对比明月的永恒,对人生的匆匆换代不无感慨,然而想到人类生生不已,自己也被明月照耀,又油然而生欣慰感。由此又作进一步探求:一轮“孤月”,永照长江,难道是期待她的意中人而至今尚未等到吗?于是由江月“待人”产生联想,转入后一段落。“孤月”尚且“待人”,何况游子、思妇?诗人于是驰骋想像,代抒游子、思妇两地相思、相望之情。诗人想像“谁家今夜扁舟子”,正经过江边的“青枫浦”,目睹“白云一片去悠悠”而生飘泊无定的旅“愁”,于是相思“何处明月楼”。从“应照离人妆镜台”的那个“应”字看,“可怜楼上月徘回”以下数句,都是诗人想像中的“扁舟子”想像妻子如何思念自己之词:妻子望月怀人而人终不至,因而怕见月光。但她可以卷起“玉户帘”,却卷不去月光;可以拂净“捣衣砧”,却拂不掉月色。“此时相望不相闻”,而普照乾坤的月华是能照见夫君的,因而又产生了“愿逐月华流照君”的痴想。追随月光照见夫君,当然不可能,于是又想按照古代传说托鸿雁、鲤鱼捎书带信,然而鸿雁奋飞,也飞不出明月的光影;鲤鱼腾跃,也只能激起水面的波纹。接下去,诗人想像中的“扁舟子”思家念妻,由想像而形诸梦寐。他在梦中看见落花,意识到春天已过去大半,而自己还未能还家。眼睁睁地看着“江水流春去欲尽,江潭落月复西斜”,时光不断消逝,自己的青春、憧憬也跟着消逝,然而碣石潇湘,水远山遥,怎能乘月归家?以“落月摇情满江树”结束全篇,情思摇曳,动人心魄。自“白云一片”至此,写游子、思妇的相思而以春、江、花、月、夜点染、烘托,想像中有想像,实境中含梦境,心物交感,情景相生,时空叠合,虚实互补,从而获得了低徊宛转、缠绵悱恻、言有尽而意无穷的艺术效果。全诗三十六句,每四句换韵,平、上、去相间,抑扬顿挫,与内容的变化相适应,意蕴深广,情韵悠扬。

这篇诗受到明清以来诗论家的高度赞扬。胡应麟《诗薮·内编》卷三云:“张若虚《春江花月夜》流畅婉转,出刘希夷《白头翁》上。”钟惺《唐诗归》云:“将春、江、花、月、夜五字炼成一片奇光,真化工手!”陆时雍《唐诗镜》云:“微情渺思,多以悬感见奇。”王尧衢《古唐诗合解》云:“情文相生,各各呈艳,光怪陆离,不可端倪,真奇制也!”闻一多《宫体诗的自赎》更誉为“诗中的诗,顶峰上的顶峰”。

陈子昂(661—702)

字伯玉,排行大,梓州射洪(今属四川)人。文明元年(684)进士。武后时官麟台正字,迁右拾遗。曾两度从军边塞。圣历初,辞官归里,为县令段简陷害,死于狱中。为诗首倡汉魏风骨,力矫齐梁靡丽,五古风格高峻,寄兴遥深,五律亦有佳什。韩愈《荐士》诗云:“国朝盛文章,子昂始高蹈。”指出了他对唐诗的开启作用。有《陈拾遗集》,《全唐诗》存诗二卷。

登幽州台歌①

前不见古人,后不见来者。②
念天地之悠悠,独怆然而涕下!

【注释】

①幽州:郡名,唐属河北道,治蓟,故城在今北京市西南。幽州台:即蓟丘、燕台,因燕昭王置金于台延天下士,又称黄金台。故址在今北京德胜门外。 ②者:古音“诈”,与“下”押韵。

【品评】

陈子昂少怀壮志,关心国计民生。入仕伊始,对武则天任用酷吏及重大政治、军事问题,屡陈己见,却屡受打击,乃至入狱。万岁通天元年(696)从武攸宜征讨契丹,任随军参谋,力图报国立功，一展抱负。次年，先头部队大败，时武攸宜大军驻渔阳（今天津蓟州区），闻讯震恐，不敢进军。子昂屡提批评建议，并请自领万人，冲锋陷阵；但得到的却是降职处分。他满腔悲愤，出蓟门，观燕国旧都；登幽州台，思燕昭王“卑身厚币以召贤者……乐毅自魏往，邹衍自齐往，剧辛自赵往，士争趋燕”（《史记·燕召公世家》），终于转败为胜的往事，作《蓟丘览古七首》。又“泫然涕下”，作《登幽州台歌》。读《蓟丘览古》，对理解《登幽州台歌》很有帮助，且看其中的《燕昭王》：“南登碣石馆，遥望黄金台。丘陵尽乔木，昭王安在哉？霸图怅已矣，驱马复归来。”由“遥望黄金台”而登上黄金台，则《燕昭王》一诗的内涵，正是引发《登幽州台歌》的契机。然而这毕竟是各有特点的两首诗，后者的雄阔境界和深远意蕴，远非前者可比拟。

全诗突如其来，如山洪暴发；又戛然而止，如大河入海。诗人立足于幽州台这个时间与空间的交汇点。眼观天地，空间无边无际，而个人何其渺小！神游今古，时间无始无终，而一生何其短暂！如何德配天地、功垂今古，变渺小为伟大、化短暂为永恒，这正是诗人所感“念”、所思考的人生哲理。然而放眼历史长河：朝前看，包括燕昭王、乐毅在内的一切明君贤臣、英雄豪杰已一去不返，追之弗及，望而不见；向后看，像燕昭王、乐毅那样的明君贤臣、英雄豪杰尚未出现，盼望不及，等待不来。于是一种沉重的孤立无援、独行无友的孤独感袭上心头，不禁怆然而涕下！

“独”字承上启下，“念”字统摄全篇。反复吟诵，一位独立苍茫、思索人生课题的抒情主人公形象便跃然纸上，而浩浩无涯的时空背景，也随之展现。诗人所“念”的人生课题带有普遍性与永恒性，兼之全诗直吐胸臆，气势磅礴，意境阔大，格调雄浑，具有震撼人心的艺术魅力，故千百年后，犹能引发读者的思考，激起读者的共鸣。

《登幽州台歌》是体现陈子昂诗歌主张的代表作。它的出现，标志着齐梁浮艳、纤弱诗风的影响已一扫而空，盛唐诗歌创作的新潮即将涌现。明人胡震亨以陈涉比陈子昂："大泽一呼，为众雄驱先。"（《唐音癸签》卷五）这是很有见地的。

王之涣(688—742)

字季凌，排行七，原籍晋阳(今山西太原)，五世祖隆迁居绛州(今山西新绛)。曾任冀州衡水主簿，因谤辞官，家居十五年。晚年出任文安县(今属河北)尉，卒于官舍。为人慷慨有大略，善作边塞诗，与高适、王昌龄、崔国辅等唱和，名动一时。靳能为作墓志，称其“歌从军，吟出塞，皦兮极关山明月之思，萧兮得易水寒风之声，传乎乐章，布在人口”。《全唐诗》存绝句六首，皆历代传诵名篇。

登鹳雀楼①

白日依山尽，黄河入海流。
欲穷千里目，更上一层楼。

【注释】

①鹳雀楼：在蒲州(今山西永济)城西南黄河中高阜处，时有鹳雀栖其上，故名。楼高三层，前瞻中条，下瞰大河，为登览胜地，唐人留诗者甚众，唯王之涣、李益、畅诸三篇能状其景。此楼后为河水冲没，因于城角楼为匾以存其迹。后人或以王之涣所咏鹳雀楼即蒲州城西南角楼，殊误。

【品评】

一、二两句写楼头所见的壮阔图景，气象恢宏，有尺幅万里之势，而此楼之高迥，已见于言外。首句写西望，以“依山”作“尽”的状语，表现出随时间推移的动景，时空叠合，情景交融。“依”有“依傍”义，也有“依恋”义。遥望白日依傍绵延起伏的群山西行，似乎依依不舍，不愿沉没，而终于半沉、“尽”沉，这就赋予白日以深厚情感，而诗人留恋美好光景的襟怀，也曲曲传出。次句写东望，以“入海”作“流”的状语，表明黄河此刻虽未“入海”，但她奔流不息的目的是“入海”，这就赋予黄河以崇高理想，从而表现了诗人的宏伟抱负。看吧：晚霞映照，河面上飞溅起万点金光，这条黄色巨龙，咆哮着奔向遥远的大海，诗人的目光，也被带到遥远的东方。当然，大海还是望不见的，而诗人的心，却早已飞向大海了。如果能看见海，那该有多好！于是水到渠成，转出三、四两句。

题目是登鹳雀楼，自应先叙登楼，如杜甫“昔闻洞庭水，今上岳阳楼”之类。然而这是五绝，只二十字，必须字字发挥最大效应，因而一开头便写楼头所见。所见之景已极阔大，但诗人犹不自满，因“欲穷千里目”而“更上一层楼”，登楼之意，亦顺便点出。构思何等精巧！此楼共三层，从结句看出，首联所写乃一、二层所见景象。特留最高层继续攀登，读者的精神境界亦随之继续飞跃。至于“更上一层楼”之后视野如何，因二十字已用完，不能再写，也无须再写，给读者留下了驰骋想像的广阔空间。

后两句既切鹳雀楼实境，又出于诗人的真情实感，兴象玲珑，非抽象说理，却蕴含深刻哲理：站得愈高，看得愈远；为了眼界更宽，所见愈远，就得层层攀登，向最高层迈进。

沈德潜《唐诗别裁》评此诗：“四句皆对，读去不嫌其排，骨高故也。”说它“骨高”，当然不错。但四句皆对而不嫌其排的真正原因，乃在于两组对句各有特点。首联属正名对，以严整的对仗展现雄阔的景象，形式与内容高度谐合。然而次联如果仍用工对，便无流转之势，必流于板滞。作者改用流水对，“欲穷”、“更上”回环呼应，一气旋转，余味无穷。

凉州词二首 其一[1]

黄河远上白云间，一片孤城万仞山。
羌笛何须怨杨柳，[2]春风不度玉门关。[3]

【注释】

①凉州词：《乐府诗集》卷七九《近代曲词》载有《凉州歌》，引《乐苑》云：“《凉州》，宫曲名，开元中西凉府都督郭知远进。”唐陇右道凉州，治姑臧（今甘肃武威）。此诗用《凉州》曲调，并非歌咏凉州。 ②北朝乐府《鼓角横吹曲》有《折杨柳》，歌词云：“上马不捉鞭，反折杨柳枝。下马吹长笛，愁杀行客儿。” ③玉门关：在今甘肃敦煌西。

【品评】

此诗以“孤城”为中心而衬以辽阔雄奇的背景。首句“黄河直上”，有人认为很费解，故易“黄河”为“黄沙”。然而“黄沙直上”，天昏地暗，哪能看见“白云”？其实，“黄河直上”并不难理解。李白与王之涣都写过沿黄河西望的景色，不同点在于：李白的目光由远而近，故创造出“黄河之水天上来”的奇句；王之涣的目光自近及远，故展现了“黄河远上白云间”的奇景。遥望西陲，黄河由东向西，无限延伸，直入白云，这是纵向描写。在水天相接处突起“万仞山”，山天相连，这是竖向描写。就在这水天相接、山天相连处，“一片孤城”隐约可见。这就是此诗所展现的独特画面。

前两句偏重写景,后两句偏重抒情。然而后两句的情,已孕育于前两句的景。“一片孤城”,已有萧索感、荒凉感。而背景的辽阔,更反衬出它的萧索;背景的雄奇,更反衬出它的荒凉。“孤城”中人的感受,尤其如此。这“孤城”,显然不是居民点,而是驻防地。住在这里的征人,大约正是沿着万里黄河直上白云间,来此戍守边疆的。久住“孤城”,能无思家怀乡之情?这就引出了三、四两句。羌笛吹奏的不是别的,而是“愁杀行客儿”的《折杨柳曲》,其思家怀乡之情已明白可见。妙在不说思家怀乡,而说“怨杨柳”。“怨”什么呢?从结句看,是怨杨柳尚未发青。李白《塞下曲》“五月天山雪,无花只有寒。笛中闻折柳,春色未曾看”,有助于加深对这个“怨”字的理解。诗意很婉曲:闻《折杨柳曲》,自然想到当年离家时亲人们折柳送别的情景,激起思家之情;由亲人折柳的回忆转向眼前的现实,便想到故乡的杨柳早已青丝拂地,而“孤城”里还看不见一点春色,由此激起的,仍然是思家之情。诗意如此委婉深厚,而诗人意犹未足,又用“不须”宕开,为结句蓄势,然后以解释“不须”的原因作结。意思是:既然春风吹不到玉门关外,关外的杨柳自然不会吐绿,光“怨”它又有何用?黄生《唐诗摘抄》云:“王龙标‘更吹羌笛关山月,无那金闺万里愁’,李君虞‘不知何处吹芦管,一夜征人尽望乡’,与此并同一意,然不及此作,以其含蓄深永,只用‘何须’二字略略见意故耳。”写景雄奇壮阔,抒情含蓄深永,正是这首诗的艺术魅力所在。

含蓄深永的诗,是可以从多方面理解的。杨慎《升庵诗话》卷二:“此诗言恩泽不及于边塞,所谓君门远于万里也。”李锳《诗法易简录》进一步指出:“不言君恩之不及,而托言春风之不度,立言尤为得体。”

从唐人薛用弱《集异记》所载“旗亭画壁”故事看,这首诗脱稿不久,已传遍四方,推为绝唱。

孟浩然(689—740)

排行六,襄州襄阳(今属湖北)人,隐居鹿门山。开元十六年(728)赴长安应进士举不第,还襄阳。开元二十五年(737)张九龄镇荆州,署为从事,互相唱和。其诗长于五律,多写山水旅游,清超越俗,出人意表。与王维齐名,并称"王孟",但题材、风格,不如王维的宽广而多变化。有《孟浩然集》,《全唐诗》存诗二卷。

望洞庭赠张丞相①

八月湖水平,涵虚混太清。②
气蒸云梦泽,波撼岳阳城。③
欲济无舟楫,④端居耻圣明。⑤
坐观垂钓者,徒有羡鱼情。⑥

【注释】

①张丞相:即张九龄。 ②"八月"两句:平:指水与岸平。虚:指元气。太清:指天空。 ③"气蒸"两句:云、梦本为二泽,在今湖北省安陆市、云梦县以南,湖南省华容县、岳阳市以北地区,方圆九百里。后来大部分淤成陆地,便合称云梦泽。宋人范致明《岳阳风土记》:"孟浩然洞庭诗有'波撼岳阳城',盖城据湖东北,湖面百里,常多西南风,夏秋水涨,涛声喧如万鼓,昼夜不息。" ④"欲济"句:想渡洞庭,却无舟楫。暗示欲出仕济世,

却无人援引。 ⑤端居：独处、闲居。耻圣明：有愧于圣明之世。 ⑥“坐观”两句：垂钓者：比执政者，指张丞相。徒有：空有。羡鱼情：比喻希望出仕的心情。

【品评】

历来投赠达官的诗，多有乞求之意，甚至摇尾乞怜。此诗实有乞求，而以“望洞庭”托意，不露痕迹。前半篇写“望洞庭”。第一句用“八月”点水涨之时，一个“平”字，展现一望无际的湖面。第二句就映现湖中的天光云影构思，自铸伟词，写苍茫元气，寥廓太空，俱涵湖内，水天混而为一。三、四两句写水汽蒸腾，弥漫云梦；风涛汹涌，震撼岳阳。声势壮阔，形象飞动，令人目眩神摇。后半篇转入“赠张丞相”。“欲济”、“舟楫”、“垂钓”、“羡鱼”，皆就洞庭湖生发，与前半篇一脉相承；而比兴互陈，语意双关，含蓄地表现了不甘闲居、出仕济世的愿望。

孟浩然的诗，以清旷冲淡见长。这首五律，却气象峥嵘，意境雄阔，别具一格。“气蒸云梦泽，波撼岳阳城”，尤为咏洞庭名句，与杜甫“吴楚东南坼，乾坤日夜浮”并传。

过故人庄

故人具鸡黍，①邀我至田家。
绿树村边合，青山郭外斜。
开轩面场圃，②把酒话桑麻。③
待到重阳日，④还来就菊花。⑤

【注释】

①故人：老朋友。鸡黍：泛指待客的普通饭菜。《论语·微子》："子路从而后，遇丈人……止子路宿，杀鸡为黍而食之。"　②轩：这里指窗。面：动词，面对。场：农家打谷、晒稻的场地。圃：菜园。　③把酒：端着酒杯。话桑麻：谈论农事。陶潜《归园田居》："相见无杂言，但道桑麻长。"　④重阳：阴历九月初九，是赏菊花、登高的佳节。古代民俗，这一天饮菊花酒。　⑤就：接近。就菊花：指赏菊、饮菊花酒。

【品评】

孟浩然有济世之志而不得实现，所以虽以隐逸自高，而其孤独郁抑乃至愤激不平的情绪时露于诗章。这一首，却是难得的例外。

且看这首诗表现了什么："故人"准备好"鸡黍"（田家自有，不假外求）来邀"我"，何等亲切！他一邀我就去，何等爽快！"绿树村边合"，这是"至田家"所见的近景；"青山郭外斜"，这是"至田家"所见的远景。近景、远景，都令人赏心悦目，感到这里清幽、淳朴，自成天地。接下去便是田家欢聚。"鸡黍"早已摆好，还有酒。推开窗子，出现在面前的，是晒谷场、菜园子，不用说还有其他。总而言之，是一派田园风光。把酒共话，话题当然不限于"桑麻"，但不外是农业生产和田家生活，压根儿忘掉了名缰利锁。临别之时，不待主人邀请，自动宣告重阳再来，表明他在"故人庄"摆脱了烦恼，得到了欢乐，找到了心灵的归宿，因而留恋田家，皈依田家。

全诗任意挥洒，浑然天成，似乎未加炉锤，却把宁静优美的田园风光和纯真深厚的朋友情谊融为一体，诗意盎然，耐人寻味。从格律方面看，又是无懈可击的五律。只有艺术功力达到炉火纯青境界的诗人，才能做到这一点。

王昌龄(698—757?)

字少伯,排行大。京兆万年(今陕西西安)人。开元十五年(727)进士,历任校书郎、汜水尉、江宁丞、龙标尉,世称王江宁、王龙标。擅长五七言绝句,被尊为"开(元)、天(宝)圣手"、"诗家夫(或作天)子"。明王世贞《艺苑卮言》谓"七言绝,少伯与太白争胜毫厘,俱是神品"。有《王昌龄诗集》,《全唐诗》存诗四卷。

从军行 选二

青海长云暗雪山,①孤城遥望玉门关。
黄沙百战穿金甲,不破楼兰终不还。②其四

【注释】

①青海:湖名,在今青海西宁市西。雪山:即祁连山,在今甘肃、青海两省之间。 ②楼兰:汉西域国名。汉武帝遣使通大宛,楼兰阻道,攻击汉使。昭帝元凤四年(前77),大将军霍光派傅介子至楼兰,斩其王。此处借汉喻唐,指侵扰西北的敌人。

【品评】

《从军行》,属《相和歌辞·平调曲》。王昌龄《从军行》组诗共七首,用乐府旧题写边塞题材,极大地开拓了七绝概括生活的容量。

这是组诗的第四首。前两句，将相隔数千里的“青海”、“雪山”、“玉门关”用“长云”、“遥望”连成一片，并用“暗”字着色，勾勒、渲染出西北战场的辽阔画面与阴惨景象；而将士戍守、征战之艰苦，已蕴含其中。其表现力之强，令人叹服。第三句写征战。“黄沙”滚滚，自然条件如此不利！“百战”犹未取胜，敌军如此顽悍！“金甲”都已磨“穿”，出征岁月如此漫长！而将士的斗志如何，又不能不引起悬念。其概括力之强，也令人叹服。

诗人的高明之处还表现在借宾定主，用前三句反衬第四句。环境险恶，能不怕苦？战斗频仍，能不厌战？金甲已穿，能不思归？就在作好如许铺垫之后，用将士们保卫祖国的钢铁誓言回答了人们的悬念：“不破楼兰终不还！”大声鞺鞳，豪情喷涌，这是盛唐边塞诗的最强音。

大漠风尘日色昏，红旗半卷出辕门。①
前军夜战洮河北，②已报生擒吐谷浑。③其五

【注释】

①辕门：古代行军扎营，以车环卫，出入处以两车之辕相向竖起，对立如门，故称辕门。 ②洮河：在今甘肃西部。 ③吐谷浑（tū yù hún）：本辽东鲜卑族。魏晋之际，其酋吐谷浑率部西徙阴山，其子孙建国于洮河西，以吐谷浑为国名，时扰边境。初唐时被唐军击败，称臣内附。此泛指敌酋。

【品评】

首句摄取了西北战场最富特征的场景：地点，大沙漠；时间，白昼；气象，风沙遮天，日色昏暗。次句写大军出击，有声有色。“出辕门”而“红旗半卷”，乃是为了顶风冒沙，减少阻力，既紧扣首句，又表现出急行军的动势。

首句生动地表现了行军环境，对次句起烘托作用。“大漠风尘日色昏”，显然不宜出击，然而“红旗半卷出辕门”，竟以凌厉的态势向前挺进，其不畏艰险的豪迈气概和克敌取胜的昂扬斗志，都得到了生动的体现。

后两句突然转换镜头，出人意外。然而两个镜头之间，既用“已报”绾合，又有内在联系。其联系在于第二句既表现将士们敢于排除任何阻力，又暗示前方军情紧急，不容顷刻延缓。读到第三句，便知先锋部队已与敌军遭遇，主力部队必须赶去增援。其用笔灵妙之处在于：大军始发而捷报已传：“前军夜战洮河北”，已经生擒敌酋，大获全胜。

一首七绝不过四句二十八字，作者却用前后两句分写两支部队的行军与夜战。前者实写，后者虚写。前者与后者，又互相补充，互相烘托，突出地表现了两支部队都是所向无敌的劲旅。而仅用前锋部队便可破敌擒王，则唐军之强大，已见于言外。四句诗，写得何等激昂雄壮，又何等轻快跳脱！

出塞 其一

秦时明月汉时关，①万里长征人未还。
但使龙城飞将在，②不教胡马度阴山。③

【注释】

①秦时明月、汉时关：互文见义，意为秦汉时代的明月和雄关。 ②龙城：指卢龙城，在今河北省喜峰口长城附近一带，为汉代右北平郡所在地。《史记·李将军传》：“(李)广居右北平，匈奴闻之，号曰汉之飞将军，避之数岁，不敢入右北平。” ③阴

山:在今内蒙古自治区中部。

【品评】

《出塞》,乐府《横吹曲》旧题。原作二首,这是第一首,明“后七子”首领李攀龙推为唐人七绝压卷。

“月”与“关”,屡见于边塞诗,并不新鲜。但与“秦”“汉”结合,便构成新的意象,激起异常丰富的想像与联想。读“秦时明月汉时关”,一幅苍凉悲壮的历史画卷,便以雄关万道、蜿蜒起伏于崇山峻岭之间的万里长城为主线,在明月辉映下徐徐展开,每一道雄关,都有无数将士轮番戍守,望月思家;都爆发过无数次月夜激战,将士的安危生死,牵动着多少闺中少妇的心。

这幅历史画卷继续延展,吊古伤今,便发出“万里长征人未还”的感叹。当今的明月仍是秦、汉时代的明月,当今的雄关仍是秦、汉时代的雄关,当今的士卒也像大多数秦、汉时代的士卒那样离家万里,久戍边关,望月思家而不得还家。究其原因,乃在于当今的边患仍不异于秦、汉时的边患。怎么办?诗人熟知汉将李广守边,匈奴远避的历史,便由此转出三、四两句,以缅怀良将作结。

“但使(只要)龙城飞将在,不教胡马度阴山”,其切盼起用良将、解除边患之意跃然纸上,其批评将非其人、劳师竭力之意亦跃然纸上。全诗以秦、汉领起,兼包古今。归结到一点,便是希望结束秦、汉以来“万里长征人未还”的历史悲剧,边防巩固,黎庶安宁。

王 维(700—761)

字摩诘,排行十三。祖籍太原祁(今山西祁县),其父迁居于蒲(今山西永济),遂为河东人。开元九年(721)进士。初为太乐丞,因伶人舞黄狮子坐罪,贬济州司仓参军。张九龄为相,擢为右拾遗,后转监察御史,累官至给事中。安禄山陷长安,被执,受伪职。乱平论罪,以曾作《凝碧池诗》思念王室,其弟缙又请削己官为兄赎罪,责授太子中允。后为尚书右丞,世称王右丞。晚年隐居蓝田辋川,以禅悟诗,故有"诗佛"之称。与孟浩然并称"王孟",乃盛唐山川田园诗派杰出代表。早岁边塞诗沉雄慷慨,意气飞动。山水田园诗或壮丽雄阔,或清幽恬澹,"诗中有画"。五绝绘景传神,超妙自然,七绝语近情遥,风神摇曳,与李白同擅胜场。有《王右丞集》,《全唐诗》存诗四卷。

渭川田家①

斜光照墟落,②穷巷牛羊归。③
野老念牧童,倚杖候荆扉。④
雉雊麦苗秀,⑤蚕眠桑叶稀。⑥
田夫荷锄至,⑦相见语依依。
即此羡闲逸,怅然吟《式微》。⑧

【注释】

①渭川：渭水。 ②斜光：夕阳的余晖。墟落：村庄。 ③穷巷：深巷。 ④候荆扉：在柴门外等候。 ⑤雉雊(gòu)：野鸡鸣叫。麦苗秀：麦苗扬花。 ⑥蚕眠：蚕蜕皮时，不食不动，状如睡眠。三眠后吐丝作茧。 ⑦荷(hè)：负荷，动词。 ⑧《式微》：《诗经·邶风》篇名，有“式微，式微，胡(何)不归”之句。

【品评】

题为“渭川田家”，可写的事很多，从何处着笔？如何剪裁？

诗人特用集中法：时间，春末夏初的一个傍晚；地点，渭河附近的一个小村子。“乡村四月闲人少”，白天多下地劳动，傍晚时分，便纷纷回村，所以人物也自然集中起来了。诗人抓紧时机，摄取了几个镜头，并略加解说：

将落的太阳给这个小村子抹上一片金黄。

羊群，牛群，从村外向深巷走来。

柴门外面，“野老”扶着拐杖遥望——他很挂念外出放牧的小孩子，正等候他按时归来呢！

附近的田野里，野鸡鸣叫，麦子扬花。

桑树上的叶片已经被摘得稀稀拉拉——春蚕快吐丝了！

扛着锄头的“田夫”从四面走来，在村头相遇，互相聊天——谈得多亲热，简直依依不舍！

紧接着，诗人把自己补拍进去，也略加解说。他立在村边，以羡慕的眼光望望“野老”，望望“田夫”，不禁赞叹道：“他们好闲逸啊！”继而以惆怅的心情吟唱古诗：“胡不归？胡不归？”

农夫们分明在田里劳动一整天，才回到村边，怎能算“闲逸”？但和诗人担惊受怕的官场生活相比，这毕竟很“闲逸”，至少内心很“闲逸”，因而反问自己：何不离开官场，归隐田园呢。全诗以“田家”的“闲逸”反衬官场的惊涛骇浪，以“牛羊归”、田夫归引出自己“胡不归”，景中含情，言外有意。如果仅认为写的是田园风俗画,便失之肤浅了。

使至塞上

单车欲问边,[1]属国过居延。[2]
征蓬出汉塞,归雁入胡天。
大漠孤烟直,长河落日圆。
萧关逢候骑,[3]都护在燕然。[4]

【注释】

①单车:轻车简从。问边:慰问边疆将士。 ②"属国"句:是过居延属国的倒装句。或谓属国乃典属国简称,代指使臣,是王维自指。 ③萧关:在今宁夏回族自治区固原市东南。候骑(jì):侦察骑兵。 ④都护:当时边疆重镇都护府的长官。燕(yān)然:即杭爱山,在今蒙古人民共和国境内。东汉窦宪击匈奴,大破北单于,登燕然山,刻石记功。

【品评】

开元二十五年(737)三月,河西节度副大使崔希逸大败吐番于青海,王维以监察御史身份奉命出使塞上,宣慰将士,途中作此诗。诗以"欲问边"发端,继之以"过居延"、"出汉塞"、"入胡天",骏快无比。"征蓬",乃随风飘飞的蓬草;归雁,乃春暖后从南方飞回的大雁。这二者,都是塞上所见,又借以自况,比兴并用,情景交融。第三联乃千古名句:极目大漠,不见村落,只见一线孤烟,冲霄上腾,与天相接,显得格外笔直;遥望长河,不见树木,只见一轮落日在河面浮动,显得格外浑圆。点、线、面的巧妙配合，构成苍莽辽阔的画面，表现出塞上黄昏之时特有的奇景和诗人由此触发的悲壮情怀，为尾联蓄势。诗人奉命劳军，自应直赴主帅营地，然直写至营地，便嫌平板。此诗在展现大漠日暮的独特画面之后，不写继续前进，而以路遇候骑，喜闻捷报收尾，化苍凉为豪放，把落日的光芒扩展开来，照亮了整个“大漠”，那袅袅直上的“孤烟”，也不再报警，而是报告平安。构思之奇，谋篇之巧，匪夷所思！

观　猎

风劲角弓鸣，[1]将军猎渭城。[2]
草枯鹰眼疾，雪尽马蹄轻。
忽过新丰市，[3]还归细柳营。[4]
回看射雕处，[5]千里暮云平。

【注释】

①角弓鸣：指拉弓放箭声。　②渭城：秦咸阳故城，在今西安西北渭水北岸。　③新丰：今陕西西安临潼区新丰镇一带。　④细柳营：西汉名将周亚夫的驻军处，在今咸阳市西南二十里。　⑤射雕处：指射杀猎物之处。

【品评】

首联逆起：先写“风劲角弓鸣”而补写“将军猎渭城”，未见其人，已闻其声，突兀奇警。如用顺叙，便是凡笔。颔联与首句同为因果句：因为“风动”，故拉弓放箭之声特别响亮；因为“草枯”，故猎鹰的目光更加敏锐；因为“雪尽”，故马蹄腾跃，轻快异常。而冬末春初，适于射猎的时令特征，亦随之点出。这三句，就字面看，只写弓、鹰、马而未写人，但稍加想像，便知纵鹰、驰马、拉弓者都是“将军”，而当苍鹰发现猎物，迅猛搏击之时，将军追踪而至，跃马放箭的英姿，亦跃然纸上。王维真不愧是既精诗艺、又谙画理的名家，寥寥几笔，便活画出一幅秦川冬猎图。

颈联承“马蹄轻”发挥。以“渭城”为中心，东至“新丰市”，西至“细柳营”，在广阔的原野上“忽过”、“还归”，纵横驰骋，其英风豪气与欢快心情，不言可知。“新丰”乃美酒产地，“细柳”乃亚夫军营，都能引起联想，凸现“将军”的豪迈气概和名将风度。

尾联近承“归”字，遥应“猎”字。人已“归”到营地，而出猎的得意场面，犹陶醉不已，因而“回看射雕处”，追忆仰射命中，猛禽下落，军士欢呼的情景。这是出猎的高潮，却于归营回望中补写，虚中见实，跌宕生姿。结句就“回看”展现远景，暮云千里，一望无际。“将军”的心胸亦随眼界扩展，浩茫无际。

这是体现“盛唐气象”的名篇之一。沈德潜《唐诗别裁集》称其起头“胜人处全在突兀”，结尾“亦有回身射雕手段”，全诗“章法、句法、字法俱臻绝顶，盛唐诗中亦不多见”，可谓知言。

杂 诗 其二

君自故乡来，应知故乡事。
来日绮窗前，[1]寒梅著花未？[2]

【注释】

①来日：承首句说，指自故乡前来的日子，即离乡之时。绮窗：雕着花纹的窗子。　②著（zhuó）：此处是“着”的本字，附着的意思。著花：开花。

【品评】

思念故乡，乃人之常情。有人自故乡来，急于了解故乡情况，问这问那，一问一答，也是常见的情景。初唐王绩的《在京思故园见乡人问》，连问十二句而不作答，耐人寻味，不失为好诗。王维的这一首只四句，用前两句作铺垫，表现出急于知道故乡近况的心情；三、四句只发一问，即戛然而止，却含情无限。其艺术奥秘在于那一问足以激发读者的无穷想像。“绮窗”一词，令人想见诗人曾在那窗内居住多年。窗前的梅树，也许是他手植的；至少是他经常浇灌、剪裁的。每到冬季，在窗内就可以看见它由含苞到凌寒独放。离家以后，自然想到它是不是由于无人照管而逐渐枯萎。从一个“寒”字可以推知“君自故乡来”的时间应是冬季，如果梅树正常生长，那当然已经“著花”了。问“寒梅著花未”，包含着对梅树生长状况的关切。而对自己灌注过心血、又为自己带来乐趣的事物的关切，乃是人所共有的崇高情感，能够唤起一切人的共鸣。其艺术奥秘还在于通过特殊体现一般。寒梅高洁、坚贞，是喻为“君子”的名花。关切故乡的寒梅，自有特殊意义。但诗人关切的并不止寒梅，而是通过对于故乡寒梅的关切，表现涵盖一切的怀乡思家之情。正因为这样，王维的这首诗，比王绩连发数问的那一首更有韵味。

相　思

红豆生南国，[1]春来发几枝。
劝君多采撷，此物最相思。

【注释】

①红豆：生岭南，树高丈余，其叶似槐，其花似皂荚，结实如小豆，半截红色，半截黑色，可用以嵌首饰。又名相思子。

【品评】

此诗以世称相思子的红豆起兴，先说“红豆生南国”，已使人感到相思之情随红豆而生，生生不已。继问“春来发几枝”，问而不答；然而南国温暖多雨，春风又动，则红豆之发，岂止几枝，而相思之情，亦随之浩浩无涯。王安石《壬辰寒食》“客思似杨柳，春风千万条”，或从此化出。

前两句只写红豆而未说相思，后两句则合红豆、相思为一物而“劝君多采撷”。“君”者，抒情主人公“我”相思之对象也。说“我”如何思“君”，容易流于平直、浅露。诗人的高明之处，正在于不说“我”思“君”，却劝“君”多采“最相思”之“红豆”，则“我”对“君”之无限深情以及对彼此相思之情的无限珍惜，已从空际传出。

相思之情，人所共有，却难于表达。此诗的妙处，全在于托红豆寄相思，象征比拟，言近旨远，风神摇曳，情思缠绵。故能引发读者的情感共鸣，具有永恒的艺术魅力。

终南山

太乙近天都,[1]连山到海隅。
白云回望合,青霭入看无。
分野中峰变,[2]阴晴众壑殊。
欲投人处宿,隔水问樵夫。

【注释】

①太乙:是终南山的主峰,也是终南山的别名。天都:天帝所居之处。 ②分野:古代天文家将天空十二星辰的位置与地上州郡区域相对应,称某地为某星之分野。

【品评】

终南山在唐京长安城南约四十里处,西起甘肃天水,东至河南陕县,绵亘八百余里。此诗题写《终南山》,细玩诗意,则是自长安南行,畅游终南。注家及鉴赏家忽略了一个“游”字,故解释多不得要领。

首联写遥望终南所见的总轮廓。高接天际,长连海隅,气势何等雄伟!急于入山一游的心理活动,已流露于字里行间。次联写近景,云霭变灭,移步换形,状难状之景如在目前。但注家或说“四望出去,白云连接”,或说“回望山顶,白云聚合”,都夹缠不清,原因在于不懂句法。就句法看,“白云”是“望”的宾语。把宾语提前,写成“白云—回望合”,分明藏过一层,即:未“回望”之时,身边不见“白云”,它分了开来,退向两旁。而说“白云”分开,退向两旁,分明又藏过一层,即前面较远的地方,“白云”聚合,不见其他。实际情况是:诗人正在上山,朝前看,白云弥漫，仿佛再走几步，就可浮游于白云的海洋，然而继续前进，白云却继续分向两边，可望而不可即；回头看，分向两边的白云又合拢来汇成茫茫云海。这里所谓“白云”，实际是白茫茫的雾气。“青霭”也是雾气，不过很淡，所以不是白色而是青色。“青霭—入看无”，与“白云—回望合”互文见义，互相补充。即“青霭入看无”，“白云”也“入看无”；“白云回望合”，“青霭”也“回望合”。诗人走出茫茫云海，前面又是濛濛青霭，仿佛继续前进，就可以摸着那青霭了；然而走了进去，却不但摸不着，而且看不见；回过头去，那“青霭”又合拢来，可望而不可即。这种奇妙的境界，凡有游山经验的人都并不陌生，但除了王维，又有谁能够只用十个字就表现得如此真切呢？

第三联高度概括，写终南全景，而诗人立足中峰，纵目四望之状亦依稀可见。“分野中峰变”一句，以中峰南北属于不同分野来表现终南山之绵远、辽阔。“阴晴众壑殊”一句，则以阳光的或浓或淡、或有或无来表现千岩万壑的千姿百态。孟郊《游终南山》中的“高峰夜留景，深谷昼未明”一联，也许从这里得到启发而加以变化。

尾联或以为“与通体不配”，其实不但很“配”，而且很精彩。第一，“欲投人处宿”分明有个省略了的主语“我”，因而有此一句，便见得“我”在游山，以“我”观物，即景抒情。第二，“欲投人处宿”而要“隔水问樵夫”，则“我”入山以来，穿“白云”、出“青霭”、登“中峰”、观“众壑”，始终未遇“人处”，已不言可知。始终未遇“人处”而不嫌寂寞，还要留宿山中，明日再游，则山景之赏心悦目与诗人之避喧好静，也可于言外得之。第三，“隔水问樵夫”的反应如何，没有写，然读此句，则樵夫口答手指，诗人侧首遥望的情景又不难想见。

积雨辋川庄作

积雨空林烟火迟，蒸藜炊黍饷东菑。①
漠漠水田飞白鹭，阴阴夏木啭黄鹂。②
山中习静观朝槿，③松下清斋折露葵。④
野老与人争席罢，⑤海鸥何事更相疑？⑥

【注释】

①藜：藿一类的野菜。黍：黄米。饷：送饭。东菑（zī）：村东的田地。 ②黄鹂：黄莺。 ③槿（jǐn）：落叶灌木，五月开花，花朝开夕落。 ④葵：古代的一种重要蔬菜。 ⑤争席：《庄子·杂篇·寓言》：阳子去见老子，旅舍的人见他骄矜，先坐者起而让位。见到老子，老子教他去掉骄矜，回来又住那家旅舍，人们见他毫无架子，就与他争席而坐。 ⑥海鸥相疑：《列子·黄帝篇》：海上有个人喜欢鸥，每天去和鸥鸟玩，鸥鸟成群地向他飞来。他父亲知道此事，要他抓几只来。他第二天到海边去，鸥鸟在天空飞舞，不肯落地。

【品评】

这首诗描绘夏季久雨后辋川山庄的自然风光和诗人归隐后的闲适生活。首句以动形静，写雨后村景极传神。因"积雨"之故，空气润湿，炊烟从树林中缓缓升起。也因"积雨"之故，农夫下地较晚，做饭亦相应较晚。"烟火迟"三字，兼有以上二义，非久于农村生活者不能道，先写"烟火"而补叙"蒸藜炊黍"，亦是逆起法，与"观猎"首联类似。颔联承"饷东菑"而写"水田"、"夏木"美景，意味着田夫都是画中人，值得羡慕。"水田飞白鹭，夏木啭黄鹂”，碧、白、绿、黄映衬，色彩绚丽，且有黄莺歌唱，声、色、动、静结合，构成“有声画”，已是佳句。更加双声词“漠漠”、“阴阴”点染，既与“积雨”照应，又增强了画的迷濛感与幽深感。李肇《国史补》以来，多谓此二句袭李嘉祐诗，叶梦得《石林诗话》虽极称王诗，然亦认为王诗点化李诗而成。沈德潜的说法较确当：“俗谓‘水田飞白鹭，夏木啭黄鹂’乃李嘉祐句，右丞袭用之。不知本句之妙，全在‘漠漠’、‘阴阴’，去上二字，乃死句也。况王在李前，安得云‘王袭李’也?”

前四句以我观物，别有会心。后四句转写自我，物我交融。“山中”已“静”，还要“习静”，静观槿花自开自落；“松下”已“清”，还要“清斋”（吃素），摘取带露的绿葵。写幽居之清静而兼寓禅悟，自然过渡到尾联。自称“野老”而以“海鸥”喻村民，自己既已尽去骄矜，毫无机心，村民们自应不再视为官场中人而心存疑惧吧！全诗以赞颂的笔触写大自然的静美与农村生活的纯真，无一字提及都市与官场，而对都市、官场争名逐利、尔诈我虞的厌恶之情，已从言外传出。

田园乐　七首选四

采菱渡头风急，策杖林西日斜。
杏树坛边渔父，[1]桃花源里人家。其三
萋萋春草秋绿，落落长松夏寒。
牛羊自归村巷，童稚未识衣冠。[2]其四
山下孤烟远村，天边独树高原。
一瓢颜回陋巷，[3]五柳先生对门。[4]其五
桃红复含宿雨，柳绿更带春烟。

花落家僮未扫，鸟啼山客犹眠。其六

【注释】

①杏坛：孔子讲学处。全句谓渔父也有文化，不同流俗。②衣冠：指官吏。 ③“一瓢”句：以颜回自比。《论语·雍也》：“子曰：‘贤哉回（颜回）也！一箪食，一瓢饮，人不堪其忧，回也不改其乐。’” ④五柳先生：陶潜植五柳于堂前，自号五柳先生。此处比喻隐士。

【品评】

此诗共七首，一作《辋川六言》，与北宋王安石《题西太一宫》同为六言绝句中最优秀的篇章。

此乃王维归隐辋川时作，写辋川风景，人物如画，而村野真朴之趣，田园闲适之乐，即从画中溢出，令人陶醉。黄昇《玉林诗话》云：“六言绝句，如王摩诘‘桃红复含宿雨’及王荆公‘杨柳鸣蜩绿暗’二诗最为警绝，后难继者。”潘德舆《养一斋诗话》云：“或问六言句法，予曰：王右丞‘花落家僮未扫，鸟啼山客犹眠’……此六言之式也。必如此自在谐协方妙。”董其昌《画禅室随笔》云：“‘山下孤烟远村，天边独树高原’，非右丞工于画道，不能得此语。”黄叔灿《唐诗笺注》：“读罢不觉长歌《归去来辞》。”

鸟鸣涧①

人闲桂花落，②夜静春山空。
月出惊山鸟，时鸣春涧中。

【注释】

①这是《皇甫岳云溪杂题》五首中的一首。皇甫岳，乃皇甫恂之子，王维的朋友。 ②桂花：这是三、四月开黄花的桂花。

【品评】

心理学上有“同时反衬现象”，万籁俱寂而偶有音响作反衬，就显得更为幽静。王籍《入若耶溪》中的“蝉噪林逾静，鸟鸣山更幽”，杜甫《题张氏隐居》中的“伐木丁丁山更幽”，都表现了这种意境，王维此诗亦然。花“落”、月“出”以及山鸟的“惊”、“鸣”，有动有声，但其效果不是喧闹，而是有力地反衬出“人闲”、“夜静”和“山空”。在深夜里尚能觉察桂花飘落，岂不是突出地表现了“人闲”、“夜静”？明月乍出，有光无声，却能“惊”动“山鸟”，岂不是突出地表现了“夜静”、“山空”？其他一切声息都没有，只从“春涧”中偶尔传来几声鸟鸣，岂不是更令人体味到春山月夜空旷宁静之美？

当代评论家多谓此诗出于禅悟，体现禅机。前人亦注意及此，如胡应麟《诗薮》云：“太白五言绝，自是天仙口语。右丞却入禅宗，如‘人闲桂花落’云云，‘木末芙蓉花’云云，读之身世两忘，万念皆寂，不谓声律之中，有此妙诠！”

鹿 柴[①]

空山不见人，但闻人语响。
返景入深林，[②]复照青苔上。

【注释】

①柴(zhài):一作砦,栅篱。 ②返景:夕阳返照的光。

【品评】

这是王维田园组诗《辋川集》二十首的第五首。首句以“不见人”写“空山”之幽静,次句以“但闻人语响”申说“不见人”。“但闻”,只闻也。“但闻人语响”还意味着只有人语、更无他声。三、四句进一步渲染“空山”之静。深林之中,青苔之上,最为幽寂,然林外人何能看见?今以斜阳照之,为深林青苔抹上一层金光。“返景入深林”,暗示林木茂密,日光直下,则为枝叶遮蔽,只有落日的光芒才能从树干的缝隙中斜射而入。“复照青苔上”的“复”字含无限深情。林下青苔,人迹罕至,只有每日日落之时,才能受到“返景”的瞬息抚摸,如今是又一次受到夕阳的抚摸啊!

读前两句,颇疑“闻人语”而“不见人”,人在何处?读到第三句,始知人在“深林”。林下遍长青苔,既由于林深少日,又由于人迹罕至。则林中虽有“人语”,人必不多,且属偶然。着一“响”字,更见“山空”而已。

善于捕捉有特征性的音响、色彩,动态表现寂静、幽深的境界,是王维田园山水诗的艺术魅力所在。不是死一般的寂静,而是静中有动,寂中有喧,甚至色彩绚丽,光辉熠耀,故能给人以恬静而不枯寂的美感。

李锳《诗法易简录》评此诗颇中肯綮:“人语响,是有声也;返景照,是有色也。写空山不从无声无色处写,偏从有声有色处写,而愈见其空。严沧浪所谓‘玲珑剔透’者,应推此种。”

竹里馆

独坐幽篁里，[①]弹琴复长啸。
深林人不知，明月来相照。

【注释】

①篁：竹林。

【品评】

这是《辋川集》组诗中的第十七首，以自然界的宁静优美烘托内心世界的恬淡超逸。在幽深的竹林里悄然独坐，这是静境。既“弹琴”，又“长啸”，琴声与篁韵合奏，啸声与林涛共振，这是动境。然而“幽篁”之外，又是“深林”，纵然“弹琴长啸”，也只是陶然自乐而外“人不知”，故仍是静境。“独坐”而“人不知”，知之者只有明月，幽趣更增。着一“来”字，将明月拟人化，“人不知”而“明月”知之，特“来相照”，照我“弹琴”，照我“长啸”，何等有情！“相”字反衬“独”字，“明月”与“独坐”人作伴，是偶不是“独”，故用“相”。然而“相照”者只有“明月”，故更见其“独”。“独坐幽篁”，“独”自“弹琴”，“独”自“长啸”，“独”对“明月”，环境之宁谧与内心之恬静融合无间，构成此诗空明澄净的意境，令人神往。

辛夷坞[①]

木末芙蓉花，[②]山中发红萼。

涧户寂无人，[3]纷纷开且落。

【注释】

①辛夷：即木笔、玉兰。坞：四方高，中间凹下的地方。　②木末：树梢。芙蓉花：即指辛夷花。辛夷花与芙蓉花相近，裴迪《辋川集》和诗有“况有辛夷花，色与芙蓉乱”可证。　③涧户：涧崖相向似门户。

【品评】

这是《辋川集》中的第十八首。首句自《九歌·湘君》“搴芙蓉兮木末”化出，结合次句，展现辛夷花朵长满树梢，迎春盛放的一派生机；用“红”着色，更艳丽夺目。三、四句忽以“涧户寂无人”宕开，又以“纷纷开且落”拍合，完成了对山中辛夷的描状。那么，作者从中悟出了什么呢？或者说，这首诗昭示了什么呢？深山无人，辛夷花自开自落。花开，并不是为了赢得人们的赞赏；花落，也不需要人们悼惜。该开便开，该落便落，任其自然。苏轼《罗汉赞》“空山无人，水流花开”，世称妙悟，实从此诗化出。邢孟贞《唐风定》云：“此诗每为禅宗所引，反令减价。只就本色观，自绝顶。”

送元二使安西[1]

渭城朝雨浥轻尘，客舍青青柳色新。
劝君更尽一杯酒，西出阳关无故人。[2]

【注释】

①安西：在今新疆维吾尔自治区库车附近。　②阳关：西汉置，故址在今甘肃敦煌西南古董滩附近。

【品评】

这是送友人远赴西北边疆的诗。前两句写送别的地点、时间和环境气氛。作者分明从长安直赶到渭河北岸的渭城来为朋友送行，其难舍难分，不言可知。但他不这么写，只用渭城“客舍”点出饯行的场所。轻尘、杨柳，都能引发离情别绪，但作者不说风尘仆仆，也不写折柳赠别，而借清晨的一阵微雨洗尘濯柳，展现出“渭城朝雨浥轻尘，客舍青青柳色新”的明丽画面。盛唐人远赴边塞，一般是为了实现建功立业的理想，元二也不例外。诗人把送别的场景写得如此明丽，蕴含着安慰、鼓励和祝愿的深情。有人认为这是“以乐景写哀”，可谓失之毫厘，谬以千里。后两句写客舍饯行，只写出不得不分手时说出的劝酒辞。“劝君更尽一杯酒”，一个“更”字，表明酒已劝了多次、尽了多杯，惜别之情，见于言外。“西出阳关无故人”，而朋友是要到比阳关更远的安西去的。阳关已无故人，何况安西！对元二来说，故人包括为他送行的作者。对作者来说，元二正是故人。“更尽一杯酒”之时，故人尚在一起，分手之后，就只能两地相思了！

后两句表达的是任何人与至亲好友分手时共有的真情实感，但以前却无人用诗的语言说出。一经王维说出，便万口传诵，谱为乐章，被称为《渭城曲》、《阳关曲》或《阳关三叠》。刘禹锡《与歌者何戡》云：“旧人唯有何戡在，更与殷勤唱渭城。”白居易《晚春欲携酒寻沈四著作》云：“最忆阳关唱，珍珠一串歌。”李商隐《赠歌妓》，亦有“断肠声里唱阳关”之句，可见传唱之广。李东阳《怀麓堂诗话》指出：“此辞一出，一时传诵不足，至为三叠歌之。后之咏别者，千言万语，殆不能出其意之外。"所谓"三叠歌之",即将后两句反复歌唱。这首送别诗,情深味厚而略无衰飒气象,体现了盛唐诗的时代特征。

李 白（701—762）

字太白，号青莲居士，排行十二，陇西成纪（今甘肃秦安西北）人，至其父始迁绵州昌隆县（今四川江油）之青莲乡。天宝初至长安，供奉翰林，不久被谗去职。安史乱起，因参加永王李璘幕被牵连，长流夜郎，中途遇赦，晚年往来金陵、宣城间，客死当涂（今安徽马鞍山）。性倜傥，喜击剑行侠，好纵横术，以张良、谢安自况。诗与杜甫齐名，俊逸豪宕，富浪漫色彩，尤擅乐府歌行和五七言绝句。乐府歌行感情激荡，气势磅礴，开阖变化，不可端倪。绝句超妙俊逸，神韵天然。有《李太白集》，《全唐诗》存诗二十五卷。

蜀道难[①]

噫吁嚱，危乎高哉！蜀道之难难于上青天。蚕丛及鱼凫，[②]开国何茫然？尔来四万八千岁，不与秦塞通人烟。西当太白有鸟道，[③]可以横绝峨眉巅。[④]地崩山摧壮士死，[⑤]然后天梯石栈相钩连。[⑥]上有六龙回日之高标，[⑦]下有冲波逆折之回川。[⑧]黄鹤之飞尚不得过，猿猱欲度愁攀援。青泥何盘盘！[⑨]百步九折萦岩峦。[⑩]扪参历井仰胁息，以手抚膺坐长叹。[⑪]问君西游何时还？畏途巉岩不可攀。但见悲鸟号古木，雄飞雌从绕林间。又闻子规啼夜月，[⑫]愁空山。蜀道之难难于上青天，使人听此凋朱颜。连峰去天不盈尺，枯松倒挂倚绝壁。飞湍瀑流争喧豗，[⑬]

砯崖转石万壑雷。[14]其险也若此，嗟尔远道之人胡为乎来哉？[15]剑阁峥嵘而崔嵬，[16]一夫当关，万夫莫开。所守或匪亲，[17]化为狼与豺。朝避猛虎，夕避长蛇。磨牙吮血，杀人如麻。锦城虽云乐，[18]不如早还家。蜀道之难难于上青天。侧身西望长咨嗟。[19]

【注释】

①蜀道难：六朝乐府《相和歌·瑟调曲》旧题。 ②蚕丛、鱼凫：传说中古蜀国的两个国王。 ③太白：山名，在今陕西眉县南，在秦都咸阳之西。 ④峨眉：山名，在今四川峨眉山市。 ⑤壮士死：据《华阳国志·蜀志》载：秦惠文王许嫁五美女给蜀王，蜀王派五力士迎接，回到梓潼，见一巨蛇钻入山洞，五力士齐拽蛇尾，山崩，五力士与美女都被压死。而此山分为五岭，从此秦、蜀相通。 ⑥“然后”句：谓五丁（五力士）开道之后，梯、栈相连，秦、蜀始通。 ⑦六龙：古代神话，羲和驾着六条龙拉的车子，载着太阳，在空中运行。回日：使日车回转。高标：山的最高峰。此句意谓山峰太高，连日车也过不去，与左思《蜀都赋》“羲和假道于峻岐，阳乌回翼乎高标”同义。 ⑧冲波：激浪。逆折：倒流。回川：纡回曲折的河。 ⑨青泥：岭名，在今陕西略阳县西北。盘盘：回旋曲折的样子。 ⑩百步九折：极短路程中要转多次弯。 ⑪“扪参”两句：扪参（shēn）历井，形容山高，行人手摸参星，足历井星。胁息：不敢出气。抚膺：抚摸胸口。古代天文家认为秦属参星分野，蜀属井星分野。 ⑫子规：即杜鹃，又名杜宇，蜀地最多，相传古时蜀王杜宇魂魄所化，啼声哀怨，似说“不如归去”。 ⑬喧豗（huī）：瀑布急流的喧闹声。 ⑭砯（pīng）：水击岩石声。 ⑮嗟（juē）：叹词。尔：你。胡：何。 ⑯剑阁：在今四川剑阁县北，有七十二峰，大剑山与小剑山之间的通道名剑门关。 ⑰匪：同

“非”。 ⑱锦城：即锦官城，今成都市。 ⑲侧身：转身。咨（zī）嗟：叹息。

【品评】

此诗作于开元末年。孟棨《本事诗·高逸》载：李白自蜀入京，贺知章首访之。读《蜀道难》未竟，“称叹者数四，号为谪仙”。王定保《摭言》卷七所记略同。天宝中，殷璠编《河岳英灵集》选此诗，赞为“奇之又奇，自骚人以还，鲜有此调”。

《蜀道难》乃乐府旧题，现存梁简文帝、刘孝威等人的作品，都写蜀道之难而内容单薄，艺术性不高。李白此篇，则以切身体验为基础，结合神话传说、历史故事，通过丰富的想像、大胆的夸张，雄放的语言和穷极变化的句式、韵律，创造了奇险壮丽的艺术天地，把“蜀道难”的主题表现得淋漓尽致，令人耳目一新。

开端以“噫吁嚱，危乎高哉”的惊叹声引人注意，即以“蜀道之难，难于上青天”切入正题。接着分多种层次、用多种手法写“蜀道之难”：蜀开国四万八千年未与秦塞往来，从历史角度烘托“蜀道之难”；太白、峨眉之巅只有“鸟道”，从地理角度夸张“蜀道之难”；五丁开山，始有人迹可至的“蜀道”，然而“天梯”、“石栈”，其奇险“难”行，不言可知。以下转入对“蜀道难”的正面描写：山涧荡激，山路曲折，山峰插天，连黄鹤、猿猱，甚至太阳神的龙车，都无法通过；行人至此，手扪星辰，心惊魄悸，只有“抚膺长叹”而已。

以上波澜迭起，将“蜀道”之“难”写得无以复加。于是另辟蹊径，从游蜀者的感受与对游蜀者安危的关怀方面落笔，既写蜀中自然环境之险，又写蜀中政治形势之险，进一步深化了“蜀道难”的主题。

全诗才思横溢，想像奇特，纵横变化，出人意表，而以“蜀道之难难于上青天”的反复惊叹形成统摄全局的主旋律，扣人心弦,引人联想。故自脱稿以来,传诵不衰。

玉阶怨[1]

玉阶生白露,夜久侵罗袜。
却下水晶帘,[2]玲珑望秋月。

【注释】

①玉阶怨:乐府《相和歌辞·楚调曲》旧题。 ②水晶帘:用水晶串成的珠帘。

【品评】

全诗寥寥二十字,却活托出一位深闺少妇,其身份、举止、神情、心态及其气候节令、环境氛围,都可使人于想像中得其仿佛。

只提"罗袜",其人之服饰可想。只提"玉阶"、"水晶帘",其人之居室可想。想见其服饰、居室,其人之身份、风致,亦不难想见。"夜久"犹立"玉阶",可知望月非为赏月。"白露"已湿"罗袜"而犹不归寝,可知心有所思,意有所盼,盼望愈切,思念愈苦。转入室内而"却下水晶帘",知有绝望、哀怨之情,故欲回避明月、切断思绪。既已下帘,却仍"玲珑望秋月",知其欲罢不能,心潮起伏,彻夜不寐。而帘内之孤影,复用"秋月"照出,使悲秋与怀人叠合为一。真可谓空际传神,象外见意,"不涉理路,不落言筌"者矣。

梦游天姥吟留别

海客谈瀛洲，[①]烟涛微茫信难求。越人语天姥，云霓明灭或可睹。天姥连天向天横，势拔五岳掩赤城。[②]天台四万八千丈，对此欲倒东南倾。我欲因之梦吴越，一夜飞度镜湖月。[③]湖月照我影，送我至剡溪。[④]谢公宿处今尚在，渌水荡漾清猿啼。脚著谢公屐，[⑤]身登青云梯。半壁见海日，空中闻天鸡。[⑥]千岩万转路不定，迷花倚石忽已暝。熊咆龙吟殷岩泉，[⑦]慄深林兮惊层巅。云青青兮欲雨，水澹澹兮生烟。列缺霹雳，[⑧]丘峦崩摧，洞天石扉，訇然中开。[⑨]青冥浩荡不见底，日月照耀金银台。[⑩]霓为衣兮风为马，云之君兮纷纷而来下。虎鼓瑟兮鸾回车，仙之人兮列如麻。忽魂悸以魄动，怳惊起而长嗟。惟觉时之枕席，失向来之烟霞。世间行乐亦如此，古来万事东流水。别君去兮何时还？且放白鹿青崖间，须行即骑访名山。安能摧眉折腰事权贵，使我不得开心颜？

【注释】

①瀛洲：传说中的海上仙山。　②赤城：山名。在今浙江天台县北。　③镜湖：又名鉴湖。在今浙江绍兴。　④剡(shàn)溪：在今浙江嵊县，即曹娥江上游。　⑤谢公屐(jī)：南朝宋代诗人谢灵运曾制有专门登山的木屐，上山去掉前齿，下山去掉后齿。　⑥天鸡：古代神话中的鸡。天鸡最早见到日出，它一叫，天下所有的鸡都跟着叫。　⑦殷：本是形容词，指声音之大。这里作动词用，指发出巨响。　⑧列缺：闪电。霹

霄:迅雷。 ⑨訇(hōng)然:形容大声。 ⑩金银台:传说中神仙居住的处所。

【品评】

天宝三载(744),李白因受权贵排挤而被放出京。两年之后,告别东鲁,南游吴越,行前作此诗,诗题一作《别东鲁诸公》。全诗驰骋想像,助以夸张,通过梦游仙境的描绘抒发现实感慨。陈沆《诗比兴笺》认为"太白被放以后,回首蓬莱宫殿,有若梦游,故托天姥以寄意",深中肯綮。

发端以瀛洲衬托天姥,迅速进入主题。以下先以"连天向天横"总写天姥,接着兼用夸张对比手法,突出其"拔五岳"、"掩赤城"、压天台的磅礴气势。说天姥"拔五岳"、"掩赤城",已嫌其夸。用"四万八千丈"拔高天台,又让它拜倒在天姥脚下,更嫌其夸。天姥、五岳、赤城、天台,都非幻想世界的事物,而是祖国名山,有目共睹,不宜夸张失实。作者注意到这一点,所以不说天姥之高可"拔"、可"掩",而说其"势"可"拔"、可"掩";不说天台已"倒",而说"欲倒"。用"势"、用"欲",极见匠心。更其巧妙的是:如此描状,其根据不是亲眼所见,而是"越人"讲述。拈出"越人语"三字,更获得了夸张、渲染的极大自由;而经过夸张、渲染的天姥又引起畅游的梦想,于是以"我欲因之梦吴越"一句转入奇幻莫测的梦游世界。

自"飞度镜湖月"至"空中闻天鸡"、写"一夜"之间的经历,行动轻灵,光景明丽。"千岩万转路不定,迷花倚石忽已暝",写一日游历,奇境层出,应接不暇,恍忽迷离,不觉"已暝"。自"熊咆龙吟"至"丘峦崩摧",写入夜以后出现的恐怖景象,为"洞天石扉,訇然中开"酝酿气氛。这几句,可与《楚辞·招魂》"君无上天些!虎豹九关,啄害下人些"共读。天界入口处,虎豹把守,很难接近。仙界入口处,熊咆龙吟,也不易闯入。"青冥浩荡不见底"至"仙之人兮列如麻",写"洞天"中所见:"日月照耀金银台”，何等辉煌！“虎鼓瑟兮鸾回车”，又令人惊惧。随之以“怳惊起而长嗟”结束梦游，回到现实。联想诗人供奉翰林的遭遇，则“洞天”内外种种幻象的现实根据和象征意蕴，便不难领悟。

末段因梦而悟，归到“留别”，以“安能摧眉折腰事权贵，使我不得开心颜”作结，表现了绝意仕途、蔑视权贵，向往自由的反抗精神和高尚情操。

全诗波澜迭起，天矫离奇，不可方物。韵脚的变换与四、五、七言句式、骚体句式、散文句式的错综运用，又强化了天风海涛般的气势和自由奔放的激情。与《蜀道难》同为代表李白独特艺术风格的歌行体杰作。

金陵酒肆留别①

风吹柳花满店香，吴姬压酒劝客尝。②
金陵子弟来相送，欲行不行各尽觞。③
请君试问东流水，别意与之谁短长？

【注释】

①金陵：今南京市。酒肆：酒店。　②吴姬：吴地女子，此指酒店女主人。压酒：新酒酿熟，压糟取汁。　③尽觞：干杯。

【品评】

全诗仅六句，已将“留别”的情景写得活灵活现。与《梦游天姥吟留别》同为“留别”诗，写法却何等不同！这才是真正的艺术“创作”。

第一句写“金陵酒肆”。“柳花”暗示时当暮春，“金陵”点明地属江南，因而虽然未明写店外，而店外“杂花生树，群莺乱飞”，杨柳含烟，绿遍十里长堤的芳菲世界，已依稀可见。“风吹柳花”直入店内，自然也送来百花的芳香。一个“香”字，把店内店外连成一片，同时又带出第二句：吴姬压出新酒捧来劝客，酒香四溢，与随风吹来的百花芳香融为一体，浑然莫辨，两句诗展现了如此美好的场景，令人陶醉，令人迷恋。而这，正是为下文抒发惜别之情蓄势。

第三句突转，第四句拍合。相送者殷勤劝酒，不忍遽别；告别者“欲行不行”，无限留恋。双方的惜别之情，只用“各尽觞”三字，便化虚为实，体现于人物行动。

结语之妙，一在暗示“金陵酒肆”面对长江，诗人即将乘江船远去；二在遥望长江，心物交感，融别意于江水，赋抽象以形象；三在不用简单的比喻而出之以诘问，诘问者的神情，听众们的反应，以及展现在远处的江流、平野，都视而可见，呼之欲出。这两句，可能受谢朓“大江流日夜，客心悲未央”、阴铿“大江一浩荡，离悲足几重”的启发而有所创新；刘禹锡“欲问江深浅，应如远别情”，李后主“问君能有几多愁，恰似一江春水向东流”，则都是从这里变化出来的。

黄鹤楼送孟浩然之广陵①

故人西辞黄鹤楼，烟花三月下扬州。②
孤帆远影碧空尽，惟见长江天际流。

【注释】

①黄鹤楼:在今武汉武昌蛇山黄鹤矶。广陵:今江苏扬州市。 ②烟花:日暖花繁景象。

【品评】

李白《赠孟浩然》诗:"吾爱孟夫子,风流天下闻。红颜弃轩冕,白首卧松云。醉月频中圣,迷花不事君。高山安可仰,徒此揖清芬。"可知李白与孟浩然两位著名诗人互相爱慕,友谊深厚。孟浩然从黄鹤楼前出发,乘舟东下,远游广陵,李白为他送行,创作了这首七绝。

黄鹤楼乃登览胜境,扬州乃淮左名都,烟花三月,又是一年四季中最美好的时光。"故人西辞黄鹤楼,烟花三月下扬州",当然是很愉快的事,与"杨花落尽子规啼,闻道龙标过五溪"(《闻王昌龄左迁龙标尉遥有此寄》)情景迥异,用不着发愁,故出之以丽词俊语,第二句尤为"千古丽句"。然而好友分手,仍有惜别之情,何况江程迢递,风波难测,不能不关心他的安全。于是目送神驰,情见乎词,又写出千古妙句:"孤帆远影碧空尽,惟见长江天际流。"

三、四两句写景如绘,无须多说,值得注意的是:一个"见"字,点明这是送行者的望中景。通过望中景,可以想见送行者伫立江畔,怅望依依的神情。怅望的过程是漫长的,写"孤帆远影",实际上已越过许多画面。船刚开动,所凝望的当然是船上的"故人"。故人的身影越来越模糊,视线仍不肯转移,而所能望见的,只是碧空映衬的一片白帆。直望到白帆越缩越小,以至于完全消失,还在望,望那一线长江向天际流去。一字未说离情别绪,而别绪如长江不尽,离情如碧空无涯。情含景中,神传象外,具有无穷的艺术魅力。

望庐山瀑布

日照香炉生紫烟，[①]遥看瀑布挂前川。
飞流直下三千尺，疑是银河落九天。

【注释】

①“日照”句：《太平寰宇记》：“香炉峰在庐山西北，其峰尖圆，烟云聚散，如博山香炉之状。”

【品评】

首句写高耸的香炉峰在旭日照射下腾起紫烟，与天相接，形象鲜明，并为以下各句准备了条件。香炉峰顶时生烟云，但只有朝阳斜照，烟云才呈现紫色。“生紫烟”三字，暗示作者望瀑布的时间是早晨。写《望庐山瀑布》的题目而先写香炉紫烟，表明这里是瀑布的源头。第二句的“遥看”当然统摄全诗，但首句所写，不仅是“遥看”瀑布源头所见的景色，而且是仰望瀑布源头所见的景色。这首诗，由于三、四两句极精彩，因而首句往往被忽视。但如忽视首句，以下各句的精彩之处便很难领会。

次句正面写瀑布。一个“挂”字，大家都说很生动，但未注意“挂”于何处。联系首句，便知那瀑布从香炉紫烟间直“挂”下来，落入“前川”。

第三句摄取“飞流直下三千尺”的奇景，连作者自己也既惊且疑。惊其壮美绝伦，疑其非人间所有，而“疑是银河落九天”的警句，也脱口而出。这个警句，虽想落天外，却情生目前。因为“疑是”的根据，即在首句。那仰望中的瀑布，不正是从“香炉紫烟”与天相接处喷薄而出，“飞流直下”的吗？

中唐徐凝《庐山瀑布》诗“虚空落泉千仞直，雷奔入江不暂息。千古长如白练飞，一条界破青山色”，写得有气势，却很费力，无雄浑超迈之美。苏轼《戏徐凝瀑布诗》云：“帝遣银河一派垂，古来惟有谪仙词，飞流溅沫知多少，不与徐凝洗恶诗。”扬李抑徐，洵非“戏”言，惟斥徐凝诗为“恶诗”，则失之偏激。

早发白帝城[①]

朝辞白帝彩云间，千里江陵一日还。[②]
两岸猿声啼不住，轻舟已过万重山。

【注释】

①白帝城：在今重庆市奉节县东白帝山上。 ②江陵：今湖北荆州市荆州区。

【品评】

乾元二年(759)，李白因永王璘事被流放夜郎，至白帝遇赦，归途作此诗。诗题一作《下江陵》。

盛弘之《荆州记》云：“惟三峡七百里中，两岸连山，略无阙处。重岩叠嶂，隐天蔽日，自非亭午夜分，不见曦月。至于夏水襄陵，沿溯阻绝，或王命急宣，有时朝发白帝，暮到江陵，其间千二百里，虽乘奔御风，不以急也……每至晴初霜旦，林寒涧肃，常有高猿长啸，属引凄异，空谷传响，哀转久绝。故渔者歌曰：‘巴东三峡巫峡长，猿鸣三声泪沾裳。’”明人杨慎《升庵诗话》卷四引此文，评论道：“太白述之为韵语，惊风雨而泣鬼神矣。”其实，李白此诗，并非述盛弘之文为韵语，而是即景抒情，戛戛独造。其艺术效果，也不是“惊风雨而泣鬼神”，而是轻快喜悦。

作者在流放途中所作的《上三峡》诗里说：“三朝上黄牛，三暮行太迟。三朝又三暮，不觉鬓成丝。”如今忽然遇赦，乘船顺流而“还”，其重获自由的喜悦感、轻快感与江流之快、归舟之“轻”水乳交融，便创造出这首千古名作，被王士禛推为“三唐压卷”。

前两句，似与《荆州记》“朝发白帝，暮到江陵”无异，实则后者只客观地写江行之“急”，前者则用一个“辞”字、一个“还”字托出抒情主人公的神采与心态。他不是经白帝西去夜郎，而是“辞”白帝东“还”江陵，已露喜悦之情。辞白帝于朝日照射的彩云之间，色彩绚丽，形象优美，又强化了喜悦之情。白帝既在“彩云间”，则高屋建瓴，江水奔泻，江陵一日可还之意已暗寓其中。“千里”极遥，“一日”极短，“千”与“一”对照，突出地表现了东“还”之快出乎意料，惊喜之情，见于言外。前两句已写完由“辞”到“还”，概括性极强而形象性不足，于是掉转笔锋，补写“一日”之间的见闻。就闻的方面说，“猿鸣三声泪沾裳”，这是行经三峡者的典型感受，诗人却以“两岸猿声”作铺垫，突现“轻舟”如飞的轻快感。就见的方面说，“千里”之间，景物繁富，一句诗如何写？诗人只用“已过”二字，而重山叠嶂、城郭村落等等扑面而来、掠舟飞退的奇景，已如在目前。

浦起龙《读杜心解》称《闻官军收河南河北》为杜甫“生平第一首快诗”。这首《早发白帝城》，也可以说是李白生平第一首快诗。

苏台览古[1]

旧苑荒台杨柳新，菱歌清唱不胜春。

只今惟有西江月，[2]曾照吴王宫里人。

【注释】

①苏台：即姑苏台，吴王夫差与西施行乐之处。故址在今江苏苏州市灵岩山。 ②西江：指长江。

【品评】

李白还有一首《越中览古》："越王勾践破吴归，义士还家尽锦衣，宫女如花满春殿。只今惟有鹧鸪飞！"以前三句极写昔日之豪华，而以第四句"惟有鹧鸪飞"将前三句所写一扫而空，形成强烈的今昔对比，吊古伤今，余味无穷。《苏台览古》则以前三句写今，而以末一句写古，格局与《越中览古》正好相反，表明作者写每一首诗，都力求创新。

刘永济《唐人绝句精华》云："两首诗皆吊古之作。前首从今月说到古宫人，后首从古宫人说到今鹧鸪，皆以见今昔盛衰不同，令人览之而生感慨，而荣华无常之戒，即寓其中。"这是说两首诗格局虽异，而意蕴相同。然而反复吟诵，便见正由于格局各异，其韵味亦不尽相同。《越中览古》以今日之凄凉反衬昔日之豪华，既吊古，又伤今。《苏台览古》则写吴苑苏台虽已荒废，而杨柳又发新绿，船娘们竞唱菱歌，春色宜人，春意盎然，除了西江明月而外，谁还记得吴宫往事？吊古而并不伤今，蕴含深广，远非"荣华无常之戒"所能概括。

王 湾

洛阳人，生卒年不详。开元元年(713)进士，任荥阳(今属河南)主簿。开元五年至九年，参编《群书四部录》。书成，调任洛阳尉。其诗多已散佚，《全唐诗》仅存十首。

次北固山下①

客路青山外，行舟绿水前。
潮平两岸阔，风正一帆悬。
海日生残夜，江春入旧年。
乡书何处达？归雁洛阳边。

【注释】

①次：动词，此处作“到达”、“止宿”讲。北固山：在今江苏镇江市北，下临长江。

【品评】

两种唐人选唐诗《国秀集》、《河岳英灵集》皆选此诗而题目不同，诗句亦不尽同。此就《国秀集》移录。《河岳英灵集》作《江南意》，诗如下：“南国多新意，东行伺早天，潮平两岸失，风正一帆悬。海日生残夜，江春入旧年。从来观气象，惟向此中偏。”编者殷璠评介道：“(王)湾词翰早著，为天下所称最者不过一二。游吴中，作《江南意》，诗云：‘海日生残夜，江春入旧年。’

诗人以来,少有此句,张燕公手题政事堂,每示能文,令为楷式。”

《江南意》较质朴,大约是初稿。《次北固山下》神韵超玄,气概闳逸,大约是改定稿,明清以来各种唐诗选本所选的都是这一首。

全诗以对偶句发端,既工丽,又跳脱。“客路”,指作者要去的路。“青山”点题,指“北固山”。先写“客路”而后写“行舟”,其思家赶路的急切心情已跃然纸上。

次联紧承“行舟绿水”,气象开阔,写景如画。因“潮”与岸“平”,故船上人能将从“两岸”延展的辽阔原野尽收眼底。因风顺而和,故一帆高悬,平稳前进。这两联诗,活画出一幅春江行舟图。图是活的,给人以强烈的运动感。

第三联是脍炙人口的警句。沈德潜说:“江中日早,残冬立春,亦寻常意思,而王湾云:‘海日生残夜,江春入旧年。’一经锤炼,便成警绝。”纪昀也说这“全是锻炼工夫”。“日”、“夜”不能并存,“冬”、“春”亦然。作者把“海日”、“江春”提到主语位置加以强调,并用“生”字和“入”字赋予它们以人的意志和情思,便表现了这样的意境:海日生于残夜,将驱尽黑暗,江春闯入旧年,将赶走严冬,给人以昂扬奋进的鼓舞力量。胡应麟《诗薮·内编》卷四云:“盛唐句如‘海日生残夜,江春入旧年’,中唐句如‘风兼残雪起,河带断冰流’,晚唐句如‘鸡声茅店月,人迹板桥霜’,皆形容景物,妙绝千古;而盛、中、晚界限斩然。”胡氏认为另两联表现中、晚唐诗特点,而此联具盛唐气象,显然是从它的豪迈意境和壮美风格着眼的。

尾联写目睹归雁而欲捎家书,遥应首联作结。全篇脉络贯通,运化无迹。胡应麟赞为“盛唐绝作”,并非偶然。

崔　颢(704? —754)

汴州(今河南开封)人,开元十一年(723)进士。天宝中,官司勋员外郎。《唐才子传》卷一说他“少年为诗,意浮艳,多陷轻薄;晚节忽变常体,风骨凛然;一窥塞垣,状极戎旅,奇造往往并驱江、鲍”。其边塞诗慷慨豪迈;《长干行》等小诗清新婉丽,类六朝民歌。《全唐诗》存诗一卷。

黄鹤楼[①]

昔人已乘黄鹤去,此地空余黄鹤楼。
黄鹤一去不复返,白云千载空悠悠。
晴川历历汉阳树,芳草萋萋鹦鹉洲。[②]
日暮乡关何处是,烟波江上使人愁。

【注释】

①黄鹤楼:在今武汉长江大桥武昌桥头的黄鹤矶上,背依蛇山。俯瞰长江,与岳阳楼、滕王阁合称江南三大名楼。　②鹦鹉洲:在汉阳西南长江中。

【品评】

黄鹤楼始建于吴黄武二年(223),以楼址在黄鹤矶得名。然而费文祎登仙驾鹤于此之说既见于《图经》,仙人子安乘黄鹤过此之说又见于《齐谐志》,可见黄鹤楼因仙人乘黄鹤而得名,早已成为民间传说。崔颢于仕途失意之时来登此楼，其感受与传说拍合，触动灵感、发此浩歌。前半篇就传说生发：昔人与黄鹤俱去，空余此楼，徒有黄鹤之名而已！吊古伤今，感慨淋漓。又就“黄鹤去”腾空飞跃，突进一层：黄鹤飞去时白云悠悠，黄鹤一去不返，白云依旧悠悠，然而也只是“空”悠悠而已！四句诗一气贯注，盘旋转折。虽紧扣诗题，借鹤去楼空、白云飘忽写今昔变化，而诗人独立楼头的身影和百感茫茫的心态，亦依稀可见。后半篇写眼前景及由此引发的身世之感与思乡之情。晴川历历，芳草萋萋，烟波浩渺，暮霭迷濛，久游思归，乡关何处？望汉阳树，望鹦鹉洲，望江上，望乡关，四顾苍茫，飘泊无依，遂以“使人愁”感慨作结。四句诗激情喷溢，顺流直下，与前半篇形成有机的统一体。

此诗前四句借鉴南朝民歌和沈佺期《龙池篇》，运用辘轳相转的句式。“黄鹤”三见，“空”字重出，第三句除“黄”字外全用仄声，第四句以三平调煞尾，第二联“不复返”与“空悠悠”失对。这都不符合七律的要求。但由于一气转折，自然超妙，且后两联格律精严，故论者不仅不以为病，而且视为创体、奇格，高度赞扬。相传李白登黄鹤楼，有“眼前有景道不得，崔颢题诗在上头”之叹；其后作《鹦鹉洲》、《登金陵凤凰台》诸诗，反复效法（见《唐才子传》卷一、《唐诗记事》卷二一、《瀛奎律髓》卷一）。宋人严羽《沧浪诗话·诗评》云：“唐人七言律诗，当以崔颢《黄鹤楼》为第一。”清人沈德潜《唐诗别裁集》卷一三选此诗，评云：“意得象先，神行语外，纵笔写去，遂擅千古之奇。”

高　适(700? —765)

字达夫，排行三十五，渤海蓨(tiáo，今河北景县南)人。早岁与李白、杜甫共游梁、宋，落拓失意。天宝八载(749)举有道科，及第，授封丘尉。后为哥舒翰掌书记，历任淮南、西川节度使，终散骑常侍。诗与岑参齐名，并称“高岑”，同为盛唐著名边塞诗人。殷璠《河岳英灵集》谓“适诗多胸臆语，兼有气骨，故朝野通赏其文。至如《燕歌行》等篇，甚有奇句”。有《高常侍集》，《全唐诗》存诗四卷。

燕歌行并序①

开元二十六年，客有从御史大夫张公出塞而还者，作《燕歌行》以示适，感征戍之事，因而和焉。②

汉家烟尘在东北，③汉将辞家破残贼。
男儿本自重横行，天子非常赐颜色。
摐金伐鼓下榆关，④旌旆逶迤碣石间。⑤
校尉羽书飞瀚海，⑥单于猎火照狼山。⑦
山川萧条极边土，胡骑凭陵杂风雨。⑧
战士军前半死生，美人帐下犹歌舞！
大漠穷秋塞草腓，⑨孤城落日斗兵稀。
身当恩遇常轻敌，力尽关山未解围。
铁衣远戍辛勤久，玉箸应啼别离后。⑩

少妇城南欲断肠,[11]征人蓟北空回首。[12]
边庭飘飖那可度,[13]绝域苍茫更何有?[14]
杀气三时作阵云,[15]寒声一夜传刁斗。[16]
相看白刃血纷纷,死节从来岂顾勋?
君不见沙场征战苦,至今犹忆李将军![17]

【注释】

①燕歌行:乐府《相和歌辞·平调曲》旧题,多咏东北边地征戍之情。 ②张公:指张守珪,开元二十二年拜辅国大将军、右羽林大将军兼御史大夫。 ③汉家:借指唐朝。烟尘:战地的烽烟和飞尘,此指战争警报。 ④摐(chuāng)金:敲锣。榆关:山海关。 ⑤逶迤(wēi yí):曲折行进貌。碣石:山名,在今河北省昌黎县东。 ⑥校尉:武官,官阶次于将军。羽书:羽檄,紧急军情文书。瀚海:大沙漠。 ⑦单(chán)于:秦汉时匈奴君主的称号,此指敌酋。狼山:在今宁夏境内。 ⑧凭陵:凭信威力,侵凌别人。 ⑨腓(féi):病,枯萎。 ⑩玉箸:玉筯、玉筷,此借喻眼泪。刘孝威《独不见》:"谁怜双玉箸,流面复流襟。" ⑪城南:长安住宅区在城南,故云。沈佺期《独不见》:"丹凤城南秋夜长。" ⑫蓟(jì)北:蓟州、幽州一带,今河北省北部地区。 ⑬飘飖:指形势动荡、险恶。 ⑭绝域:极远的地方。 ⑮三时:三,指多数,三时指漫长时间。 ⑯刁斗:古代军中煮饭用的铜锅,可用来敲打巡逻。 ⑰李将军:指李广。善用兵,爱惜士卒,守右北平,匈奴畏之不敢南侵,称为飞将军。

【品评】

高适于开元十五年(727)、二十年(732)两次北上幽燕,对边塞实况、军中内幕多有了解,创作了《塞上》、《蓟门五首》等诗。据此篇小序:开元二十六年,有从张公出塞而还者作《燕歌行》给他看，他“感征戍之事”而作此诗。张公指张守珪，他于开元二十四年、二十六年率部讨奚、契丹，两次战败。高适从那位随张守珪出塞而还者的作品和口中得悉两次战败情况，结合他以前的生活经验进行艺术概括，创作了这篇盛唐边塞诗名篇。

全诗生动地反映了一次战役的全过程。首句点战地，“烟尘在东北”，指奚、契丹侵扰。二、三、四句，写“汉将”声威；而“破残贼”、“重横行”，屡露轻敌之意，天子又“非常赐颜色”，助其骄气。五、六句写行军场面，用浩大声势烘托主将骄气。七句写羽书飞传，军情紧急，八句写敌军猎火照红狼山，见得并非“残贼”。以上八句是第一段，从主客观的对比中，已预示骄兵必败；而从辞家到榆关、到碣石、到瀚海、到狼山，长途跋涉，猝遇强敌，其战争胜负如何，更不难预料。

“山川”、“胡骑”两句，写地形开阔，无险可守，而敌军铁骑，如狂风暴雨袭来。接着以“战士军前半死生”概括士卒拼杀之英勇、牺牲之壮烈，而以“美人帐下犹歌舞”作强烈对照，揭露轻敌恃宠的“汉将”并未亲冒矢石指挥战斗，而是躲在远离前线的帐中听歌看舞，寻欢作乐。下面四句，以“大漠穷秋”、“塞草”枯萎、“孤城落日”的阴惨氛围烘托“斗兵稀”的惨烈景象，又以主将“身当恩遇常轻敌”与战士“力尽关山未解围”作强烈对照，其战败的罪责应由谁负，已不言而喻。

以下八句是第三段，通过描写幸存士卒的处境和心境，进一步谴责主将。“铁衣远戍辛勤久”，一个“久”字，一个“远”字，已流露无限思家之情。接下去，不直写征人如何思家，却透过一层，写征人料想妻子从别离以后一直思念自己、双泪不干，其同情、怜爱妻子之情溢于言表，加倍感人。然而主将却没有这种伟大的同情心，因而“少妇”尽管“欲断肠”，“征人”依然“空回首”。而“边庭飘飖”，“绝域苍茫”，杀气作阵云，寒声传刁斗，其处境之艰危与心境之悲凉融合为一，将士卒之苦写到极致，也将主将之罪写到极致，为结尾作好了铺垫。

末段四句,前两句歌颂战士血染白刃,战死沙场,并未想到个人功勋。言外之意是:主将却是要拿士卒的鲜血、生命换取个人功勋的。后两句用“沙场征战苦”引出“至今犹忆李将军”作结,全篇的思想意义,顿时豁然开朗。怀念李广,说明今无李广。轻敌冒进,丧师辱国,以及征人、少妇,备受痛苦等等,皆将非其人所致。

全诗的主题是慨叹将非其人,因而不像一般的边塞诗那样着重写民族矛盾,而是另辟蹊径,着重写军中矛盾。与此相适应,大量运用对比手法,加强了艺术表现力。最后以怀念李广作结,也是用爱惜士卒、英勇善战的名将作标尺,对比诗中所写的将领,给予无情的鞭挞。

全诗多用律句,又有不少对偶句,吸收了近体诗的优点。每四句换韵,平仄相间,蝉联而下,抑扬起伏,气势流走,又发挥了初唐歌行的特长。从反映现实的深度、广度和艺术表现的完美方面看,既是盛唐边塞诗杰作,也是盛唐歌行体名篇。

杜 甫(712—770)

字子美,排行二,河南巩县人。青少年时期,漫游今山西、江苏、浙江、河北、河南、山东等地。二十四岁应进士试不第,三十五岁后客居长安近十年,困顿失意。安史乱起,流离鄜州等处。肃宗朝,官左拾遗,因上疏救房琯,改华州司功参军。不久,弃官客秦州。入蜀,构草堂于成都浣花溪畔,又曾流寓梓州、阆州。广德二年(764)严武再任西川节度使时重回草堂,被表为节度参谋、检校工部员外郎,不久辞去,于永泰元年(765)赴夔州寓居。大历三年(768)携家出峡,飘泊于岳州、潭州、衡州一带。大历五年病死于江湘途中。其诗融汇众长,兼工诸体,律切精深,沉郁顿挫,深刻反映了安史之乱前后的社会生活,被誉为“诗史”。与李白同为我国历史上最伟大的诗人,并称“李杜”。有《杜工部集》,《全唐诗》存诗十九卷。

望 岳

岱宗夫如何?① 齐鲁青未了。②
造化钟神秀,③ 阴阳割昏晓。
荡胸生曾云,④ 决眦入归鸟。⑤
会当凌绝顶,⑥ 一览众山小。

【注释】

①岱宗:五岳之首,是对泰山的尊称。夫:语气词,无实义。 ②齐鲁:春秋时两个国名。《史记·货殖列传》:"故泰山之阳则鲁,其阴则齐。" ③钟:聚集。 ④曾:同"层"。 ⑤决眦(zì):张大眼睛。 ⑥会当:一定要。按杜甫曾登上泰山绝顶,见《又上后园山脚》诗。

【品评】

开元二十四年(736)漫游齐、赵时作,是现存杜诗年代最早的一首,洋溢着青春朝气和旷代才华。

首联自问自答,传遥望之神。诗人乍见泰山,惊喜莫名,于是自思自忖:泰山啊!到底是什么形态,该怎样描状?经过独创性的艺术构思,一个以色写形的警句脱口而出:"齐鲁青未了"——拔地接天,跨齐越鲁,青色无边无际。这不仅写出了泰山越境连绵、苍峰不断的雄伟气势,连诗人惊讶、激动、赞叹之情也表现无遗。刘辰翁《批点千家注杜诗》赞为"雄盖一世",施补华《岘佣说诗》称其"囊括数千里,可谓雄阔",都当之无愧。

颔联承"青未了"写近望情景。上句称大自然将一切"神秀"凝聚起来,赋予泰山,赞颂之意,溢于言表。下句写泰山峻极于天,却不用抽象的形容词,而说泰山的阴面阳面分割昏晓。即在同一时间,向太阳的一面是白天,背太阳的一面是黑夜。构想新颖,下一"割"字,尤奇险惊人。

颈联写岳麓仰望,见泰山生云,自山腰至山顶,层叠弥漫,给人以心胸摇荡的感觉;而张目注视,又见倦鸟归山,投入树林。这两句,较难解释。注家解"曾云"为"云气层出不穷",解"入"为"收入眼帘",都与原意不合。从"曾云"、"归鸟"看,此联所写,乃仰望之景,亦日暮之景。由此暗示:诗人朝泰山走来,边走边"望",走到山麓,时已黄昏,云起鸟归,自己也得投宿。登山览胜,只好留待明天。

尾联虽自《孟子·尽心》"登泰山而小天下"及扬雄《法言》"登东岳者，然后知众山之嵬巃也"化出，然造语挺拔，既切"望岳"，又有普遍意义，表现了青年杜甫勇攀绝顶、俯视一切的雄心和气概。

全诗构思新警，气骨峥嵘。如浦起龙《读杜心解》所评："杜子心胸，于斯可观。取为压卷，屹然作镇。"

自京赴奉先县咏怀五百字①

杜陵有布衣，②老大意转拙。③
许身一何愚？④窃比稷与契。⑤
居然成濩落，⑥白首甘契阔。⑦
盖棺事则已，⑧此志常觊豁。⑨
穷年忧黎元，⑩叹息肠内热。
取笑同学翁，浩歌弥激烈。⑪
非无江海志，⑫潇洒送日月。⑬
生逢尧舜君，⑭不忍便永诀。⑮
当今廊庙具，⑯构厦岂云缺？⑰
葵藿倾太阳，⑱物性固难夺。⑲
顾惟蝼蚁辈，⑳但自求其穴。
胡为慕大鲸，㉑辄拟偃溟渤？㉒
以兹悟生理，㉓独耻事干谒。㉔
兀兀遂至今，㉕忍为尘埃没。
终愧巢与由，㉖未能易其节。㉗
沉饮聊自遣，㉘放歌破愁绝。㉙

岁暮百草零，疾风高冈裂。
天衢阴峥嵘，[30]客子中夜发。[31]
霜严衣带断，指直不得结。
凌晨过骊山，[32]御榻在嵽嵲。[33]
蚩尤塞寒空，[34]蹴踏崖谷滑。[35]
瑶池气郁律，[36]羽林相摩戛。[37]
君臣留欢娱，乐动殷樛嶱。[38]
赐浴皆长缨，[39]与宴非短褐。[40]
彤庭所分帛，[41]本自寒女出。
鞭挞其夫家，聚敛贡城阙。[42]
圣人筐篚恩，[43]实欲邦国活。[44]
臣如忽至理，[45]君岂弃此物。
多士盈朝廷，仁者宜战栗。[46]
况闻内金盘，[47]尽在卫霍室。[48]
中堂舞神仙，[49]烟雾蒙玉质。[50]
暖客貂鼠裘，悲管逐清瑟。[51]
劝客驼蹄羹，霜橙压香橘。
朱门酒肉臭，路有冻死骨。
荣枯咫尺异，[52]惆怅难再述。
北辕就泾渭，[53]官渡又改辙。[54]
群水从西下，[55]极目高崒兀。[56]
疑是崆峒来，[57]恐触天柱折。[58]
河梁幸未坼，[59]枝撑声窸窣。[60]
行旅相攀援，[61]川广不可越。
老妻寄异县，[62]十口隔风雪。
谁能久不顾？庶往共饥渴。[63]

入门闻号咷，幼子饥已卒。
吾宁舍一哀，[64]里巷亦呜咽。[65]
所愧为人父，无食致夭折。
岂知秋禾登，贫窭有仓卒。[66]
生常免租税，名不隶征伐。[67]
抚迹犹酸辛，[68]平人固骚屑。[69]
默思失业徒，[70]因念远戍卒。[71]
忧端齐终南，[72]澒洞不可掇。[73]

【注释】

①京：指唐朝的京城长安。奉先：今陕西蒲城。 ②杜陵：汉宣帝陵墓。杜甫远祖杜预是京兆杜陵人，故杜甫自称杜陵布衣。布衣：平民百姓。 ③拙：迂腐。 ④许身：自许、私自期望。 ⑤窃：私自。稷与契：辅佐舜的两位贤臣。 ⑥居然：果然。濩(hù)落：即瓠落，语出《庄子·逍遥游》，大而无当的意思。 ⑦契阔：辛苦。 ⑧盖棺：指死。事则已：事情算完了。 ⑨觊(jì)：希望。豁：达到。 ⑩穷年：一年到头。黎元：百姓。 ⑪浩歌：高歌。弥：越发。 ⑫江海志：隐逸的愿望。 ⑬潇洒：自由自在。 ⑭尧舜：古时两个贤君，这里指唐玄宗。 ⑮永诀：长别。 ⑯廊庙：庙堂，指朝廷。具：才具。 ⑰构厦：建造大房子。 ⑱葵：又名卫足葵，其叶向阳。藿：豆叶。曹植《求通亲亲表》："若葵藿之倾叶，太阳虽不为之回光，然终向之者，诚也。"此处用其意。 ⑲夺：强使改变。 ⑳顾：转折词。惟：想到。蝼蚁辈：比喻目光短浅的人。 ㉑胡为：为什么要。大鲸：比喻有远大理想的人。 ㉒辄：每每。拟：想要。偃：栖息。溟渤：大海。 ㉓兹：此。悟生理：明白生活的真理。 ㉔事：从事。干谒：奔走权门，营求富贵。 ㉕兀兀(wù)：辛苦的样子。 ㉖巢与由：巢父

和许由，尧时的两个隐士。 ㉗易其节：改变节操。 ㉘沉饮：喝醉酒。聊：姑且。自遣：自我排遣愁闷。 ㉙放歌：高歌。破：这里作排遣解。愁绝：高度的愁苦。 ㉚天衢(qú)：天空。峥嵘：高峻貌。这里借指寒气逼人。 ㉛客子：作者自指。中夜：半夜。 ㉜骊山：在长安东，今陕西西安临潼区境内。 ㉝御榻：皇帝的坐榻。嵽嵲(dié niè)：形容山高。这里指骊山。㉞蚩尤：这里借指大雾。传说蚩尤与黄帝交战，蚩尤作大雾。塞：充满。 ㉟蹴(cù)：踩。 ㊱瑶池：传说中西王母宴客的地方。这里借指骊山华清宫中的温泉。气郁律：热气蒸腾的样子。 ㊲羽林：羽林军，皇帝的卫队。摩戛(jiá)：兵器互相撞碰。 ㊳殷：声音洪大。樛嶱(jiāo gé)：广大貌。这里指乐声在广大空间震荡。 ㊴长缨：长帽带，贵人的服饰。 ㊵短褐：粗布短衣，贫贱者的衣服。 ㊶彤(tóng)庭：朝廷。彤，红色。宫殿的庭柱都用朱红色油漆，故称彤庭。帛(bó)：一种丝织品。㊷聚敛：搜刮。贡：献。城阙：指京城。 ㊸圣人：皇帝的敬称。筐篚(kuāng fěi)：两种竹制的器皿。筐篚恩：指皇帝用筐篚盛物赏赐大臣。 ㊹邦国：国家。活：治理好。 ㊺至理：重要的道理。 ㊻“仁者”句：谓有仁爱之心的朝臣，看到这种情况应有所震动。 ㊼内：内府，皇帝藏财物的府库。金盘：珍贵器皿。 ㊽卫霍：汉武帝时的贵戚，这里借指杨国忠等人。㊾神仙：指舞女。 ㊿烟雾：指轻而薄的纱罗衣裳。蒙：披覆。玉质：洁白的身体。 51“悲管”句：指管乐和弦乐协奏。逐：伴随。 52荣：荣华。枯：憔悴。咫(zhǐ)尺：古代八寸叫咫，这里比喻近。 53北辕：车向北行。泾渭：二水名，在临潼区境内汇合。 54官渡：官府设立的渡口。改辙：改了道。 55水：一作“冰”。 56极目：放眼望去。崒(cù)兀：高峻的样子。 57崆峒(kōng tóng)：山名。在今甘肃岷县。 58天柱：《淮南子·天文训》：“昔者共工与颛顼争为帝，怒而触不周之山，天柱折，地维绝。” 59河梁：河上的小桥。坼：冲毁。 60枝撑：桥柱。窸窣(xī sū):桥梁摇晃的声音。 ㉑行旅:行路人。相攀援:互相牵引援助。 ㉒寄异县:指客居奉先县。 ㉓庶:希望。 ㉔宁:岂。 ㉕里巷:邻居们。 ㉖窭(jù):贫穷。仓卒:发生意外。 ㉗隶:属。 ㉘抚迹:追忆往事。 ㉙骚屑:不得安宁。 ㉚失业徒:丧失了产业的人。 ㉛远戍卒:远守边防的战士。 ㉜忧端:愁绪。终南:山名,在长安南。 ㉝澒(hǒng)洞:广大无边。掇:收拾。

【品评】

天宝五载(746),杜甫怀抱"致君尧舜上,再使风俗淳"的崇高理想来到长安,渴望"立登要路津"。但事与愿违,屡受挫折,连生活也难以维持,"朝叩富儿门,暮随肥马尘,残杯与冷炙,到处潜悲辛"。亲身体验、并广泛接触了下层人民的苦难,洞察了"朱门务倾夺,赤族迭罹殃"的社会矛盾,诗歌创作出现了空前飞跃。天宝十四载(755)十一月赴奉先县看望寄居在那里的妻子,写出这篇划时代的杰作。

全诗可分三大段。从开头到"放歌破愁绝",紧扣题中的"京"字,"咏"赴奉先县之前,多年来"许身稷契"、"致君尧舜"的壮"怀"。从"岁暮百草零"到"惆怅难再述",叙"赴奉先县"的经历,"咏"旅途中的感"怀"。从"北辕就泾渭"至结尾,写到家以后的感受,"咏"对国家前途、人民命运的忧"怀"。

"窃比稷与契","穷年忧黎元"是贯串全篇的主线,也是杜甫的主导思想。孟子赞扬治水的大禹和"教民稼穑"的后稷:"禹思天下有溺者,犹己溺之也;稷思天下有饥者,犹己饥之也。"杜甫完全接受了这一崇高思想。"窃比稷与契",实质上是自比禹、稷。以"契"代"禹",是为了押韵的原故。"许身"禹、稷,就是以拯救饥溺为己任,使天下大治;而放眼一看,普天下的"黎元"(百姓)正处于饥溺之中,自然要"穷年忧黎元,叹息肠内热"了。

《自京赴奉先县咏怀》这个题目带有“纪行”性质，而以“咏怀”为主。作者先从“咏怀”入手，抒发了许身稷契、致君泽民的壮志竟然“取笑”于时，无法实现的愤懑和“穷年忧黎元，叹息肠内热”的火一样的激情，其爱祖国、爱人民的胸怀跃然纸上。而正因为“穷年忧黎元”，所以尽管“取笑”于时，而稷契之志仍坚持不懈，这自然就把个人的不幸、人民的苦难和统治者的腐朽、唐王朝的危机联系起来了。这种“咏怀”的特定内容决定了“纪行”的特定内容，而“纪行”的内容又扩大、深化了“咏怀”的内容。“纪行”有两个重点，一是写唐明皇及其权臣、贵戚、宠妃在华清宫的骄奢荒淫生活，二是写到家后幼子已被饿死的惨象，都具有典型性，而写法又各有特点。

华清宫内的情景，宫外的行路人无法看见，因而其叙述、描写，全借助于艺术想像和典型概括。这种出于艺术想像和典型概括的大段文字如果处理失当，就难免与“纪行”游离，成为全篇的赘疣。作者的高明之处，正在于他既通过艺术想像和典型概括反映了深刻的社会矛盾，又与前段的“咏怀”一脉相承，构成了“纪行”的主要内容。在前段，他已经提到了“当今”的“尧舜君”和“廊庙具”。而“黎元”的处境之所以使他“忧”、使他“叹息”，就和这“尧舜君”、“廊庙具”有关；他拯救“黎元”的稷契之志所以无由实现，也和这“尧舜君”、“廊庙具”有关。所以当他“凌晨过骊山”之时，一面看见“路有冻死骨”，一面望见“羽林相摩戛”、听见“乐动殷樛嶱”，那“尧舜君”和“廊庙具”在华清宫寻欢作乐的许多传闻就立刻在“比稷契”的思想火花和“忧黎元”的感情热流里同自己对于民间疾苦的体验联结起来，化为形形色色的画面，浮现于脑海，倾注于笔端，形成这一段不朽文字。既具有很高的概括性，又未离开“纪行”的主线。

写华清宫的一段，其特点是由所见联想到所闻所感；写奉先县的一段，其特点则是实写眼前情景。“老妻寄异县，十口隔风雪。谁能久不顾？庶往共饥渴”，二十字写得凄怆动人。可悲的是“入门闻号咷，幼子饥已卒”，想和这可怜的孩子一同挨饿受冻，也已经没有可能。“里巷亦呜咽”既表现了邻人的同情心，又表明他们也有类似的遭遇。“岂知秋禾登，贫窭有仓卒”的“贫窭”既指自己，也包括“呜咽”的邻人和普天下的穷人。秋禾丰收，穷人仍不免饿死，其原因已在第二段预作回答。结尾八句，推己及人，由近及远：“生常免租税，名不隶征伐”的作者还不免有饿死孩子的“酸辛”，那么负担租税、兵役的老百姓们的处境如何，也就可想而知。在结构上，又与第二段“聚敛贡城阙”、“路有冻死骨”相呼应。百姓饥寒交迫，有的已经冻死、饿死，而那位“尧舜君”和他的“廊庙具”却正在华清宫过着花天酒地的腐朽生活，毫不吝惜地挥霍着百姓的血汗。诗人深感唐王朝岌岌可危，而又徒唤奈何，于是以“忧端齐终南，澒洞不可掇”结束全篇。作者抵奉先之时，安禄山正在范阳发动叛乱，证明了他的政治敏感性。

这篇杰作是用传统的五言古体写成的。五古是汉魏以来盛行的早已成熟的诗体，仅就“咏怀”之作而言，杜甫之前已有阮籍的《咏怀》、左思的《咏史》、庾信的《咏怀》、陈子昂的《感遇》、张九龄的《感遇》等著名组诗。“转益多师”的杜甫当然从汉魏以来五言古诗的创作中吸收了丰富的营养。但把《自京赴奉先县咏怀五百字》和所有前人的五言古诗相比较，就立刻发现在体制的宏伟、章法的奇变、反映现实的深广和艺术力量的惊心动魄等许多方面，都开辟了新天地。正如杨伦在《杜诗镜铨》里所说：“五古，前人多以质厚清远胜，少陵出而沉郁顿挫，每多大篇，遂为诗道中另辟一门径。”

月　夜

今夜鄜州月，闺中只独看。[1]

遥怜小儿女，未解忆长安。
香雾云鬟湿，清辉玉臂寒。
何时倚虚幌，[2]双照泪痕干？

【注释】

①闺中：闺中人，指妻子。 ②虚幌：轻薄透明的帷幔。

【品评】

天宝十五载(756)六月，安史叛军攻进潼关，杜甫带着家小逃到鄜州(今陕西富县)，寄居羌村。七月，肃宗即位灵武(今属宁夏回族自治区)，杜甫于八月间北上延州(今陕西延安)，企图赶到灵武，为平叛效力。出发不久，被叛军捉住，送到沦陷后的长安，望月思家，写下了千古传诵的《月夜》。

作者身在长安，不说“今夜长安月，客中只独看”，却从对面落墨，直写“今夜鄜州月，闺中只独看”，已透过一层。自己远离家人，当然独看明月；妻子有儿女在旁，为什么说“只独看”呢？“遥怜小儿女，未解忆长安”一联作了回答。“解忆”固可悲，“未解忆”更可悲，又进一层。用小儿女“未解忆”反衬妻子的“忆”，突出一个“独”字，从而突出了妻子的艰难处境，而自己对妻子的关切与焦虑，也得到了突出的表现。四句诗层层逼进，愈进愈深。

一“怜”一“忆”，一往情深，而这又必须和“今夜”、“独看”联系起来体会。皓月当空，月月都会看到。特指“今夜”的“独看”，则言外之意，自有往日的“同看”和未来的“同看”。未来的“同看”留待结句点明，往日的“同看”则暗含于前四句中。细读前四句，不分明透露出他和妻子有过“同看”鄜州月而共“忆长安”的往事吗？安史乱前，作者困处长安达十年之久，其中有一段时间是与妻子共同度过的，当然共同赏玩过长安的明月。当长安沦陷，一家人逃到羌村的时候，怎能不同看鄜州月而追忆同看长安月的往事？如今自己身陷叛军之中，妻子“独看”鄜州月而“忆长安”，那“忆”就不仅充满了辛酸，而且交织着忧虑和惊恐。这个“忆”字含蕴深广，耐人寻味。与妻子同看鄜州月而“忆长安”，虽然百感交集，但尚有自己为妻子分忧。如今呢？妻子“独看”鄜州月而“忆长安”，“遥怜”小儿女“未解忆长安”而只能增加她的负担，哪能为她分忧？这个“怜”字也饱含激情，催人泪下。

第三联通过妻子“独看”明月的形象进一步表现“忆长安”。“香雾云鬟湿，清辉玉臂寒”，妻子望月的情态宛然在目；而望月之久，忆念之深，已从“湿”和“寒”的感受中曲曲传出。望月愈久而忆念愈深，甚至担心她的丈夫是否还活着，怎能不伤心落泪？当作者想到妻子望月思夫，以至雾湿云鬟、月寒玉臂而犹不肯就寝，又怎能不潸然泪下？于是以渴望平定叛乱的诗句作结：“何时倚虚幌，双照泪痕干？”

题为《月夜》，句句从月色中照出。“鄜州”、“长安”与平叛后夫妻欢聚的某一地点，“今夜”、往夕与平叛后夫妻欢聚的某一良宵，统统用“独看”、“双照”相绾合，从而体现出双向多维、立体交叉、回环往复、百感纷呈的审美心态。夫妻的悲欢离合，国家的治乱兴衰，以及诗人对动乱现实的忧愤和对太平盛世的向往，都一一浮现于字里行间。如黄生所说：“五律至此，无忝诗圣矣！”

春 望

国破山河在，城春草木深。

感时花溅泪，恨别鸟惊心。
烽火连三月，家书抵万金。①
白头搔更短，②浑欲不胜簪。③

【注释】

①抵：相当、抵得上。 ②白头：指白头发。搔：抓头。短：稀少。 ③浑：简直。不胜(shēng)簪：连簪子也插不住。古代男子留长发，故须插簪束发。

【品评】

此诗作于肃宗至德二载(757)三月。先一年六月，安史叛军攻进长安，“大索三日，民间财资尽掠之”，又纵火焚城，繁华壮丽的京都变成废墟。先一年八月，杜甫将妻子安置在鄜州羌村，于北赴灵武途中被俘，押送到沦陷后的长安，至此已逾半载。时值暮春，触景伤怀，创作了这首历代传诵的五律。

前两联写“春望”之景，因景抒情。首联“国破”而空留“山河”，“城春”而只长“草木”，其破坏之惨，人烟之少，以及由此激发的忧国情绪，都从正反相形中表现出来。次联上下两句互文见义。身陷贼营，家寄鄜州，见“花”开而“溅泪”，闻“鸟”语而“惊心”，以乐景反衬哀情，而“感时”、“恨别”的复杂心态宛然可见。后两联抒“春望”之情，情中含景。三联“烽火”句应“感时”，“家书”句应“恨别”，忧国思家之情，回环往复，感人至深。尾联以“搔首”的动作写悲痛心情，余意无穷。题为《春望》，句句传“望”字之神。望山河残破荒凉，望长安草木丛生，望花鸟反增哀思，望烽火连月不息，望家书经久不至，最后以搔首望天收尾。读全诗，主人公伤时悯乱、忧国思家的神情及其望中所见，历历如在目前，从而迸发巨大的艺术感染力。

春夜喜雨

好雨知时节，当春乃发生。
随风潜入夜，润物细无声。
野径云俱黑，[1]江船火独明。[2]
晓看红湿处，花重锦官城。[3]

【注释】

①“野径”句：即“野径与云俱黑”之意。 ②“江船”句：即“江船惟火独明”。这两句，意谓满天黑云，连小路、江面、江上的船只都看不见，只能看见江船上的点点灯火，暗示雨意正浓。 ③锦官城：即成都。

【品评】

这是杜甫的五律名篇之一，上元二年(761)春作于成都草堂。

写雨以“好”字领起，摄全篇之神。雨之所以“好”，首先在于“知时节”。春意萌动，万物生长，正需要雨，雨就下起来了。其次在于她不自造声势，挟带狂风，唏里哗啦下得很暴烈，而是伴随和风，细细地下，无声地下。第三在于她选择了不妨碍人们出行、劳动的夜晚悄悄地来，只为“润物”，不求人知。第四在于她不是一下便停，敷衍了事，而是绵绵密密，彻夜不息。“润物”很彻底。

当然，在写法上并不是平铺直叙，而是富于变化。首联出“春”，次联出“夜”，看得出首联所写的“春夜喜雨”，是人在室内，侧耳倾听出来的。由于诗人关心农事，切盼下雨，所以室外一有变化，便凝神辨析，尽管风和雨细，还是听得出来。一听出来，便衷心赞“好”，颂扬她“知时”。从诗人感物和艺术构思的过程看，次联在先，首联在后。章法上的前后倒置，既跌宕生姿，又为读者拓宽了回环玩味的空间。

第三联所写，则是看出来的。由于那雨“润物细无声”，听不真切，生怕她停止了，便出门去看。看见雨意正浓，就情不自禁地想像天明以后的美景。第四联所写，正是想出来的：等到清晓一看，整个锦官城百花带雨，一片“红湿”，一朵朵红艳艳、沉甸甸，汇成花的海洋。那么，田野里的禾苗呢？山岭上的树林呢？一切的一切呢？以“润物”的巨大功用结尾，在更高层次上表现了春雨的“好”。

题目中的那个“喜”字在诗里没有露面，但喜悦之情洋溢于字里行间。这喜悦之情，是由“好雨”触发、并且伴随着对于“好雨”的描状、赞美流露出来的。这首诗永久的艺术魅力，就在于把“好雨”拟人化，用画工之笔描状、赞美了她的高尚品格；而这种高尚品格，又具有普遍意义，故能给读者以审美享受和思想启迪。

茅屋为秋风所破歌

八月秋高风怒号，卷我屋上三重茅。茅飞渡江洒江郊：高者挂罥长林梢，①下者飘转沉塘坳。②南村群童欺我老无力，忍能对面为盗贼。公然抱茅入竹去，唇焦口燥呼不得。归来倚杖自叹息。俄顷风定云墨色，③秋天漠漠向昏黑。④布衾多年冷似铁，娇儿恶卧踏里裂。⑤床头屋漏无干处，雨脚如麻未断绝。自经丧乱少睡眠，⑥长夜沾湿何由彻?[7]安得广厦千万间,大庇天下寒士俱欢颜,[8]风雨不动安如山!呜呼!何时眼前突兀见此屋?[9]吾庐独破受冻死亦足。

【注释】

①罥(juàn):缠绕。 ②坳:低洼积水处。 ③俄顷:一会儿。 ④漠漠:灰蒙蒙的样子。向:近。 ⑤恶卧:睡觉不老实。 ⑥丧乱:指遭安史之乱。 ⑦彻:到天亮。 ⑧庇(bì):遮蔽。 ⑨突兀:高耸的样子。见:同"现"。

【品评】

肃宗上元元年(760),杜甫求亲告友,在成都浣花溪畔盖起草堂,总算有了栖身之所。不料到了第二年八月,大风破屋,大雨又接踵而至,诗人长夜难眠,创作了《茅屋为秋风所破歌》。

全诗分四节。第一节五句,句句押韵,"号"、"茅"、"郊"、"梢"、"坳",五个开口呼的平声韵脚传来阵阵风声。起势迅猛,"风怒号"三字音响洪大,如闻秋风咆哮。一个"怒"字,把秋风拟人化,使"卷我屋上三重茅"富有动作性和感情色彩。"卷"、"飞"、"渡"、"洒"、"挂罥"、"飘转",一个接一个的动态组成一幅幅图画,紧紧地牵动诗人的视线、拨动诗人的心弦。

第二节五句,是前一节的发展。诗人眼巴巴地望着狂风把屋上的茅草一层又一层地"卷"走,有的"挂罥长林梢",有的"飘转沉塘坳",已无法收回。而能够收回的,却被"南村群童"抱跑了!"欺我老无力"五字极深刻,也极沉痛。"归来倚杖自叹息"中的"归来",补写初闻风声,诗人即拄杖出门,直至大风破屋,茅草丢失,才无可奈何地回到屋内。"自叹息"的"自"字尤沉痛。如此不幸,却无人同情和帮助,只有"自"叹"自"嗟。世风之浇薄,意在言外。

第三节八句，写屋破又遭连夜雨的苦况宛然在目，而又今中含昔、小中见大。成都的八月并不冷，然而“床头屋漏无干处”，布衾又旧又破，就感到冷。“布衾多年冷似铁，娇儿恶卧踏里裂”两句，词约义丰，概括了长期以来的贫困生活。而这贫困，又与国家的丧乱有关。“自经丧乱少睡眠，长夜沾湿何由彻”两句，一纵一收。一纵，从眼前的处境扩展到安史之乱以来的种种痛苦经历，从风雨飘摇中的茅屋扩展到战乱频仍、残破不堪的国家；一收，又回到“长夜沾湿”，布衾似铁的现实，水到渠成地过渡到全诗的结尾。

第四节以表现理想和希望的“安得”二字领起。“安得广厦千万间，大庇天下寒士俱欢颜，风雨不动安如山”三句，前后用七字句，中间用九字句，句句蝉联而下，而表现阔大境界的词如“广厦”、“千万间”、“大庇”、“欢颜”、“安如山”等，声音洪亮，从而构成了铿锵有力的节奏和奔腾前进的气势，准确地表现了诗人从“床头屋漏无干处”、“长夜沾湿何由彻”的痛苦生活体验中迸发出来的奔放激情和火热希望。这种激情和希望，咏歌之不足，故嗟叹之：“呜呼！何时眼前突兀见此屋，吾庐独破受冻死亦足！”诗人的博大胸襟和崇高理想，表现得淋漓尽致。

闻官军收河南河北

剑外忽传收蓟北，[1]初闻涕泪满衣裳。
却看妻子愁何在，漫卷诗书喜欲狂。
白首放歌须纵酒，[2]青春作伴好还乡。
即从巴峡穿巫峡，便下襄阳向洛阳。[3]

【注释】

①剑外:指剑阁以南,即蜀地。蓟北:今河北省北部地区,即叛军根据地范阳一带。 ②白首:一作“白日”,与下句“青春”意复,故不取。 ③向洛阳:作者自注云:“余有田园在东京。”

【品评】

宝应元年(762)冬,唐军自陕州发起反攻,收复洛阳及郑、汴等州,叛军纷纷投降。第二年即广德元年春,史朝义兵败自缢,延续八年的安史之乱始告平息。流寓梓州(今四川三台)的杜甫初闻捷报,欣喜欲狂,写下了这首脍炙人口的七律。

首句写狂喜之故,以下各句写狂喜情态。“剑外”乃作者飘泊之地,“蓟北”乃安史叛军老巢。作者飘泊“剑外”,艰苦备尝,渴望还乡而不可能,就由于“蓟北”未收,战乱未平。如今于“剑外”飘泊之地“忽传收蓟北”,能不惊喜欲狂!“初闻”紧承“忽传”,“涕泪满衣裳”生动地表现了“初闻”捷报时悲喜交集的复杂情感。自安禄山于蓟北发动叛乱,攻陷潼关,作者即流离转徙,至今已有八年。回想八年来的重重苦难是怎样熬过来的,怎能不悲!如今“忽传”战乱平息,连安史老巢都已收复,安得不喜!悲喜交集,激情喷涌,不禁涕泪纵横。而以八年之悲反衬“忽传”之喜,故第二联落脚于“喜欲狂”。“却看妻子”、“漫卷诗书”,这是带有因果关系的两个连续性动作。回头看妻子,满面愁云已不知飘向何处,这更助长了自己的喜,再无心伏案写作,胡乱地卷起诗书,与家人共享胜利的欢乐。三联就“喜欲狂”作进一步抒写。“白首”之年,难得“放歌”,更不宜“纵酒”。如今既“放歌”,又“纵酒”,正是“喜欲狂”的具体表现。这句与上句的“漫卷诗书”,写“狂”态如在目前。以下三句,则畅写“狂”想。春天已经来临,在鸟语花香中与妻子“作伴”,正好“还乡”。想到这里,又怎能不“喜欲狂”?接下去,狂想鼓翼而飞,身在梓州，心已回到故乡。尾联包括四个地名："巴峡"与"巫峡"，"襄阳"与"洛阳"，既上下对偶(句内对)，又前后对偶，形成工整的地名对；而用"即从"、"便下"绾合，一气贯注，又是活泼的流水对。再加上"穿"、"向"的动态与两"峡"两"阳"的重复，文势、音调，迅急有如闪电，生动地表现了想像的飞越。值得指出的是诗人既展示想像，又描绘实境。从"巴峡"到"巫峡"，舟行如梭，故用"穿"；出"巫峡"到"襄阳"，顺流急驶，故用"下"；从"襄阳"到"洛阳"，已换陆路，故用"向"。

此诗与李白《早发白帝城》同写舟行迅速，给人以轻快喜悦的艺术享受，其不同之处在于李诗写实而加以夸张，杜诗则直写想像的飞越，与前者异曲同工。

绝句二首　其二

江碧鸟逾白，[1]山青花欲然。[2]
今春看又过，何日是归年？

【注释】

①逾：同"愈"，更加。　②然：同"燃"。

【品评】

前两句用对偶法写眼前景。洁白的水鸟从碧绿的江面掠过，火红的花朵在青翠的山间开放，四景四色，绚丽夺目。但四景又非平列，其侧重点在于用反衬法突出花鸟。"逾白"一词，兼含对比与递进双重作用，表现白鸟因碧江衬底而更增亮度。"欲然"一词，兼用拟人和隐喻两种技法，表现花朵因青山衬底而红光闪耀,即将燃烧起来。

寥寥十字,勾勒出一幅生机勃勃的天然图画,既是山水画,又是花鸟画。

此诗作于广德二年(764),诗人住在成都草堂。草堂一带的自然风光,一年四季都在变化。前两句所写,乃是暮春景色。看到这暮春景色,当然感到美,但更突出的感触是:又一个春天眼看就要过去! 于是出人意外地写出后两句。对照先一年春天在《闻官军收河南河北》里所写的"青春作伴好还乡",便能理解"今春看又过,何日是归年"所蕴含的情感波涛。

登岳阳楼

昔闻洞庭水,今上岳阳楼。
吴楚东南坼,①乾坤日夜浮。②
亲朋无一字,老病有孤舟。
戎马关山北,③凭轩涕泗流。④

【注释】

①吴楚:指春秋战国时的吴、楚两国之地,在我国东南一带。大致说来,吴在洞庭湖东,楚在洞庭湖西。坼(chè):裂。此句是说洞庭湖把东南之地裂为吴、楚。 ②乾坤:指日月。《水经注·湘水》:"湖广圆五百余里,日月若出没其中。" ③"戎马"句:指吐蕃入侵,长安戒严。 ④轩:指楼上窗户。

【品评】

大历三年(768)冬,杜甫飘泊湖湘一带,登岳阳楼而作此诗。时年五十七岁,患肺病及风痹症,左臂偏枯,右耳已聋。

"吴楚东南坼,乾坤日夜浮"一联,雄伟壮阔,与孟浩然"气蒸云梦泽,波撼岳阳城"同为咏洞庭湖名句。然孟诗后半篇稍弱,杜诗则通体完美,"气压百代,为五言雄浑之绝"(刘辰翁《批点千家注杜诗》卷一五)。

首联虚实交错,今昔对照,从而扩大了时、空领域。昔年天下未乱时,听说洞庭湖雄奇壮丽,多么希望身临其境,一饱眼福。如今居然登上岳阳楼了,眼前就是洞庭湖啊!用"昔闻"为"今上"蓄势,归根结蒂是为描写洞庭湖酝酿气氛。颔联写洞庭湖坼吴楚、浮日月,波浪掀天,浩茫无际,真不知此老胸中吞几云梦!历来写洞庭湖的佳句,如刘长卿"叠浪浮元气,中流没太阳"、僧可明"水涵天影阔,山拔地形高"、许文化"四顾疑无地,中流忽有山"等,都无法比拟。王士禛赞为"雄跨今古",良非偶然。然而从章法的穷极变化看,这一联的妙处还在于反跌颈联:"亲朋无一字",得不到精神和物质方面的任何援助;"老病有孤舟",从大历三年正月自夔州携带妻儿、乘舟出峡以来,既"老"且"病",飘流湖湘,以舟为家,前途茫茫,何处安身!面对洞庭湖的汪洋浩淼,更加重了身世的孤危感。写景如此壮阔,自叙如此落寞,于诗境极阔极狭的突变与对照中寓无限情意,令人玩索不尽。而身世孤危的根本原因,乃在于朝政不修,战乱频仍。因而身在岳阳楼,神驰"关山北",水到渠成般引出尾联。

尾联上下句之间留有空白,引人联想。开端"昔闻洞庭水"的"昔",当然可以涵盖诗人在长安一带活动的十多年时间。而这,在空间上正可与"关山北"拍合。"昔"年在"关山北"一带,诗人曾作过种种努力,企图实现"致君""活国"的政治理想;安史乱起,又辗转逃亡,离秦、度陇、入蜀、出峡,直到"今上岳阳楼”，那儿仍“戎马”纵横，黎元受难。自己“老病”侵寻，“孤舟”漂泊，不知“关山北”何时才没有“戎马”，更不知何时才能回去。伤高念远，怎能不“凭轩涕泗流”？

“凭轩”与“今上”首尾呼应，通篇是“登岳阳楼”诗，却不局限于写“岳阳楼”与“洞庭水”。时间上抚今追昔，空间上包吴楚、越关山。其身世之悲，国家之忧，浩浩茫茫，与洞庭水势融合无间，形成沉雄悲壮、博大深远的意境。

江南逢李龟年[①]

岐王宅里寻常见，[②]崔九堂前几度闻。[③]
正是江南好风景，[④]落花时节又逢君。

【注释】

①李龟年：开元、天宝间的著名歌唱家，起大宅于东都，豪华逾于公侯。安史乱后流落江南，每遇良辰美景，为人歌数曲，闻者无不掩泣。 ②岐王：李范，睿宗第四子，好学工书，雅爱文士，无论贵贱皆尽礼接待。此处岐王，当指其子李珍。 ③崔九：名涤，玄宗用为秘书监，多辩智，善谐谑。此处崔九堂当指崔氏旧堂。 ④江南：指江、湘一带。

【品评】

四句诗写得很轻松，只说过去在什么地方见过，如今又在什么地方、什么季节重逢，如此而已。然而岐王、崔九，乃是开元时代的名流，提到曾在“岐王宅里”、“崔九堂前”相遇，便会勾起对于开元盛世和青春年华的美好回忆，而“寻常见”与“几度闻”的有意重复，又拉长了回忆的时间，流露了无限眷恋之情。由回忆回到现实，看眼前的自然风光，“正是……好风景”，与当年相见时没有两样。然而地点则在“江南”，而不是京都。人呢？都老了！“君”不再是出入显贵之家的音乐大师，而是流落民间的白头艺人；自己呢，贫病交加，孤舟漂流。以“落花时节又逢君”收尾，什么都没说，而往事今情，都从“又”字中逗出。“落花时节”，当然是以“落花”点时令，而青春凋谢、国运飘摇之类的象征意味，也是显而易见的。绝句到了李白、王昌龄手中，已完全成熟，形成了含蓄蕴藉、风神摇曳、婉曲唱叹、情韵悠扬等艺术特色。杜甫另辟蹊径，力求创新，形式上多用偶句、拗体，喜发议论，不避俗语，内容上扩展表现领域，形成了质直厚重的个人风格。在现存绝句中，这一类作品占大多数，历来褒贬不一，目为“别调”。但风神俊朗、情味隽永的佳作也不少，本篇即其中之一。黄生《杜工部诗说》称赞说：“今昔盛衰之感，言外黯然欲绝。见风韵于行间，寓感慨于字里。即使龙标（王昌龄）、供奉（李白）操笔，亦无以过。”

岑　参(715—770)

排行二十七，荆州江陵(今属湖北)人，唐初宰相岑文本之后。天宝五载(746)登进士第，授兵曹参军。八载，任高仙芝安西节度使府掌书记。十三载，充封常清安西、北庭节度判官。安史乱后，入朝为右补阙。历太子中允、殿中侍御史、关西节度判官等职，终嘉州刺史，世称岑嘉州。其诗风格雄浑，意想新奇，色彩瑰丽，尤以边塞诗名世，与高适同为盛唐边塞诗派代表。有《岑嘉州集》,《全唐诗》存诗四卷。

白雪歌送武判官归京

北风卷地白草折，胡天八月即飞雪。
忽如一夜春风来，千树万树梨花开。
散入珠帘湿罗幕，狐裘不暖锦衾薄。
将军角弓不得控，[①]都护铁衣冷难着。[②]
瀚海阑干百丈冰，[③]愁云惨淡万里凝。
中军置酒饮归客，[④]胡琴琵琶与羌笛。
纷纷暮雪下辕门，[⑤]风掣红旗冻不翻。[⑥]
轮台东门送君去，[⑦]去时雪满天山路。[⑧]
山回路转不见君，雪上空留马行处。

【注释】

①角弓:以牛角装饰的弓。不得控:拉不开。 ②都护:镇守边疆的长官。唐时置六都护府,各设大都护一员。着:穿。③阑干:纵横貌。 ④中军:主帅亲自统率的部队,此指主帅营帐。归客:指即将归京的武判官。 ⑤辕门:军营门。 ⑥掣:牵。 ⑦轮台:在今新疆维吾尔自治区库车县东,唐时属北庭都护府,封常清曾驻兵于此。 ⑧天山:一名祁连山,横亘新疆东西,长六千余里。

【品评】

此诗是岑参任安西、北庭节度判官时送人回京之作。紧扣诗题,以奇丽雪景烘托惜别之情。一、二两句"折"、"雪"押入声韵,声调急促,强化了风急雪骤的视觉形象与听觉形象。"白草折",不仅状"北风卷地"的威力,为次句写"飞雪"作铺垫,而且暗示风中已经带雪。古今注家释"白草",都认为草枯色白,"白"乃草色,其实作者正是以"白"点"雪"。未睹雪势,先闻风声;忽惊草"白",继见雪飞。写得何等有层次、有声势!如果时当隆冬,这景象便无足惊异。可现在才"八月",初来西北边塞的人怎能不乍感惊奇!于是忽发奇想,以"忽如"领起,于浩荡"春风"中展开了"千树万树梨花开"的瑰丽世界。而"来""开"换平声韵,声调开张舒徐,恰切地传达了陶醉于无边"春色"中的欢畅心声。此二句千古传诵,良非偶然。然而这毕竟是"忽如",而不是"已是",于是又回到白雪,写它"散入珠帘"之后带来的酷寒,巧妙地引出人物,向送别过渡。"狐裘不暖锦衾薄","将军角弓不得控,都护铁衣冷难着",这是通过人物的触觉表现雪中酷寒;"瀚海阑干百丈冰,愁云惨淡万里凝",这是通过人物的视觉表现雪中酷寒。万里乌云因奇寒而"凝"固不散,既与下文"暮雪纷纷"呼应,又把人物的视线引向武判官遥遥万里的归程,从而唤起了"愁"与"惨淡"的心理反应。经过一系列烘托，这才推出了送别的场景：中军帐内，包括“将军”、“都护”在内的戍边将士为武判官饯行，轮番进酒。“胡琴琵琶与羌笛”，只举三种西域乐器，却使人联想到急管繁弦，乐声大作，随着疾速的旋律，不少人翩翩起舞。既是饯行，又在边地，不能没有离愁别绪，然而总的气氛还是热烈的。即使有悲，也是悲壮而非悲凉。行人即将出发，而向帐外望去，“纷纷暮雪下辕门”，大雪还没有停止的迹象，而辕门上的军旗，已冻成硬片，不能“翻”动。这当然使行人发愁，使送行者担忧。然而诗人并未说愁说忧，而用特写镜头，以冰天雪地、弥望银白反衬军旗的无比鲜“红”，正像前面视“北风”如“春风”，视雪景如春景一样，表现了诗人对边塞风光和军旅生活的热爱。“风掣红旗冻不翻”的奇丽形象，当然表现了边地严寒，但更是体现了戍边将士不畏艰苦、昂扬勇毅的精神风貌。

结尾四句，仍以咏雪烘托送行。“雪满天山路”，其难行可知，然而行人依然按期启程。送行者目送行人远去，直到“山回路转”，人已无法望见，却还凝望留在雪上的马蹄印迹，言已尽而意无穷。

翁方纲《石洲诗话》称岑参诗风“奇峭”，而其“边塞之作，奇气益出”。方苞评此诗，谓“‘忽如’六句，奇才，奇气，奇情逸发，令人心神一快”（高步瀛《唐宋诗举要》卷二引），都深中肯綮。

此诗发挥了歌行体特长，两句、四句换韵，平仄相间，跌宕生姿，随着迅速换韵迅速地转换画面，令人眼花缭乱。句尾多用仄仄仄、平平平、仄平仄，有意避开律句，也不用对偶句，增强了音调的奇峭感，与景色的奇丽、天气的奇寒、人物的奇情水乳交融，相得益彰。

张　继

字懿孙,排行二十,襄州(今湖北襄阳)人。生卒年不详。天宝十二载(753)进士。曾佐戎幕,又为盐铁判官。大历末,为检校祠部员外郎,分掌财赋于洪州,卒于任。诗体清迥,深于比兴。《全唐诗》存诗一卷。

枫桥夜泊①

月落乌啼霜满天,江枫渔火对愁眠。
姑苏城外寒山寺,②夜半钟声到客船。

【注释】

①枫桥:在今江苏省苏州市西郊。泊:靠岸停船。　②姑苏:苏州的别称。寒山寺:因唐初诗僧寒山曾住此,故名。在枫桥西一里处,始建于梁代。

【品评】

"愁眠"是全诗基点。深秋之夜,诗人泊舟枫桥,满腹旅"愁",虽"眠"而未能入睡,一切有特征性的江南水乡夜景,都通过"愁眠"者的感受反映出来。目送"月落",耳闻"乌啼",身感霜华降落;而与"愁眠"者始终相"对"、作伴的,只是几树"江枫"、数点"渔火"。这一切,自然更添旅"愁"。好容易熬过前半夜,刚有睡意,而寒山寺的钟声,又飘进船舱。

杜甫《遣怀》诗以"愁眼看霜露"领起,诗中"断柳"、"啼鸦"

等许多景物，都用“愁眼”看出，强化了诗的感染力。这首诗正用同样手法，却扩大了表现领域，不仅通过带“愁”的视觉，而且通过听觉、触觉以及虽“眠”而无法入睡又渴望入睡的复杂心态，融情入景，借景传情，又以夜半闻钟反衬不寐，从而将羁愁旅思表现得细致入微，超妙绝伦。

第四句写闻钟声而用第三句写钟声来自何处，并非浪费笔墨。“姑苏”，这是留有吴、越兴亡史迹的文化名城；“寒山寺”，这是南朝古刹，寒山、拾得两位著名诗僧曾住锡于此。“姑苏城外寒山寺”的钟声于万籁俱寂的子夜飘到“客船”，荡漾着历史的回音，洋溢着诗情禅韵，怎能不动人遐思？此诗不仅在国内传诵，而且远播日本，妇孺皆知，寒山寺也因而名扬海外，游人纷至沓来。其艺术魅力如何，就无须多说了。

欧阳修《六一诗话》谓此诗后两句，“句则佳矣，其如三更不是打钟时”。后人纷纷辩论，遂成诗坛公案。其实六朝以来，佛寺多于夜半鸣钟，自张继此诗流传以后，寒山寺夜半钟声，尤为人们所神往。孙仲益《过枫桥寺》诗云：“白首重来一梦中，青山不改旧时容。乌啼月落桥边寺，欹枕犹闻半夜钟。”

钱　起(710? —782?)

字仲文,排行大,吴兴(今浙江湖州)人。天宝十载(751)进士,授秘书省校书郎。安史乱后任蓝田县尉,与退隐辋川的王维唱和。终考功郎中、太清宫使。与郎士元、司空曙、李益、李端、卢纶、李嘉祐等合称“大历十才子”,又与郎士元齐名,有“前有沈、宋,后有钱、郎”之誉。擅长五律,七绝亦含蓄清丽,颇饶韵味。有《钱仲文集》,《全唐诗》存诗四卷,混入其孙钱珝《江行一百首》等诗。

归　雁

潇湘何事等闲回,①水碧沙明两岸苔。②
二十五弦弹夜月,③不胜清怨却归来。④

【注释】

①潇湘:二水名,在今湖南境内。等闲:轻易、随便。　②水碧沙明:《太平御览》卷六五引《湘中记》:“湘水至清……白沙如雪。”苔:鸟类的食物,雁尤喜食。　③二十五弦:指瑟。《楚辞·远游》:“使湘灵鼓瑟兮。”　④胜(shēng):承受。

【品评】

诗咏“归雁”,雁是候鸟,深秋飞到南方过冬,春暖又飞回北方。古人认为鸿雁南飞不过衡阳,衡阳以北,正是潇湘一带。

诗人抓住这一点，却又撇开春暖北归的候鸟习性，仿佛要探究深层原因，一开头便突发奇问：潇湘下游，水碧沙明，风景秀丽，食物丰美，你为什么随便离开这么好的地方，回到北方来呢？

诗人问得奇，鸿雁答得更奇：潇湘一带风景秀丽，食物丰美，本来是可以常住下去的。可是，湘灵在月夜鼓瑟，从那二十五弦上弹出的音调，实在太凄清、太哀怨了！我的感情，简直承受不住，只好飞回北方。

钱起考进士，诗题是《湘灵鼓瑟》，他作的一首直流传到现在，算是应试诗中的佳作。中间写湘灵（传说是帝舜的妃子）因思念帝舜而鼓瑟，苦调清音，如怨如慕，结尾“曲终人不见，江上数峰青”尤有余韵。这首七绝，则把“湘灵鼓瑟”说成鸿雁北归的原因。构思新奇，想像丰富，笔法灵动，抒情婉转，以雁拟人，相与问答，言外有意，耐人寻绎，为咏物诗开无限法门。

司空曙(720? —790?)

字文明,排行十四,广平(今河北鸡泽东南)人,卢纶表兄。大历初任洛阳主簿,后入朝为左拾遗。官终吏部郎中。工诗,为“大历十才子”之一,长于近体,尤擅五律、七绝,或浑厚沉着,或深婉雅淡,有真情实感。《全唐诗》存诗二卷。

云阳馆与韩绅宿别①

故人江海别,几度隔山川。
乍见翻疑梦,②相悲各问年。
孤灯寒照雨,深竹暗浮烟。
更有明朝恨,离杯惜共传。③

【注释】

①云阳:唐县名,在今陕西三原县境内。馆:驿馆,旅客中途休息之处。诗题的意思是:诗人与故人韩绅在云阳驿馆偶然相遇,同宿一夜,第二天早晨即相互告别,各奔前程。 ②翻:反而。 ③惜:珍惜。

【品评】

安史乱后,杜甫诗中屡写乍逢倏别情景。如《赠卫八处士》“今夕复何夕,共此灯烛光……明日隔山岳,世事两茫茫”,《羌村三首》"世乱遭飘荡，生还偶然遂……夜阑更秉烛，相对如梦寐"，《送路六侍御入朝》"童稚相亲四十年，中间消息两茫然。更为后会知何地？忽漫相逢是别筵"等，都情真意切，蕴含深广，感人至深。大历诗人受此影响，其反映行旅聚散之诗，虽不如杜诗兼写社会乱离，然亦曲尽情理，真挚动人。司空曙的这首五律，便是其中的代表作。

首联写与故人在飘零江海的过程中"几度"重逢，才逢又别，为山川阻隔，不通音讯。在章法上，反跌次联的"乍见"，遥呼尾联的"更有"。在"几度隔山川"与"更有明朝恨"的夹缝中，偶然而又短暂的相逢，形成了似梦似幻的感觉。"乍见"之后的谈话只写了一句："相悲各问年。"老朋友的年龄，应该是彼此清楚的，明知故问，由"相悲"引起。彼此形容俱变，各显老态，与前度相逢时判若两人，故"相悲"而各问年龄，其阔别之长久、经历之辛酸，俱蕴含其中。这一联，与郎士元《长安逢故人》"马上相逢久，人中欲认难"、李端《喜见外弟又言别》"问姓惊初见，称名忆旧容"同为大历名句。后两联写驿馆黯然相对、共传离杯的情景。"孤灯寒照雨"，由室内写到窗外。坐对孤灯，暗示彻夜未眠。灯光通过窗口照见绵绵夜雨，暗示主人公的目光不时投向窗外，因为明朝都要赶路。"深竹暗浮烟"是主人公隔窗所见的雨中景。灯光微弱，约略可见摇曳于寒雨里的竹林浮起濛濛雾气，"孤"字、"寒"字、"深"字、"暗"字，写"灯"、写"雨"、写"竹"、写"烟"，同时也烘托出主人公低沉凄惋的心绪。坐对孤灯，当然要共话衷曲，这一点没有明说；但共传离杯，则由尾联补出。尾联的"更有"遥应首联的"几度"。由于明朝"更有"和已往"几度"一样的别离之恨，别后又将飘零江海，远隔山川，因而珍惜短暂的相聚，相互劝酒。"离杯惜共传"的那个"惜"字，含无限深情。"大历十才子"多擅长五律，其佳作的共同优点是脉理深细，声律精严。司空曙的这一首亦然，不仅有"乍见"一联警句而已。

戴叔伦(732—789)

字幼公,润州金坛(今属江苏)人。少从萧颖士学,有才名。历参湖南、江西幕府,任抚州刺史、容州刺史、容管经略史兼御史中丞,后人称为戴容州。德宗时诗名极盛,其题材、风格、手法,均体现出唐诗由盛转向中、晚的脉络。乐府诗上承杜甫,下启元、白。五律意达词畅,绝句清隽深婉。有《戴叔伦诗集》,《全唐诗》存诗三卷。

过三闾庙①

沅湘流不尽,②屈子怨何深!
日暮秋风起,萧萧枫树林。

【注释】

①三间庙:即屈原祠。屈原事楚怀王,曾任三间大夫。②沅湘:二水名,在今湖南省境内。

【品评】

全诗写一“怨”字,比兴并用,风神摇曳。

因过屈原祠而凭吊屈原,便想到屈原之“怨”。《史记·屈原列传》云:“屈平正道直行,竭忠尽智,以事其君,谗人间之,可谓穷矣!信而见疑,忠而见谤,能无怨乎?屈平之作《离骚》,盖自怨生也。”“怨”,这是抽象的东西,如何写?诗咏屈原祠,诗兴自然由此祠触发。据《清一统志》,屈原祠在今汨罗县境,即屈原怀沙沉江之处。汨罗江是湘江支流,屈原在投江前作的《怀沙》里说:“浩浩沅湘,分流汩兮。修路幽蔽,道远忽兮。”在《离骚》里也说:“济沅湘以南征兮,就重华而陈词。”在这些提到“沅湘”的诗句中,抒发了爱国爱民的情感和理想无法实现的哀怨。诗人徘徊于屈原祠畔。目送沅湘之水滔滔流逝,屈原的遭遇,屈原的诗歌,便一一涌向心头,化为此诗的前两句:“沅湘流不尽,屈子怨何深!”这两句,综错成文,义兼比兴。屈子之“怨”有似沅湘之水,万古长流,无有尽期;屈子之“怨”异常深重,故沅湘之水日夜奔流,也流它不尽。

“不尽”二字,引出下联。有些鉴赏家认为此诗的妙处在于以景语结尾,如李锳《诗法易简录》云:“三、四句但写眼前之景,不复加以品评,格力尤高。”这看法当然不错,但未和前两句联系起来,终隔一层。诗咏三闾庙、沅湘、枫林,皆眼前景。目望沅湘而感叹屈子的哀怨“沅湘流不尽”,那么“流不尽”的哀怨还体现了什么呢?于是诗人的目光从沅湘移向庙内及其附近的枫林,又想起了屈原的诗句:“袅袅兮秋风,洞庭波兮木叶下。”(《九歌·湘夫人》)“湛湛江水兮上有枫,目极千里兮伤春心。魂兮归来哀江南。”(《招魂》)而结尾景语,即从此化出:“日暮秋风起,萧萧枫树林。”深秋日暮,落日斜照下的枫林在袅袅秋风里萧萧低吟,仿佛为屈原传“怨”。

杨逢春《唐诗偶评》云:“此亦取逆势之格。上二逆偷下意,空中托笔。起二用逆笔提,三四方就庙中之景写‘怨’字。首句所云‘流不尽’者,此也。首作透后之笔,后却如题缩住,斯为善用逆笔。”其对章法的分析,可谓独具慧眼。

韦应物(737—792?)

排行十九,京兆万年(今陕西西安)人。出身望族,少任侠,曾以三卫郎事玄宗。后折节读书,历任滁州刺史、江州刺史、左司郎中,终苏州刺史。人称韦江州、韦左司、韦苏州。为官清廉,关心民瘼。其田园山水诗源出陶潜,融合二谢,真而不朴,华而不绮,后世与柳宗元并称。白居易评其诗:"韦苏州歌行,清丽之外,颇近兴讽;其五言诗,又高雅闲淡,自成一家之体。"(《与元九书》)有《韦苏州集》,《全唐诗》存诗十卷。

寄李儋元锡①

去年花里逢君别,今日花开又一年。
世事茫茫难自料,春愁黯黯独成眠。②
身多疾病思田里,③邑有流亡愧俸钱。④
闻道欲来相问讯,西楼望月几回圆。⑤

【注释】

①李儋:字幼遐,曾官殿中侍御史。元锡:字君贶,历任福州、苏州刺史。 ②黯黯:此处形容心情黯淡。 ③田里:田园、家乡。 ④邑:居民点,此指苏州。俸钱:薪金。 ⑤西楼:一名观风楼,在苏州。

【品评】

此诗当作于苏州刺史任上。首联以两度花开表现与友人分别已经一年，追忆之情，思念之意，已溢于墨楮，却留待尾联申说，而以中间两联写“一年”来的时事感受和思想矛盾，向朋友倾吐满腹心事。安史乱后，政局动荡，民生凋敝，连苏州这样的富饶地区，也有饥民流亡。作为一个清廉正直、爱民忧国的地方官，常以无法改变这种局面而深感苦闷。中间两联所倾吐的，正是这种情怀，但不是平铺直叙，而是以第二联的“世事茫茫”、“春愁黯黯”烘托“难自料”、“独成眠”的心态，为第三联作好有力铺垫；第三联又跌宕摇曳，唱叹有情。从第二联的铺垫看，第三联上句的“思田里”——想弃官回家，乃是“难自料”、“独成眠”时的心理活动，其原因，当然与“世事茫茫”、“春愁黯黯”有关；却偏把这原因归结为“身多疾病”。不难看出，这“疾病”其实是身心交瘁。第三联下句“邑有流亡”正与第二联“世事”、“春愁”相应。“邑有流亡”而一筹莫展，深感有“愧俸钱”，自然“思田里”。在同时所作的《答崔都水》诗里就明说“甿税况重叠，公门急熬煎。贡遭甘首免，岁晏当归田”。在语序上将“思田里”置于上句，合起来便是：身多疾病，已思田里；更何况邑有流亡，愧拿俸钱呢？无限感慨，从文情动宕中传出，遂成一篇之警策。范仲淹叹为“仁者之言”，朱熹称赞“贤矣”，黄彻《䂬溪诗话》卷二更说“余谓有官君子当切切作此语，彼有一意供租，专事土木，而视民如仇者，得无愧此诗乎”？

尾联回应首联，归到“寄友”。听说友人要来相访，向他们面叙衷曲，该多好！可是总盼不来。以“西楼望月几回圆”收尾，余味无穷。

秋夜寄丘员外[①]

怀君属秋夜,[②]散步咏凉天。
空山松子落,幽人应未眠。[③]

【注释】

①丘员外:诗人丘为之弟丘丹,曾官仓部员外郎。李肇《国史补》云:"应物性高洁,所在焚香扫地而坐,惟顾况、刘长卿、丘丹、秦系、皎然之俦,得厕宾列,与之酬唱。" ②属(zhǔ):适逢。 ③幽人:指丘丹。丘丹《和韦使君秋夜见寄》云:"露滴梧桐鸣,秋风桂花发。中有学仙侣,吹箫弄明月。"

【品评】

韦应物任苏州刺史时,诗友丘丹已弃官入浙江临平山学道,秋夜怀人,因寄此诗。

唐人工五绝者,首推王维、李白;韦应物亦负盛名。沈德潜《说诗晬语》云:"五言绝句,右丞之自然,太白之高妙,苏州之古澹,并入化机。而三家中,太白近乐府,右丞、苏州近古诗,又各擅胜场也。"乔亿《剑溪说诗》亦云:"五言绝句,工古体者自工……唐之王维、李白、韦应物可证也。"这首《秋夜寄丘员外》诗,是韦应物五绝中的代表作。

前两句用"秋夜"、"凉天"托出"咏"字,咏秋夜呢?咏凉天呢?或于秋夜、凉天咏"怀君"之诗呢?我"怀君"而恰值秋夜、凉天,则"君"亦共此秋夜、凉天,意脉直贯结句"幽人应未眠"。"应",揣测想像之词,如此秋夜、凉天,"君"既是"幽人",想来更不会闭户高眠!那么,散步呢?咏诗呢?还是干别的什么呢?

中间横插“空山松子落”一句，增添幽意。然而意脉属前呢？还是属后？如属前，则我凉天散步，秋夜寂寥，偶闻松子落地而念及幽人，遥想未眠。如属后，则我情系空山，神驰君畔，想君因闻松子落地之声而触动情思，秋夜未眠。

诗以“怀君”领起，而“怀君”之意，迄未明说。空际传神，不着迹象，清幽淡远，一片空灵，自是五绝妙境。

滁州西涧①

独怜幽草涧边生，上有黄鹂深树鸣。
春潮带雨晚来急，野渡无人舟自横。

【注释】

①滁州：今安徽滁州市。西涧：在滁州城西。

【品评】

韦应物于德宗建中四年(783)出为滁州刺史，旋即罢任，闲居滁州西涧。此诗即作于此时。全诗写西涧春景，前半写晴景，后半写雨景。写晴景明丽如绘，而以黄鹂偶鸣烘托静境，画不能到。写雨景亦用以动形静手法：暮雨忽来，春潮骤涨，着一“急”字，如见汹涌之势，如闻澎湃之声。而野渡无人，孤舟自横，又于动中显静，喧中见寂。后两句历代传诵，且被化用。北宋寇准《春日登楼怀归》“野水无人渡，孤舟尽日横”，苏舜钦《淮中晚泊犊头》“晚泊孤舟古祠下，满川风雨看潮生”，南宋史达祖《绮罗香·咏春雨》“还被春潮晚急，难寻官渡”，均由此化出。

以动形静，以喧显寂，反映了诗人厌恶喧嚣、寻求宁静的政治情怀和审美心态。黄叔灿《唐诗笺注》评此诗“分明是一幅图画”,就写景宛然在目而言,这当然是不错的。但诗人写照传神,别有会心,即景抒情,灼然可见。

王士禛《唐人万首绝句选·凡例》云:“宋赵章泉、韩涧泉选唐诗绝句,其评注多迂腐穿凿。如韦苏州《滁州西涧》一首‘独怜幽草涧边生,上有黄鹂深树鸣’,以为‘君子在下,小人在上’之象,以此论诗,岂复有风雅耶?”解诗不宜说死,更忌穿凿附会。“君子在下”之类的解释,的确太迂腐穿凿。但诗中确实存在的寓意、寄托及深层蕴含,也应阐明,始有助于提高读者的鉴赏力。此诗写西涧晴景而“独怜”幽草;写西涧雨景而以春潮暴涨反衬野渡舟横。言外有意,极耐寻绎。如果那只“舟”不在“野渡”而在官津,当“春潮带雨晚来急”之时,万人争渡,岂能“自横”? 如果作者春风得意,竞逐繁华,则寂寞“幽草”,又怎能使他偏爱。结合诗人自尚书比部员外郎外放滁州刺史,旋即罢任,闲居西涧的境遇细味此诗,则其景中之情,言外之意,是不难领会的。

卢　纶(748—800?)

字允言，河中蒲（今山西永济）人。大历初，数举进士不第。经宰相王缙、元载举荐，授阌乡尉，累迁监察御史，终检校户部郎中。早有诗名，为“大历十才子”之一。工于叙事写景，兼擅众体。五七律精严浑厚，犹有盛唐余音。有《卢户部诗集》，《全唐诗》存诗五卷。

塞下曲六首　选二①

林暗草惊风，将军夜引弓。②
平明寻白羽，没在石棱中。③其二

【注释】

①塞下曲：唐代乐府题，出于汉《出塞》、《入塞》等曲。此题一作《和张仆射塞下曲》，张仆射指张延赏。　②引弓：拉弓。　③“平明”两句：据李广故事而加创新。《史记·李将军列传》：“广出猎，见草中石，认为虎而射之，中石没镞，视之，石也。”平明：清早。白羽：指白羽箭。

【品评】

安史之乱以后，回纥、吐蕃多次入侵，浑瑊在郭子仪麾下累立战功。德宗兴元元年(784)，浑瑊以军功封咸宁郡王，镇守河中。《旧唐书·浑瑊传》载：“贞元三年(787)，吐蕃入寇，至凤翔，欲长驱犯京师，而畏瑊。”卢纶长期居浑瑊幕府，任元帅判官，浑瑊英勇拒敌、力振国威的多次战斗，都亲自参与，故能发为高唱，作此组诗，在以厌战思归为主旋律的中唐边塞诗中卓然特立，大放异彩，评论家认为“有盛唐之音”，可与岑参边塞诗抗手。

组诗共六首，这是第二首。借射虎表现将军英武，戒备森严。首句“林暗”已含次句“夜”字，夜黑林暗，风动草惊，写猛虎出林景象极逼真、生动。着一“惊”字，由“草惊风”引起人惊虎，用“风从虎”语意不露痕迹。次句紧承首句，一见草惊即拉弓猛射，则将军的高度警惕性已不言可知。前两句只写将军夜射而不言结果，故留悬念。可以想见，一射之后，即风停草静。因为夜黑林暗，故未入林察看现场。后两句所写，乃时隔一夜之后的情景。先用“平明寻白羽”一宕，又引起读者悬念，急于一探究竟。“寻白羽”有一个过程，略去不写，只写惊人的发现：“没在石棱中。”而将军之神勇、射术之超群，俱见于言外。

月黑雁飞高，单于夜遁逃。①
欲将轻骑逐，②大雪满弓刀。其三

【注释】

①单于：匈奴君长的称呼。　②轻骑（jì）：轻装的骑兵。逐：追击。

【品评】

前两句极富暗示性。“月黑”与以下“夜”、“雪”互补，暗示敌人可能趁机出动。月黑雪猛，非雁飞之时，却见大雁高飞，暗示已有敌情。将军一见雁飞，迅即作出“单于夜遁逃”的判断，暗示敌人被围已久，已无力夜袭。当然，将军极富作战经验，雪夜严密注视敌情，也同时得到暗示。

后两句不正面描写轻骑远追及其辉煌战果，却用“大雪满弓刀”烘托跃跃欲追的场景，所谓“将军欲以巧伏人，盘马弯弓惜不发”，扣人心弦，引人联想，言有尽而意无穷。

对于后两句，历来有不同理解。黄生《唐诗摘抄》：“虽言雪满弓刀，犹欲轻骑相逐。一顺看，即似畏寒不出矣。”李锳《诗法易简录》：“下二句不肯邀开边之功，而托言大雪，便觉委婉，而边地之苦亦自见。”俞陛云《诗境浅说续编》：“弓刀雪满，未得穷追，见漠北之严寒，防边之不易也。”贺裳《载酒园诗话又编》：“‘欲将轻骑逐，大雪满弓刀’，虽亦矫健，然殊有逗留之态。”诗有含蓄美，读者仁者见仁，智者见智，录之以备参考。这一组诗共六首，既各自独立，又互相照应。紧接这一首的是“野幕敞琼筵，羌戎贺劳旋。醉和金甲舞，雷鼓动山川”，表明前一首后两句只写跃跃欲追而不写大获全胜，是故留悬念，让人们接读下一首的。五绝只有二十个字，贵在言近旨远，浑然天成，句有余意，篇有余味。这首诗即具备这些特点。

李　益(748—829)

字君虞,排行十,凉州姑臧(今甘肃武威)人,代宗时迁居洛阳。大历四年(769)进士,授华州郑县尉。尝为幽州节度使刘济从事,又佐邠宁戎幕。宪宗时,历任秘书少监、集贤殿学士,官至右散骑常侍。文宗时加礼部尚书衔致仕。久历戎幕,多写边塞题材,悲歌慷慨,颇多佳作。兼工众体,尤以七绝见长。胡应麟《诗薮》云:"七言绝,开元以下,便当以李益为第一,如《夜上西城》、《从军北征》、《受降》、《春夜闻笛》诸篇,可与太白、龙标竞爽。"有《李君虞诗集》,《全唐诗》存诗二卷。

夜上受降城闻笛①

回乐烽前沙似雪,②受降城外月如霜。
不知何处吹芦管,③一夜征人尽望乡。

【注释】

①受降城:唐中宗神龙三年(707)张仁愿所筑,以防突厥,共有中、东、西三城。中城在今内蒙古包头市西;东城在今内蒙古托克托南;西城在今内蒙古杭锦后旗乌加河北岸。历来注家注此诗,都注受降城为张仁愿所筑东、中、西三城中的某一城。其实此诗中受降城乃灵州(今宁夏回族自治区灵武市西南)州治所在地回乐县。贞观二十年(646),唐太宗曾亲临灵州接受

突厥一部的投降，故称灵州城为“受降城”。 ②回乐烽：烽火台名，当在回乐县境内。 ③芦管：即指题中之“笛”。

【品评】

贞元元年(785)起，李益佐灵州大都督杜希全幕，约四五年之久，诗当作于此时。

前两句写“夜上受降城”所见。远望，白沙莽莽，恍如终年不化的积雪；近看，月色茫茫，恍如秋宵普降的寒霜。仅“沙似雪”、“月如霜”已足以触发征人怀乡思归之情，更何况“沙似雪”、“月如霜”的地点是“回乐烽前”、“受降城外”！这一联用对偶句，连两个地名也字字相对，铢两悉称。“受降城”、“回乐烽”如果名实相符，那么吐蕃归降，征人便可享“回”乡之“乐”，可如今这里是防御吐蕃的前沿阵地啊！作者另有《暮过回乐烽》诗：“烽火高飞百尺台，黄昏遥自碛南来。昔时征战回应乐，今日从军乐未回。”“乐未回”是故作慷慨之词，其实是正话反说。这两个对偶句正是巧用地名与实际的尖锐矛盾及其寂寥、凄冷的眼前景引发征人的思“回”之情，为第四句蓄势。

后两句写“闻笛”之感。王昌龄《从军行》云：“更吹羌笛关山月，无那(奈)金闺万里愁。”今于“回乐烽前”、“受降城外”忽传羌笛之声，征人闻此，更动乡愁。然而直言乡愁，则流于抽象。诗人的高明之处，在于巧运回旋跌宕之笔，写“吹芦管”而以“不知何处”领起，自然引出结句：“一夜征人尽望乡。”“尽”字笼括所有征人，“望”字照应“不知何处”。征人原已思乡，今闻悠扬哀怨的笛声从家乡那边飘来，便无不回头“望乡”。前三句蕴含的思乡之情，都汇聚于“尽望乡”的神态之中，形成震撼人心的艺术魅力。作者的《从军北征》诗“天山雪后海风寒，横笛偏吹行路难。碛里征人三十万，一时回首月中看”，其构思与此诗有类似之处，可以参看。

诗中未用久戍、思归之类的字眼，一二句绘色，第三句传声。第四句状形，而情含其中，情景两绝。宋景元《辋师园唐诗笺》评云："蕴藉宛转，乐府绝唱。"王世贞《艺苑卮言》评云："绝句李益为胜，'回乐烽前'一章，何必王龙标、李供奉？"

边 思

腰悬锦带佩吴钩，①走马曾防玉塞秋。②
莫笑关西将家子，③只将诗思入凉州。④

【注释】

①吴钩：春秋时吴王阖闾创制的一种弯形宝刀，见《吴越春秋》。鲍照《代结客少年场行》有"锦带佩吴钩"句。 ②玉塞：玉门关。 ③关西将家子：《后汉书·虞翻传》："谚曰：'关西出将，关东出相。'"李益为陇西人，汉名将李广之后，其父也做过武官，故自称关西将家子。 ④凉州：乐曲名。

【品评】

这首诗是李益的自我写照，当作于中年以后。

前两句用一"曾（曾经）"字，追叙往日的战斗经历。李益生于凉州，出身望族，以"身承汉飞将"（《赵郊宁留别》）自豪。但八岁时爆发安史之乱，十七岁时吐蕃侵占河西陇右之地，家乡沦陷，移家洛阳。这给他留下了痛苦的回忆，自称"西州遗民"，誓复失地。《唐才子传·李益传》说他"从军十年，运筹决策，尤其所长。往往鞍马间为文，横槊赋诗，故多抑扬激厉悲离之作，高适、岑参之流亚也"。他"从军十年"，主要是抵御吐蕃入侵，当时的特定说法叫作"防秋"。《旧唐书·陆贽传》："河、陇陷蕃

(吐蕃)以来,西北边常以重兵守备,谓之‘防秋’。”首句“腰悬锦带佩吴钩”,活画出“关西将家子”的英武形象,次句用“走马”、“防秋”概括了十年战斗生涯。“防秋”乃至收复河西、陇右失地,这是他的本愿,他的《塞下曲》说:“伏波惟愿裹尸还,定远何须生入关。莫遣只轮归海窟,仍留一箭定天山。”可是他的这种愿望一直未能实现,却以边塞诗蜚声当时,因而以三、四句抒发感慨。

后两句以“莫笑”领起,言外之意是:作为“关西将家子”而“只将诗思入凉州”,这是可“笑”的,而且已经有人“笑”他。当然,别人不会“笑”,这只是一种假设,便于自我解嘲:别笑我只知作诗,我还干过“关西将家子”的本行,“腰悬锦带佩吴钩,走马曾防玉塞秋”呢!“玉塞”借指边防,诗人当然没有到过玉门关。

“诗思(sì)”,指诗情诗意。“入凉州”,语意双关。《旧唐书·李益传》说李益擅长七绝,“每作一篇,为教坊乐人以赂求取,唱为供奉歌辞。其《征人歌》、《早行篇》,好事者画为屏障。‘回乐烽前沙似雪,受降城外月如霜’之句,天下以为歌辞”。《乐府诗集》引《乐苑》云:“《凉州》,宫调曲,开元中凉州府都督郭知运进。”据此,“诗思入凉州”指其诗“入乐”,被谱为歌曲,天下传唱。《凉州》,借指乐曲。他是凉州人,自幼熟习《凉州曲》,其诗入乐,亦以谱入《凉州曲》为宜。然而只要注意李益生长凉州,青年时期家乡沦陷,他常思收复,形于吟咏的事实,便不难探究“只将诗思入凉州”的深层意蕴:虽曾十载从军,却一直未能收复失地,因而只能将“诗思”谱“入凉州”,而他自己及其家人,却依然飘泊他乡,未能“入凉州”回故里啊!他的《从军诗》自序云:“吾在兵间,故为文多军旅之思。或因军中酒酣,或自塞上兵寝,投剑秉笔,散怀于斯文,率皆出乎慷慨意气,武毅果厉。本其凉国,则世将之后,乃西州之遗民欤!亦其坎坷当世,发愤之所志也。”(见《唐诗纪事》卷三〇)读读这篇序,再读“故国关山无限路，风沙满眼堪断魂”(《六州胡儿歌》)一类诗句，便更能领会这首《边思》诗所抒发的作为“西州遗民”的深沉感慨。

诗题《边思》的“边”，不外是边地、边防一类的意思。与李益同时的白居易在《西凉伎》里写道：“凉州陷来四十年，河陇侵将七千里。平时安西万里疆，今日边防在凤翔。……遗民肠断在凉州，将士相看无意收。”正可以移来解释《边思》的含意。诗题如此，诗意亦应与此调协。然而绝句有特殊写法。乍读前两句，华美、豪放的诗句流露出自豪感；后两句以“莫笑”抹倒“笑”，申言自己不仅诗名早著，诗章入乐，而且参加过防边战斗。难怪有些诗评家赞为“自负语”、“洒脱语”。然而结合诗题细味全诗，便知自负中有自愧，洒脱中含悲慨。含蓄蕴藉，唱叹有情。

孟　郊(751—814)

字东野，排行十二，湖州武康(今浙江德清)人。贞元十二年(796)进士，十六年授溧阳尉，抑郁不得志，遂辞归。元和初，郑余庆为河南尹，奏为水陆转运判官。九年(814)，郑余庆出镇兴元，辟为参谋，病卒于途。与韩愈酬唱，世称韩、孟。又与贾岛齐名，世称郊、岛。五古硬语盘空，多自诉穷困和愤世嫉俗之作。绝句质朴简练，有古乐府神韵。有《孟东野集》，《全唐诗》存诗十卷。

游终南山

南山塞天地，日月石上生。
高峰夜留景，①深谷昼未明。
山中人自正，②路险心亦平。
长风驱松柏，声拂万壑清。
到此悔读书，朝朝近浮名。

【注释】

①景：日光。　②中：正。

【品评】

题为《游终南山》，解诗应注意"游"字。前六句写终南山，句句奇出意表，险语惊人。然而这是写"游"山时的所见所感，与写遥望终南山自然不同。人在山中，仰望则山与天接，环顾则视线为千岩万壑所遮，压根儿看不见山外还有什么空间。用“南山塞天地”概括这种独特感受，虽“险”而不怪，虽夸而非诞。“日、月”当然不是“石上生”的，更不会同时从“石上生”出。“日月石上生”一句，真“奇”、“险”绝伦。然而这也是写他“游”终南的感受。“日”、“月”并提，表明他入山以来，既见日升，又看月出，已经度过几个昼夜；终南之大，作者游兴之浓，也由此曲曲传出。身在终南深处，朝望日，夕望月，都从高峰顶端初露半轮，然后冉冉升起，不就像从“石上生”出来一样吗？张九龄“海上生明月”、王湾“海日生残夜”、杜甫“四更山吐月”，都与此同一机杼。不过尽管峰是石峰，但不说“峰”上生而说“石”上生，毕竟有点儿“硬”，表现了他的独特风格。三、四句乍读也“险”得出“奇”。在同一地方，“夜”与“景（日光）”互不相容，“昼”与“未明”也无法并存，但作者硬把它们统一起来，怎能不给人以“奇”“险”的感觉！但细玩诗意，“高峰夜留景”不过是说在其他地方全被夜幕笼罩之后，终南“高峰”还留有落日的余晖，极言其“高”；“深谷昼未明”不过是说在其他地方已经洒满阳光之时，终南“深谷”依然一片幽暗，极言其“深”。一“高”一“深”，悬殊若此，也给人以“奇”“险”感。然而通过这一“高”一“深”，正足以表现千岩万壑的千形万态，足以见终南山高深广远，无所不包。究其实，略同于王维的“阴晴众壑殊”，不过风格各异而已。

作者“游”山数日，当然与山里人打过交道。所以由写山过渡到写人。《关中记》说：“终南山一名‘中南’，言在天中，居山之南也。”这种说法大概起源甚早，孟郊当然知道，故联系“地灵人杰”的成语和对山里人的观感，写出了“山中人自正，路险心亦平”的警句。山“中”而不偏，人“正”而不邪，山“路”虽“险”，人“心”甚“平”，由山及人，抒发了赞颂之情。

终南山人简直在林海里居住，下两句写林海而选择了极好的角度:“长风”。“长风驱松柏”的“驱”字下得“险”。但终南松柏成林,一望无际,“长风”过处,枝枝叶叶都向一边倾斜、摇摆,形成后浪推前浪的奇观,只有“驱”字才能表现得形神毕肖。“声拂万壑清”的“拂”字下得“奇”。“声”无形无色,谁能看见它拂?然而此句紧承上句,那“声”来自“长风驱松柏”,“长风”过处,千松万柏枝枝叶叶都在飘“拂”,也都在发“声”。不说枝拂而说“声拂”,就把视觉形象和听觉形象融合为一,使读者于看见万顷松涛之际,又听见万顷松风。

硬语盘空,险语惊人,奇出意表,孟郊诗的这些独特风格,在这首诗里得到了突出表现;但仍有一定的含蓄美值得品味。赞美终南的万壑清风,意味着厌恶长安的十丈红尘;赞美山里的“人正”、“心平”,意味着厌恶山外的人邪心险。以“即此悔读书,朝朝近浮名”收束全诗,这种言外之意就表现得相当明显了。

游子吟

慈母手中线,游子身上衣。
临行密密缝,意恐迟迟归。
谁言寸草心,①报得三春晖。②

【注释】

①寸草心:小草茎中抽出的嫩芽。　②三春晖:三春,指孟春、仲春、季春,即阴历正月、二月、三月。晖:阳光。

【品评】

题下作者自注云："迎母溧上作。"作时当为贞元十六年(800)。孟郊出身贫寒，其父孟庭玢早卒，母亲裴氏受尽千难万苦，抚养三个儿子成人。孟郊多次辞家，奔走衣食，直到五十岁才被授予溧阳(今属江苏)县尉的小官。当他迎养老母时，以往辞家别母的情景浮现眼前，情不自禁地写出这篇《游子吟》。

"慈母手中线，游子身上衣"，由于中间省掉"缝"字而留给第三句补出，便成为两个词组，从而使二者的关系更显紧密，恰切地表现了母子相依为命的骨肉之情。第三句"临行"上承"游子"；"缝"上承"线"与"衣"；"密密缝"三字，将慈母手眼相应、行针引线的神态及其对儿子的爱抚、担忧、祝愿和希冀，和盘托出，扣人心弦，催人泪下。这"密密缝"的情景是"游子""临行"之际亲眼看见的，他从那细针密线中体会出慈母的心意：她切盼儿子早早归来；又生怕儿子迟迟不归，衣服破了，该怎么办？所以才"密密缝"。"意恐迟迟归"的那个"意"，既出于儿子的意想，也正是慈母的真意，慈母的爱心与儿子的孝心交融互感，给"迟迟归"倾注了无声的情感波涛：母亲生怕儿子"迟迟归"，当然有复杂的心理活动；儿子体贴母亲，下决心要早早归，然而世路难行，谋生不易，万一"迟迟归"呢？

后两句突用比喻作结，出人意表。然而仔细玩味，实由"意"字引发。如果儿子毫无孝心，便不会把慈母缝衣放在眼里，甚至嫌弃那衣服土气。诗里写的这个儿子则不然：慈母为他缝衣，他在一旁静观默想；当他体会出老母心意之时，便被那博大、深厚、温馨的母爱所打动，心潮汹涌，终于化为"谁言寸草心，报得三春晖"的心声。"寸草心"，极微小；"三春晖"，博大而温暖。没有"春晖"普照，"寸草"不能成长；而"寸草"之"心"，又无以报答"春晖"的恩情。这两句，用通俗而形象的比喻，赞颂了春晖般普博温厚的母爱，寄托了区区小草般的儿女欲报母爱于万一的炽热深情；用反诘语气，更强化了感人的力量。因而成为万口传诵的名句，并被浓缩为“春晖寸草”的成语，感发普天下人子的孝心。

苏轼《读孟郊诗》云：“诗从肺腑出，出辄愁肺腑。”这一首，真是从肺腑中流出的。写的是最普通的慈母缝衣场景，选的是最常见的阳光照耀小草的比喻，用的是朴实无华、通俗如话的语言，歌颂的是人人都感受过的母爱，但由于这是从一个渴望报答母爱于万一的好儿子的肺腑中流出的，所以感人肺腑。

这首诗，与孟郊的《游终南山》一类诗的风格迥然不同。真诚地赞颂母爱，用不着硬语盘空，险语惊人。

韩　愈(768—824)

字退之,排行二,河南河阳(今河南孟州市)人。郡望昌黎,世称韩昌黎。贞元八年(792)进士。曾任宣武及宁武节度使判官。其后任监察御史等职。贞元十九年(803)因言关中旱灾贬阳山(今属广东)令。元和中,随裴度平淮西,迁刑部侍郎。因谏迎佛骨,贬潮州刺史。穆宗时,召为国子祭酒、终吏部侍郎,世称韩吏部。谥文,世称韩文公。散文与柳宗元齐名,同倡古文运动,为"唐宋八大家"之一。其诗驱驾气势,雄奇壮伟,光怪陆离。虽有因避熟求生、以文为诗、追求奇险而缺少韵味之作,但其本色则是雄厚博大,波澜壮阔。有《昌黎先生集》,《全唐诗》存诗十卷。

山　石

山石荦确行径微,①黄昏到寺蝙蝠飞。
升堂坐阶新雨足,芭蕉叶大支子肥。②
僧言古壁佛画好,以火来照所见稀。
铺床拂席置羹饭,疏粝亦足饱我饥。③
夜深静卧百虫绝,清月出岭光入扉。④
天明独去无道路,出入高下穷烟霏。⑤
山红涧碧纷烂漫,⑥时见松枥皆十围。⑦
当流赤足蹋涧石,⑧水声激激风吹衣。
人生如此自可乐,岂必局束为人鞿?⑨

嗟哉吾党二三子，[10]安得至老不更归？

【注释】

①荦确（luò què）：险峻不平。微：窄狭。 ②支子：即栀子，常绿灌木，花大色白，极香。 ③疏粝（lì）：粗糙的饭食。疏：不细密。粝：糙米。 ④扉：门。 ⑤穷烟霏：在云雾中走遍了。 ⑥纷烂漫：光辉互相照耀。 ⑦枥：同“栎”，高大的落叶乔木。围：两手合抱为一围。 ⑧蹋：同“踏”。 ⑨局束：拘束。鞿（jī）：牲口含在口中的嚼子。为人鞿：受人控制。 ⑩吾党：志同道合的朋友。

【品评】

此诗取首句头两字“山石”为题，并非歌咏山石，而是叙写游踪。他所游的是洛阳北面的惠林寺，同游者是李景兴、侯喜、尉迟汾，时间是贞元十七年七月二十二日，即公元 801 年 9 月 3 日。

韩愈作为杰出的诗人兼散文家，在这篇诗里汲取了游记的写法，按照行程顺序，叙写从攀登山路、“黄昏到寺”、“夜深静卧”到“天明独去”的所见所闻和所感，是一篇游记体的诗。

虽按顺序叙写，却经过筛选和提炼。从“黄昏到寺”到就寝之前，所写者只有“蝙蝠飞”、“芭蕉叶大支子肥”、寺僧陪看壁画和“铺床拂席置羹饭”等殷勤款待的情景，充分表现了山中的自然美和人情美，跟“为人鞿”的幕僚生活对照，突出了结尾“归”隐的主题。关于夜宿和早行，入选的也只是最能体现山野自然美和自由生活的若干镜头，同样是结尾“归”隐念头形成的根据。

这篇诗的另一特点是：诗人善于捕捉不同景物在特定时间、特定天气所呈现的不同光感、不同湿度和不同色调。“黄昏到寺”之后，先用“蝙蝠飞”带来暮色，又用“新雨足”表明大地万物刚经过雨水的滋润和洗涤，这才写主人公赞赏“芭蕉叶大支子肥”，而那芭蕉叶和支子花在雨后日暮之时所特有的光感、湿度和色调，也就通过“大”而“肥”的独特形象显现出来。接着写夜景：看壁画而以火照明，静卧无所见而听百虫鸣叫，都准确地表现出深山之夜的幽暗与恬寂。写“月”而冠以“清”字，表明那是“新雨”之后的月儿，尽管她深夜出岭，已是下弦，却能照进窗扉，特别明净。写朝景，新奇而多变。先以“天明独去无道路”总括了山中雨霁，地面潮湿，黎明之时浓雾弥漫的特点，然后以“出入高下穷烟霏”画出了雾中早行图。“高下”，指山势时高时低。“烟霏”，指流动的雾气。“穷”，尽也。主人公“天明”出寺，眼前是一片“烟霏”世界，“出”于“高”处，“入”于“低”处；“出”于“低”处，又“入”于“高”处。“烟霏”既“尽”，朝阳熠耀，画面顿时增加了亮度，“山红涧碧纷烂漫”的奇景就闯入眼帘。“山红”而“涧碧”，互相映衬，色彩已极明丽，但由于诗人敏锐地把握了雨后天晴，秋阳照耀下山花、涧水所特有的光感、湿度和色调，感到仅用“红”、“碧”还不够，故又用“纷烂漫”加以渲染，才把那“山红涧碧”的美景表现得鲜艳夺目。而以此为背景的主人公“当流赤足蹋涧石，水声激激风吹衣”之时，无怪乎逸趣盎然，忍不住要吐露“人生如此自可乐”的情怀了。这篇诗，极受后人重视，影响深远。苏轼游南溪，曾和此诗原韵，作诗抒怀。至于元好问“拈出退之《山石》句”来对比秦观的“女郎诗”，更为人所熟知。

八月十五夜赠张功曹

纤云四卷天无河，[①]清风吹空月舒波。[②]

沙平水息声影绝，一杯相属君当歌。[3]
君歌声酸辞且苦，不能听终泪如雨。
洞庭连天九疑高，[4]蛟龙出没猩鼯号。[5]
十生九死到官所，幽居默默如藏逃。[6]
下床畏蛇食畏药，[7]海气湿蛰熏腥臊。[8]
昨者州前槌大鼓，嗣皇继圣登夔皋。[9]
赦书一日行万里，[10]罪从大辟皆除死。[11]
迁者追回流者还，[12]涤瑕荡垢清朝班。[13]
州家申名使家抑，[14]坎轲只得移荆蛮。[15]
判司卑官不堪说，[16]未免捶楚尘埃间。[17]
同时辈流多上道，[18]天路幽险难追攀。[19]
君歌且休听我歌，我歌今与君殊科。[20]
一年明月今宵多，人生由命非由他。[21]
有酒不饮奈明何？

【注释】

①纤云：微云。河：银河。　②月舒波：月光四射。　③属(zhǔ)：劝酒。　④洞庭：洞庭湖。九疑：又名苍梧山，在今湖南宁远县境。　⑤猩：猩猩。鼯(wú)：鼠类的一种。　⑥如藏逃：犹如躲藏的逃犯。　⑦药：指蛊毒。南方人喜将多种毒虫放在一起饲养，使之互相吞噬，最后剩下的毒虫叫作蛊，制成药后可杀人。　⑧海气：卑湿的空气。蛰：潜伏。　⑨嗣皇：接着做皇帝的人，指宪宗。登：进用。夔、皋：舜时的两位贤臣。　⑩赦书：皇帝发布的大赦令。　⑪大辟：死刑。除死：免去死刑。　⑫迁者：贬谪的官吏。流者：流放在外的人。　⑬瑕：玉石的杂质。班：臣子上朝时排的行列。　⑭州家：刺史。申名：上报名字。使家：观察使。抑：压制。　⑮坎轲：这里指命运不

好。荆蛮：今湖北江陵。　⑯判司：唐时对州郡诸曹参军的总称。　⑰捶楚尘埃间：趴在地下受鞭打之刑。　⑱上道：上路回京。　⑲“天路”句：喻自己不能跟着他们一块升迁。　⑳殊科：不同类。　㉑他（tuó）：其他。

【品评】

这篇七古，永贞元年(805)中秋写于郴州，题中的张功曹名署。贞元十九年(803)冬，韩愈与张署同任监察御史，因关中旱灾，上疏直谏宽免租税，得罪权臣，远贬南方。韩愈被贬为连州阳山（今属广东）令，张署被贬为郴州临武（今属湖南）令。永贞元年春，顺宗即位，例行大赦。韩、张二人被召到郴州（今湖南郴州市）待命，很有回京复职的希望。却因湖南观察使杨凭作梗，赦令迟迟未下，直等到八月宪宗上台，才量移江陵，韩为法曹参军，张为功曹参军，冤屈未伸，作此诗以抒悲愤。唐代行政组织，县的上级为州，州的长官叫刺史，俗称“州家”。几个州归一个朝廷派出的大臣管辖，叫节度使或观察使，俗称“使家”。韩、张的宽赦由“州家”申报“使家”，而为“使家”所抑，故诗中有“州家申名使家抑，坎轲只得移荆蛮”的控诉。

这首诗写得很别致，一是有人物：作者与张署同时登场。二是有场面：两人在中秋之夜的月下饮酒。三是有情节：两人对歌。全诗可分三段，六换韵。第一段四句，“河”、“波”、“歌”押韵（属平声歌韵）。作者以第一人称出面，赞美中秋之夜月白风清的美景，归到“一杯相属君当歌”，引出张署的歌唱。第二段是全诗的主体，根据韵脚的变换，可分为四章。第一章两句，“苦”、“雨”押韵（属去声遇韵），写作者听张署唱歌的感受。本应置于张署唱歌之后，如今有意提前，写张署唱歌渲染气氛。第二章八句，“高”、“号”、“逃”、“臊”“皋”押韵（属平声豪韵），写张署唱歌，叙述被贬南迁所经受的种种苦难，落到“嗣皇经圣”，起用贤能，露出一线希望。第三章“里”、“死”押韵（属上声纸韵)，仍是张署的歌辞，夸张地叙述赦书传送极快，大赦的幅度极宽。第四章八句，“还”、“班”、“蛮”、“间”、“攀”押韵，前两句承上歌唱大赦的结果是以前被贬谪的都召回朝廷，然后用强烈的对比唱出自己又一次受到不公正待遇，移官荆蛮，摆脱不了遭受捶楚的命运。张署的歌唱至此结束，三次换韵，平仄相间，波澜起伏。这篇歌辞，当然是作者代拟的，叙述的是张署的坎坷遭遇，同时也是作者自己的坎坷遭遇。巧妙之处在于不自己出面倾吐，却借张署唱歌表达。巧妙之处还在于不等张署唱毕再表述自己的感受，却提前写出“君歌声酸辞且苦，不能听终泪如雨”，从而留出地步，用打断张署唱歌的办法接上自己的歌唱。第三段五句，句句押韵(与开头四句同韵)。前两句是作者对张署说话:“君歌且休听我歌”——你别唱下去了，还是听我给你唱支歌吧！这与前面的“不能听终泪如雨”相应。“我歌今与君殊科”——我唱的歌儿可跟你唱的不一样。言外之意是:我比你豁达，什么都能想开。下面三句，便是作者唱的歌:“一年明月今宵多”，照应首段及题目中的“八月十五夜”。“人生由命非由他”，貌似旷达，暗寓难言的痛苦。“有酒不饮奈明何!”——这么美好的中秋之夜，有酒不喝，光唱那酸楚的歌，天明了又怎么办？天明了，大概就要起身赶路，到江陵做那“未免捶楚尘埃间”的“判司卑官”去了！

全诗以中秋饮酒赏月，请“君”唱歌开头，以劝“君”饮酒赏月，莫辜负良宵的歌声结束。首尾拍合，情景交融，加强了意境的悲凉感。中间一段，抑扬顿挫，声情激越，是全诗的主旨所在，却避实就虚，借张署之口唱出。而作者自己，则先以听歌者的身份表达了内心的共鸣，后用自己的歌唱对张署进行宽解。从而化实为虚，化直为曲，化单线为复线。作者的歌辞，又似淡实浓，欲说还休，虽然声明“我歌今与君殊科”，实际是正话反说，扩大和加深了张署歌辞的内涵。韵脚的平仄变换，音节的抑扬顿挫，章法的开阖转折，恰当地表现了情感的发展变化。

听颖师弹琴[1]

昵昵儿女语，恩怨相尔汝。[2]划然变轩昂，勇士赴敌场。浮云柳絮无根蒂，天地阔远随飞扬。喧啾百鸟群，忽见孤凤凰。跻攀分寸不可上，失势一落千丈强。嗟余有两耳，未省听丝篁。[3]自闻颖师弹，起坐在一旁。推手遽止之，湿衣泪滂滂。颖乎尔诚能，无以冰炭置我肠。[4]

【注释】

①颖师：名颖，师是僧的通称。其来自天竺，元和间在长安，以弹琴著名。李贺有《听颖师弹琴歌》记其事。 ②相尔汝：关系亲密，互称尔、汝。 ③未省（xǐng）：不懂。丝篁：丝、竹，即弦乐器和管乐器，这里泛指音乐。 ④冰炭置肠：冰极冷，炭（火）极热，指两种相反的情感剧烈冲击。

【品评】

一开头即紧扣“听弹琴”展现音乐境界。前两句写琴声细柔宛转，仿佛小儿女切切私语，谈情说怨。三、四句写琴声骤变昂扬，有如勇士冲锋陷阵，杀声震天。五、六句写琴声悠远轻扬，好似浮云柳絮随风飘荡，弥漫于辽阔的天宇。七、八句形容在一片和声泛音中主调高扬，恰似百鸟喧啾声中忽有凤凰朗吟。九、十句摹写声调由高滑低，戛然而止，就像攀登险峰，在再也无法升高分寸的时候突然失足跌落，直跌到谷底。以上十句，连用贴切生动的比喻，把飘忽多变的乐声转化为绘声绘色的视觉形象，并且准确地表现了乐曲蕴含的情境。诗人在运用不同比喻时还善于配合相适应的语音，更强化了摹声传情的效果。例如前两句比以儿女之情,十个字除“相”字外,没有开口呼,语音轻柔细碎,与儿女私语的情境契合。三、四句拟以英雄气概,便以开口呼“划”字领起,用洪声韵“昂”、“扬”作韵脚,中间也多用高亢的语音,恰切地传达出昂扬奋进的情境。

以下八句写自己听琴的感受,既对复杂多变的琴声起侧面烘托作用,又含蓄地传达了自己的某种情感共鸣,加强了全诗的抒情性。听琴而“起坐在一旁”——忽而站起,忽而坐下,又忽而站起,顾不得对“一旁”的弹琴者有无干扰;仅五个字,便以形传神,通过听琴者情感波涛的剧烈变化,烘托了琴声的波澜迭起、变态百出。写琴声由高滑低而用“跻攀分寸不可上,失势一落千丈强”的比喻,并且“推手遽止之”,不让颖师再弹下去,而他的反应是“湿衣泪滂滂”,表明正是这种情境触发了诗人的身世之感。此诗作于元和十一年(816)因受谗言被降为右庶子以后。仕途“跻攀”,“分寸”之升,已极艰辛,而一旦“失势”,即“一落千丈”。由琴声而联想到自己的遭遇,原是很自然的。

此诗与白居易的《琵琶行》、李贺的《李凭箜篌引》各有独创性而异曲同工,都是摹声传情的杰作。

盆　池　五首选一[①]

池光天影共青青,拍岸才添水数瓶。
且待夜深明月去,[②]试看涵泳几多星。

【注释】

①盆池:以瓦盆贮水、植荷、养鱼,就算是“池”。　②明月去:月落。明月当空,则星光为月光所掩,所谓“月明星稀”。

【品评】

首句是果，次句是因。因果倒置，摇曳生姿。“池光”“青青”，映在池中的“天影”也“青青”，令人悦目赏心。什么原因呢？就因为池中添入新水。添了多少呢？“才添水数瓶”。以“拍岸”描状“添水数瓶”的景象，既小题大作，又状溢目前，给人以新鲜有趣的感觉。以小见大，兼含哲理。朱熹的哲理诗“半亩方塘一鉴开，天光云影共徘徊。问渠(他)那得清如许？为有源头活水来”(《观书有感》)，也许从此化出。

三、四两句就首句生发。既然“池光”那么“青”，能够映出青天，那么皓月当空，自然也能映出皓月；只可惜星光为月光所掩，照不出来！当然，这也不太要紧，姑且耐心地等吧！等到夜深，明月走掉，再看我这小小的盆池里能够“涵泳”多少颗星星？不说“明月落”而说“明月去”，有点拟人化的意思，别饶韵味。用“涵泳”两字，写星光在水、随波闪烁之状宛然在目。这两句，也以小见大，兼含哲理。

《盆池》五首作于元和十年(815)春夏之际，当时作者在京任考功郎中知制诰。地处机要，很想大有作为。这组诗反映了诗人乐观开朗、渴望沾溉万物的心境。

晚　春

草树知春不久归，[1]百般红紫斗芳菲。
杨花榆荚无才思，[2]惟解漫天作雪飞。[3]

【注释】

①草树：花草树木。　②杨花：柳絮。榆荚：榆钱。才思

(sì):才情、文思。 ③惟解:只知。

【品评】

这是《游城南十六首》中的一首,作于元和十一年(816)。"城南",指长安城南韦曲、杜曲一带。题为"晚春",用两种景物来表现:一是千红万紫、繁花似锦;二是柳絮榆钱,漫天飞舞。看到这两种景物,人们便感到已是"晚春"了。朱宝莹《诗式》云:"四句分两层写,而'晚春'二字,跃然纸上。"大概就是从这一角度称赞这首诗的。但这首诗的妙处远非如此。诗人把他所写的景物统统拟人化,能"知"、能"斗"、能"解",还有"有才思"与"无才思"之分。这就不仅把景物写得形神兼备,活灵活现;而且富有启发性,容易触发读者的联想,从而产生言近旨远、耐人寻味的效果。

"草树知春不久归",所以"百般红紫斗芳菲"。"草树"是要通过开花来实现自己的生命价值的。明"知"春天即将过去,如果还不施展自己的全部才华争妍斗丽,大放异彩,岂不是浪费了宝贵生命?辜负了大好春光?"草树"尚且如此,那么人呢?

两相对比,前者有才思;不"知"春天即将过去而奋发有为、飘香吐艳,却"只解"像雪花那样漫天飞舞的"杨花榆荚",就未免太"无才思"了。那么人呢?

作者作此诗时,年近半百,见晚春景物而别有会心,形诸吟咏,比兴并用,寄托遥深,虽不宜讲得太死,但反复吟诵,确有催人奋进的精神力量。

左迁至蓝关示侄孙湘[1]

一封朝奏九重天，[2]夕贬潮阳路八千。
欲为圣明除弊事，肯将衰朽惜残年？
云横秦岭家何在？雪拥蓝关马不前。
知汝远来应有意，好收吾骨瘴江边。[3]

【注释】

①左迁：降职。蓝关：在蓝田县南。湘：字北渚，韩愈之侄韩老成的长子，长庆三年(823)进士，任大理丞。　②一封：指一封奏章，即《论佛骨表》。九重天：古称天有九层，第九层最高，此指朝廷、皇帝。元和十四年(819)正月，凤翔法门寺护国真身塔内藏有释迦文佛指骨一节，宪宗派宦官迎入宫廷供奉，韩愈上《论佛骨表》谏阻，由刑部侍郎贬为潮州刺史。潮州州治潮阳(今属广州)距长安八千里。　③瘴江：指岭南瘴气弥漫的江流。

【品评】

韩愈《论佛骨表》是一篇正气凛然的名文。文中说："今闻陛下令群僧迎佛骨于凤翔，御楼以观，舁入大内，又令诸寺递迎供养。……百姓何人，岂合更惜身命？焚香烧指，百十为群，解衣散钱，自朝至暮，转相仿效，惟恐后时。老少奔波，弃其业次。若不即加禁遏，更历诸寺，必有断骨脔身，以为供养者。伤风败俗，传笑四方，非细事也。……佛如有灵，能作祸祟，凡有殃咎，宜加臣身，上天鉴临，臣不怨悔。"这首诗和这篇文珠联璧合，相得益彰，具有深刻的社会意义。

前两联写“左迁”，一气贯注，浑灏流转。“贬”的原因是“奏”，“奏”的本意是为国“除弊”，可见“贬”非其罪。然而“朝奏”而“夕贬”，处罚何其迅急！一贬就贬到“八千”里以外，处罚又何其严厉！那么“九重天”虽高而不明，也就意在言外了。第三句理直气壮地声言“欲为圣明除弊事”，表明并未因受严谴而有丝毫悔“罪”之意。第四句更以反诘语气强调“虽九死其犹未悔”（屈原《离骚》）的决心，其刚正不屈的风骨宛然如见。“朝奏”与“夕贬”、“九重天”与“路八千”、“圣明”与“衰朽”、“欲……除弊事”与“肯……惜残年”，强烈对比，高度概括，扩大和加深了诗的内涵。

后两联扣题目中的“至蓝关示侄孙湘”。作者远贬，严令启程，仓猝离家；而家人亦随之遣逐，随后赶来。当诗人行至蓝关时，侄孙韩湘赶到，妻子儿女，则不知尚在何处。作者在《女挐圹铭》中追述道：“愈既行，有司以罪人家不可留京师，迫遣之。女挐年十二，病在席。既惊痛与其父诀，又舆致走道撼顿，失食饮节，死于商南层峰驿。”了解这些情况，便知“颈联纯作景语”、“境界雄阔”之类的赏析并不确当。颈联上下句各含两个子句，前面的子句写眼前景，后面的子句即景抒情。“云横秦岭”，遮天蔽日，回顾长安，不知“家何在”？“雪拥蓝关”，前路险艰，严令限期赶到贬所，怎奈“马不前”！“云横”、“雪拥”，既是实景，又不无象征意义。这一联，景阔情悲，蕴涵深广，遂成千古名句。作者原是抱着必死的决心上表言事的，如今自料此去必死，故对韩湘安排后事，以“好收吾骨”作结。在章法上，又照应第二联，故语虽悲酸，却悲中有壮，表现了“为除弊事”而“不惜残年”的坚强意志。

全诗沉郁顿挫，苍凉悲壮，得杜甫七律之神而又有新创。前两联大气盘旋，“以文为诗”而诗情浓郁，开宋诗法门，影响深远。因韩湘被附会为“八仙”中的“韩湘子”，故此诗或绘为图画，故演为戏曲小说，流传更广。

张　籍(767? —830?)

字文昌,排行十八,原籍苏州(今属江苏),移居和州乌江(今安徽和县乌江镇)。贞元十五年(799)进士。历任太常寺太祝、国子助教、国子博士、水部员外郎、主客郎中、国子司业等职,世称张太祝、张水部、张司业。诗歌主张接近白居易。工于乐府诗,多述民间疾苦,明白畅达而又简练警策,与王建齐名,并称"张、王乐府"。亦工近体,绝句清新自然,风神秀朗。有《张司业集》,《全唐诗》存诗五卷。

野老歌①

老农家贫在山住,耕种山田三四亩。
苗疏税多不得食,输入官仓化为土。
岁暮锄犁傍空室,呼儿登山收橡实。②
西江贾客珠百斛,③船中养犬长食肉。

【注释】

①野老歌:一作《山农词》。　②橡实:橡树的果实,荒年可充饥。　③西江:指江西九江市一带,是当时商业繁盛地区。唐时属江南西道,故称西江。

【品评】

写税重伤农、贫富悬殊而不发议论,只筛选一系列形象对比，让事实说话。老农“耕种山田”，其土质之瘠薄可想；数量不过“三四亩”，其产量有限可想；“苗疏”，其缺水缺肥，收获不丰可想。这一切，与“税多”形成强烈对比。结果是：所收粮食全部“输入官仓”，老农“不得食”，而官仓的粮食派不上用场，“化为土”。“不得食”与“化为土”的对比，多么触目惊心！“岁暮”天寒而“锄犁傍空室”，其家无余物，无法过冬可想。“呼儿登山收橡实”，用苦涩的橡实填肚子，其在死亡线上挣扎的悲惨景象可想。

前六句写“山农”，后两句从远在“西江”的商船上拍了一个镜头，来与山农作对比。“贾客珠百斛”，与山农“锄犁傍空室”的对比何等强烈！山农吃橡实，与贾客“船中养犬长食肉”的对比又何等强烈！

作者把暴露的镜头对准“贾客”，是否受“重农抑商”思维定势的影响？这种可能性当然无须排除。但重要的是：第一，前面已写了“输入官仓化为土”，则统治者炊金馔玉、挥霍浪费的豪奢生活，已与山农“收橡实”充饥形成尖锐对比，不必再从他们中间选择暴露的对象；第二，当时的豪商巨贾都与官府勾结，牟取暴利，从而更加重了对农民的剥削。因为既暴露统治者，又暴露“贾客”，才能全面地揭示农民贫困的社会根源。

作者不写郊区农民而写“山农”，也极有深意。连“耕种山田三四亩”的山农都被压榨得颗粒无存，那么郊区农民的命运，也就可想而知。读读白居易的《重赋》、《杜陵叟》一类的作品，便可证明。

语言质朴自然，简直像随口说话，却精警凝炼，极富表现力。如“苗疏税多不得食，输入官仓化为土”，仅用十四个字，便把“苗疏”与“税多”、“不得食”与“化为土”相互对比，产生了巨大的震撼力；而吏胥催税、百般勒索之类的细节，亦蕴含其中，不难想像。王安石评张籍的诗“看似寻常最奇崛，成如容易却艰辛”（《题张司业诗》），可谓深中肯綮。

秋　思

洛阳城里见秋风，欲作家书意万重。
复恐匆匆说不尽，行人临发又开封。①

【注释】

①临发：即将出发。

【品评】

这首诗的最精彩处在三、四句。但无第二句，三、四句便无从引发；无第一句，第二句也不能凭空写出。第一句只有七个字，怎样写，看来难度很大；而作者似乎写得很轻松。然而仔细想来，只有如此写，才能领得起。作者的故乡在和州，“洛阳城里见秋风”，说明离家作客，已到秋天，自然引起“秋思”，这是第一层。“秋风”不能“见”，偏用“见”字，表明所“见”者乃是“草木摇落”的萧条景象，对于稍有文学修养的人来说，宋玉《九辩》中“悲哉秋之为气也……廓落兮羁旅而无友生，惆怅兮而私自怜”那一段，便叩击心扉，引起共鸣，加重“秋思”，这是第二层。更重要的，还有人所共知的一段故事：西晋名士张翰从江南故乡来到洛阳作官，“见秋风起，乃思吴中菰菜莼羹鲈鱼脍，曰：‘人生贵得适志，何能羁宦数千里以要名爵乎？’遂命驾而归”。（《晋书》卷九二《张翰传》）第一句从字面到内涵，都由此感发，其题目《秋思》的主旨，正是思家、思归。思归而不能归，第二句“欲作家书意万重”即随之喷薄而出。

作的是七绝，如今只剩两句十四字，又怎么表现那“万重”之“意”呢？作者的高明之处在于压根儿不去罗列那“万重”之

“意”,而是通过极富典型性的动作展现“欲寄家书意万重”的心态:“复恐匆匆说不尽,行人临发又开封。”把封好的信又打开来,也许会补写几条。但不管开了又封,封了又开,反复多少次,惟恐说不尽的心态依然未改。这就是通常所说的“话长纸短,言不尽意”,凡寄过家书的人大约都有这种心理体验。把这种人所共有的心理体验精确地外化为直觉造型,便能引发读者的心灵共振,传诵不衰。林昌彝《射鹰楼诗话》评此诗为“七绝之绝境,盛唐人到此者亦罕”,不算过誉。

王　建(766? —832?)

字仲初,排行六,颍川(今河南许昌)人。早年从军幽州。元和中,历官昭应县丞、渭南尉、太府丞。长庆初,由太常寺丞转秘书丞,后官陕州司马。晚年退居咸阳原上,境况贫困。擅长乐府诗,与张籍齐名,题材、风格,亦大致相似。绝句婉转流畅,清新有致。《宫词》百首,尤传诵一时,影响深远。有《王建诗集》,《全唐诗》存诗六卷。

羽林行①

长安恶少出名字,②楼下劫商楼上醉。
天明下直明光宫,③散入五陵松柏中。④
百回杀人身合死,⑤赦书尚有收城功。
九衢一日消息定,⑥乡吏籍中重改姓。⑦
出来依旧属羽林,立在殿前射飞禽。

【注释】

①羽林行:乐府旧题,属《杂曲歌》,从汉杂曲《羽林郎》变化而来。羽林:汉、唐时代皇帝的禁卫军。唐置左、右羽林军,多吸收市井无赖,仗势行凶,无恶不作。　②出名字:在官府簿籍上登记名字,指参加羽林军。　③下直(同“值”):下班。明光宫:汉宫名,此借指唐宫。　④五陵:汉朝五个皇帝的陵墓,此泛指长安附近陵墓多松柏处。　⑤合死:该当处死。　⑥九:

言其多。衢:大街。 ⑦“乡吏”句:意谓这个罪犯因军功获赦以后改名换姓,入了吏籍,又当了羽林军。

【品评】

开头第一句即揭示羽林军的出身是“长安恶少”,这样的人当了羽林军,如果军纪严明,也许会改邪归正,但事实恰恰相反,且看作者的描写:“楼下劫商”,即转身上楼,大吃大喝,直至喝得酩酊大醉,才去皇宫值班;天明下班,即分散在林木深处,伺机杀人劫财。只用三句诗写出这些行径,不再罗列,也不发议论,但已经足够说明一切。在京城中如此猖狂作恶,肆无忌惮,与其说他们胆大,不如说他们势大。这时候,羽林军改称神策军,其头领由皇帝的亲信宦官担任,纵容部下欺压百姓,无恶不作。参看白居易写于同时的《宿紫阁山北村》等诗,便有更深的了解。第五句承上启下。“百回杀人”,表明前面不过略举数例。“身合死”,暗示控告者层出不穷,主管者不得不承认这些羽林恶少“百回杀人”,论罪该死。按照常情常理,下句自然是写如何处死,但却用皮里阳秋的手法一笔宕开:“赦书尚有收城功!”一个“尚有”(还有),表明以前已用各种理由赦免过,这一次,“尚有”一条十分过硬的赦免理由,那就是“收城功”!可是作者在前面已明白写出,这些罪犯在参加羽林军之前是“长安恶少”而非戍边士卒,在参加羽林军之后只在京城一带“百回杀人”,未曾出征,哪来的“收城功”!古代将领多夸大战果,叙录战功时常把未曾参战而有来头的人的姓名开列进去,冒功邀赏。中唐时期,每用宦官统兵、监军,羽林恶少以行贿等手段假冒军功,以求将“功”折罪,原是轻而易举的事。以下几句进一步揭露羽林军的罪恶。对这样十恶不赦的家伙公开包庇,借故赦免,又许其改名换姓,重新入伍,其继续作恶,自在意料之中。

张、王乐府每将不合理的社会现象浓缩于简短的篇幅之中,并在结尾处突起奇峰,大放异彩。这一篇亦复如此。赦死复出，即“立在殿前射飞禽”，其怙恶不悛、恃宠骄纵的神态，令人发指。而皇帝的昏庸，朝政的紊乱，诗人的愤懑，俱见于言外。

赠李愬仆射　二首选一①

和雪翻营一夜行，②神旗冻定马无声。
遥看火号连营赤，③知是先锋已上城。

【注释】

①李愬：字元直，成纪(今甘肃秦安)人，善骑射，有谋略。元和九年(814)，彰义节度使吴少阳死，其子吴元济据淮西(今河南汝南一带)叛乱。元和十二年十月，李愬以唐邓节度使率精兵乘大风雪，夜袭攻入蔡州，生擒吴元济。此诗即咏其事。平淮蔡后，李愬晋升检校尚书兼仆射。　②和(huò)雪：人跟雪搅和一起。翻营：倾营出动。　③火号：举火为信号。

【品评】

吴元济叛乱，官军讨伐，屡遭失利，以致元和十二年(817)正月任李愬为将时，“军中承丧败之余，士卒皆惮战”(《资治通鉴·唐纪》)。李愬攻下蔡州，生擒吴元济，对唐王朝削平藩镇割据，维护国家统一起到积极作用，值得称赞。这首七绝以二十八字包举平蔡战役，写得有声有色，堪称佳作。

李愬率兵九千，以三千精兵为先锋，冒风雪急驰六十里，夜袭军事要地张柴村，然后取道人迹罕至的险路夜行七十里，以迅雷不及掩耳之势攻克蔡州。此诗前两句着重描写雪夜急行军。“和雪”、“翻营”、“一夜行”，一句诗含三层意思、三个短语、三个音节，节奏急促，气氛紧张。“一夜行”三字似嫌抽象，但特用“一夜”点明“行”军的时限，意在突出行军之急，因为时限只一夜，而行程则是一百三十里！第二句“神旗冻定”、“马无声”，乃是对“一夜行”的具体描写。合第一句看，诗人有意突出三个要点：和雪、夜行、神旗冻定，这一系列自然条件使敌人麻痹大意，疏于防范；“马无声”，人更无声，军纪严明，使敌人不易察觉；夜黑、雪大、天气严寒，极不利于行军，却“一夜”急驰，恍如“神”兵自天而降。暗示雪夜奇袭必获全胜。

后两句不写先锋部队如何攻城，却从后续部队的“遥看”中展现“火号连营赤”的壮丽画面，并且迅即作出判断：“知是先锋已上城。”而胜利的喜悦以及对这次奇袭的指挥者李愬的赞颂之情，即从这“遥看”和判断中倾泻而出，洋溢纸上。

柳宗元(773—819)

字子厚,排行八,河东(今山西永济西)人。贞元九年(793)进士。十二年任秘书省校书郎;十四年第博学宏词科,任集贤殿书院正字;三年后任蓝田尉;十九年闰十月擢任监察御史里行,与韩愈、刘禹锡同官。顺宗即位,参加以王叔文为首的"永贞革新"。叔文败,贬永州司马,迁柳州刺史。世称柳河东、柳柳州。散文与韩愈齐名,山水田园诗与韦应物齐名。五古幽峭明净,自成一家。绝句或清迴凄婉,或明净简峭。七律亦有佳作。有《柳河东集》,《全唐诗》存诗四卷。

渔　翁

渔翁夜傍西岩宿,晓汲清湘燃楚竹。
烟销日出不见人,欸乃一声山水绿。①
回看天际下中流,岩上无心云相逐。

【注释】

① 欸乃(ǎo ǎi):渔家号子声,唐时湘中棹歌有《欸乃曲》(见元结《欸乃曲序》)。

【品评】

此诗是作者被贬为永州(今湖南零陵)司马时的作品。他在著名的《永州八记·始得西山宴游记》里说:“望西山,始指异之,遂命仆人过湘江……穷山之高而止。”此诗首句中的“西岩”即“西山”。

诗以“渔翁”领起,通篇写渔翁。“夜傍西岩宿”着一“傍”字而境界全出:渔翁以舟为家,傍青山,靠绿水,何等清高绝俗,自在逍遥!第二句写做早饭,“晓”字上承“夜”字。只用取水烧柴指代做饭的全过程,已极简练含蓄。何况不说取水而说“汲清湘”,不说烧柴而说“燃楚竹”,不仅表现出地方特色,而且用烘托手法,进一步表现了渔翁的高洁洒脱。“夜傍西岩宿”,外人无所见;“汲清湘”、“燃楚竹”,外人是否看见了呢?也看不见。第三句“烟销日出不见人”,最明显的意思是:吃过早饭,渔翁已荡舟去远了。但“烟销日出”又分明暗示:“烟销”之前,烟雾弥漫,连“日”也“出”不来。就是说:渔翁汲湘燃竹,全隐没于“晓”雾之中。乃至“日出”,自能看见,可是他已离开这儿了。“不见人”,意在突出其孤高出尘。然而“不见人”还得表现出确有其“人”。这就有了最精彩的一句:“欸乃一声山水绿。”

从语法看,“山水绿”是“欸乃一声”的结果。这当然不是说“欸乃一声”能使山水变绿,而是当你忽然听见悠扬的《欸乃曲》,寻声辨向,想看见那位歌手时,忽然发现那歌声飘荡之处,山青水绿,简直是与尘世隔绝的另一个世界。诗写“渔翁”,从渔翁的角度看,他放舟中流,一声“欸乃”,其悠闲自得的神态跃然纸上;而放眼一看,山青水绿,悦目怡神,心物交感,融合无间,达到了《始得西山宴游记》所说的“与万化冥合”的境界。结尾两句,即由此引申。近看眼前,山青水绿;回看天际,岩上白云毫无机心,自由舒卷,自在飘浮,与自己的心灵和谐一致。

通篇诗,并不是对现实生活中的渔翁的真实写照,而是借渔翁以抒怀抱,表现在政治上遭受严重打击之后厌恶官场、寄情山水的高洁情怀。取《永州八记》与此诗同读,必能相互印证,加深领悟。

结尾两句，苏轼《读柳诗》认为“虽不必亦可”。严羽、胡应麟、王士禛、沈德潜等都表示赞同；刘辰翁、李东阳、王世贞等则认为不须删。这种争论，直延续到现在。但如结合作者的处境和心境及《永州八记》等读这篇诗，就会领悟到诗中的渔翁在很大程度上乃是作者逃避龌龊现实，追求心灵净土的心境外化，便知结尾两句多么重要。全诗所写的渔翁几乎全在人境之外，他不曾和任何人打交道，别人也不曾看见他，除了“欸乃一声”之外，便只有“无心出岫”、随意飘浮的白云是他的化身。

登柳州城楼寄漳汀封连四州刺史

城上高楼接大荒，海天愁思正茫茫。
惊风乱飐芙蓉水，[1]密雨斜侵薜荔墙。[2]
岭树重遮千里目，江流曲似九回肠。
共来百粤文身地，[3]犹自音书滞一乡。

【注释】

①飐(zhǎn)：吹动。芙蓉：荷花。 ②薜荔：一种常绿的蔓生植物。 ③百粤：泛指岭南少数民族。文身：身上刺各种花纹。

【品评】

唐德宗死，太子李诵(顺宗)即位，改元永贞(805)，重用王叔文等实行改革，仅五个月即遭受残酷的镇压。王叔文、王伾被贬往外地；革新派主要成员柳宗元、刘禹锡、韩泰、韩晔、陈谏、凌准、程异、韦执谊分别贬为远州司马。第二年又杀害王叔文，逼死王伾；对八司马的迫害也有增无减，凌准、韦执谊都死于任所。整整过了十年，即宪宗元和十年(815)初，柳宗元与韩泰、韩晔、陈谏、刘禹锡五人(程异先被起用)才奉诏进京。不料又被贬往更荒凉的边远州郡：韩泰为漳州(治所在今福建漳州市)刺史，韩晔为汀州(治所在今福建长汀县)刺史，陈谏为封州(治所在今广东封川县)刺史，刘禹锡为连州(治所在今广东连州)刺史，柳宗元为柳州刺史(治所在今广西壮族自治区马平县)刺史。这首七律，是柳宗元初到柳州时写寄四位难友，即诗题中所说的"漳、汀、封、连四州刺史"的。唐人作诗很讲究"制题"，读这个题，已有伤高怀远之意。

首联以深广的情景、辽阔的意境统摄诗题，为以下的逐层抒写展开了宏大的画面。起句中的"接"字极传神。"高楼接大荒"，则楼上人的视野由近而远，望向茫茫海天，而"愁思"也随之弥漫于茫茫海天。"寄漳、汀、封、连四州"之意，已洋溢纸上。"大荒"、"茫茫"、"海天"，从内涵到音响，都与"愁思"交融互感，具有扣人心扉的艺术魅力。

第二联写近景。见得真切，故写得细致。就细致地描绘风急雨骤的景象而言，这是"赋"。但仔细品味，"赋"中又兼有"比"、"兴"。屈子《离骚》有云："制芰荷以为衣兮，集芙蓉以为裳。不吾知其亦已兮，苟余情其信芳。"又云："揽木根以结茝兮，贯薜荔之落蕊……謇吾法夫前修兮，非世俗之所服。"在这里，"芙蓉"与"薜荔"正象征人格的美好与芳洁。登城楼而望近处，所见必广，特意拈出"芙蓉"与"薜荔"，显然是"芙蓉"与"薜荔"在暴风雨中的遭遇触动了诗人心灵的颤悸。"风"而曰"惊"，"雨"而曰"密"，"飐"而曰"乱"，"侵"而曰"斜"，客观事物已投射了诗人的感受。"芙蓉"出"水"，何碍于"风"，而"惊风"仍要"乱飐"；"薜荔"覆"墙"，"雨"本难"侵"，而"密雨"偏来"斜侵"。这怎不使诗人俯仰身世，产生联想，"愁思"弥漫于茫茫海天？在这里，景中之情，境中之意，赋中之比兴，有如水中着盐，不见痕迹，然而辨味者自能品出其中的滋味。

第三联写远景。上下句同写遥望，却一仰一俯，视野各异。仰观则重岭密林，遮断千里之目，俯察则江流曲折，有似九回之肠，景中寓情，“愁思”无限。从字面上看，“岭树重遮千里目，江流曲似九回肠”对仗极工，可称“工对”。从意义上看，上实下虚，前因后果，以骈偶之辞运单行之气，又有“流水对”的优点。

第三联写望而不见，兼含山岭重叠、江流纡曲，互访不易，音信难通的意思，第四联自然归结到“音书滞一乡”。但如此收束，则文情较浅，文气较直，缺少余韵余味，故先用“共来百粤文身地”一垫，再用“犹自”一转，才归结到“音书滞一乡”，收到沉郁顿挫的艺术效果。而“共来”一句，既与首句“大荒”照应，又统摄题中的“漳、汀、封、连四州”及作者所在的柳州。一同被贬于“大荒”“文身”之地，已够痛心，还彼此隔离，连音书都留滞于各自的贬地而无法寄达。读诗至此，余韵袅袅，余味无穷。而题中的“寄”字之神，也于此曲传出。

酬曹侍御过象县见寄①

破额山前碧玉流，骚人遥驻木兰舟。
春风无限潇湘意，欲采蘋花不自由。

【注释】

①侍御：官名，侍御史的简称。曹侍御，名未详，当是作者在京城时的故友。象县：柳州属县，在州治东北六十五里。

【品评】

前两句切题中的“曹侍御过象县见寄”，即曹侍御经过象县时，作诗寄作者；后两句切题中的“酬”，即作者读到曹侍御寄来的诗，作此诗酬答。今人多据诗中有“潇湘”二字而确定此诗作于永州，但永州、象县相距遥远，书简往还不易，与诗意不合。“潇湘”别有意义，不专作地名，姑定为柳州作品。

“骚人”本指《离骚》的作者屈原，后来泛指情操高洁的文人。“玉”、“木兰”，都是屈原喜用的词，象征坚贞、芬芳的品质。作者称曹侍御为“骚人”，并用“碧玉流”、“木兰舟”这样美好的情境来烘托他，就会使读者把他和屈原及其作品联系起来，产生许多联想。“骚人”本可看山看水，愉快地赶他的路，如今却“遥驻木兰舟”于“碧玉流”之上，究竟为什么，这又会使读者产生许多联想。“遥”作为“驻”的状语，所表现的是“骚人”与作者之间的距离。象县距柳州六十多里，距柳宗元的贬所不算太“遥”，何况眼前的“碧玉流”正是从柳州流来的，为什么不乘“木兰舟”到柳州去看看他的朋友？这又引人深思。曹侍御的处境如何，虽然不知其详，但从“骚人”的称呼中也可得到一些暗示。至于柳宗元，分明过着“万死投荒”的流放生活。所以政治上的间隔，比地理上的距离更显得“遥”。因此，尽管思友心切，路也不太远，却只能“驻舟”兴叹，寄诗抒怀。

“春风无限潇湘意”一句，结合下句“欲采蘋花”看，显然汲取了南朝诗人柳恽《江南曲》的诗意。《江南曲》是一篇名作，全文如下：

江洲采白蘋，日暖江南春。
洞庭有归客，潇湘逢故人。
故人何不返，春花复应晚。
不道新知乐，只言行路远。

由此可见，“春风无限潇湘意”，就是怀念故人之意。此句作为全诗的第三句，妙在似承似转，亦承亦转。就是说：它主要表现作者怀念“骚人”之情，但也兼包“骚人”寄诗中所表达的怀念作者之意。“春风”和暖，芳草如茵，蘋花盛开，朋友们倘能相见该多好！“无限”相思而不能相见，就想到“采蘋花”以赠故人。然而不要说相见没有自由，就是“欲采蘋花”相赠，也“不自由”啊！

全诗不仅写景如画，而且比兴并用，虚实相生，能够唤起读者许多联想。结句“欲采蘋花”尚“不自由”，还能有什么自由！词气委婉而内涵悲愤。结合作者被贬谪的原因、经过和被贬后继续遭受诽谤、打击、动辄得咎的处境，不是可以想到更多东西吗？

江　雪

千山鸟飞绝，万径人踪灭。
孤舟蓑笠翁，[1]独钓寒江雪。

【注释】

①蓑笠翁：穿蓑衣、戴笠帽的渔翁。

【品评】

写雪景而前三句不见“雪”字，纯用空中烘托之笔、一片空灵。待结句出“雪”而回视前三句，便知“千山”、“万径”、“孤舟”、渔翁，已全覆盖于深雪之中，而那雪还在纷纷扬扬，飞洒不休。要不然，“千山”何故“鸟飞绝”？“万径”何故“人踪灭”？“孤舟”渔翁，又何故披“蓑”戴“笠”？

用“千山”、“万径”反衬“寒江”、“孤舟”，用“鸟飞绝”、“人踪灭”反衬“蓑笠翁”寒江“独钓”，从而在广阔、寂寥、清冷的画面中突出“孤舟”“独钓”的“蓑笠翁”形象。

全诗句句写景，合起来是一幅图画，所以正如黄周星《唐诗快》所说：“只为此二十字，至今遂图绘不休，将来竟与天地相终始矣。”

那么，有没有景中之情，言外之意呢？吴烻《唐诗直解》云：“千山万径，人鸟绝迹，则雪之深可知。然当此之时，乃有蓑笠孤舟、寒江独钓者出焉。噫！非若傲世之严光，则为待聘之吕尚。赋中有比，大堪讽咏。”徐增《说唐诗详解》云：“此乃子厚在贬所以自寓也。当此途穷日短，可以归矣，而犹依泊于此，岂为一官所系耶？一官无味，如钓寒江之鱼，终亦无所得而已矣。余岂效此渔翁者哉！”王尧衢《古唐诗合解》云：“置孤舟于千山万径之间而以一老翁披蓑戴笠，兀坐于鸟不飞、人不行之地，真所谓寄蜉蝣于天地、渺沧海之一粟矣，何足为轻重哉？江寒而鱼伏，岂钓之可得？彼老翁何为而坐孤舟风雪中乎？世态寒凉，宦情孤冷，如钓寒江之鱼，终无所得，子厚以自寓也。”诸如此类，都认为作者以渔翁“自寓”，尽管各人的解释不尽相同。

这首《江雪》与前面所选的《渔翁》，都以渔翁“自寓”，反映了柳宗元在长期流放过程中交替出现的两种心境。他有时不甘屈服，力图有所作为；有时又悲观愤懑，寻求精神上的解脱。《渔翁》中的渔翁，超尘绝俗，悠然自得，正是后一种心境的外化。《江雪》中的渔翁，特立独行，凌寒傲雪，独钓于众人不钓之时，正是前一种心境的写照。

元 稹(779—831)

字微之,排行九,洛阳(今属河南)人。贞元九年(793)以明经擢第,十九年登书判拔萃科。元和元年(806)登才识兼茂、明于体用科,名列第一,授左拾遗。历监察御史,因得罪宦官,贬江陵士曹参军。历通州司马、虢州长史。后依附宦官,不断升迁。长庆二年(822)与裴度同时拜相。时论不满,出为同州刺史。历浙东观察使、尚书左丞、武昌军节度使。诗与白居易齐名,风格亦相近。乐府诗多反映民间疾苦和朝政得失,现实性强。艳体诗与悼亡诗尤有特色。有《元氏长庆集》,《全唐诗》存诗二十八卷。

连昌宫词

连昌宫中满宫竹,岁久无人森似束。
又有墙头千叶桃,[1]风动落花红蔌蔌。[2]
宫边老翁为余泣:“小年进食曾因入。
上皇正在望仙楼,[3]太真同凭阑干立。[4]
楼上楼前尽珠翠,[5]炫转荧煌照天地。[6]
归来如梦复如痴,何暇备言宫里事。
初过寒食一百六,[7]店舍无烟宫树绿。
夜半月高弦索鸣,贺老琵琶定场屋。[8]
力士传呼觅念奴,[9]念奴潜伴诸郎宿。[10]
须臾觅得又连催,特敕街中许燃烛。[11]

春娇满眼睡红绡，[12]掠削云鬟旋装束。[13]
飞上九天歌一声，[14]二十五郎吹管篴。[15]
逡巡大遍凉州彻，[16]色色龟兹轰录续。[17]
李謩擫笛傍宫墙，[18]偷得新翻数般曲。
平明大驾发行宫，[19]万人歌舞途路中。
百官队仗避岐薛，[20]杨氏诸姨车斗风。[21]
明年十月东都破，御路犹存禄山过。
驱令供顿不敢藏，[22]万姓无声泪潜堕。
两京定后六七年，[23]却寻家舍行宫前。
庄园烧尽有枯井，行宫门闭树宛然。
尔后相传六皇帝，不到离宫门久闭。[24]
往来年少说长安，玄武楼成花萼废。
去年敕使因斫竹，[25]偶随门开暂相逐。
荆榛栉比塞池塘，狐兔娇痴缘树木。
舞榭攲倾基尚在，文窗窈窕纱犹绿。
尘埋粉壁旧花钿，[26]乌啄风筝碎珠玉。[27]
上皇偏爱临砌花，依然御榻临阶斜。[28]
蛇出燕巢盘斗拱，菌生香案正当衙。
寝殿相连端正楼，太真梳洗楼上头。
晨光未出帘影动，至今反挂珊瑚钩。
指似旁人因恸哭，却出宫门泪相续。
自从此后还闭门，夜夜狐狸上门屋。”
我闻此语心骨悲，“太平谁致乱者谁”？
翁言“野父何分别？耳闻眼见为君说：
姚崇宋璟作相公，[29]劝谏上皇言语切。
燮理阴阳禾黍丰，[30]调和中外无兵戎。

长官清平太守好，拣选皆言由至公。
开元之末姚宋死，朝廷渐渐由妃子。
禄山宫中养作儿，虢国门前闹如市。[31]
弄权宰相不记名，依稀忆得杨与李。[32]
庙谟颠倒四海摇，[33]五十年来作疮痏。
今皇神圣丞相明，[34]诏书才下吴蜀平。[35]
官军又取淮西贼，[36]此贼亦除天下宁。
年年耕种宫前道，今年不遣子孙耕。”
老翁此意深望幸，[37]努力庙谟休用兵。

【注释】

①千叶桃：碧桃。 ②簌簌(sù)：纷纷落下的样子。 ③上皇：指唐玄宗李隆基，安史之乱他传位于肃宗李亨后，成为太上皇。 ④太真：杨贵妃做女道士的名字。 ⑤珠翠：这里借指宫女。 ⑥炫转荧煌：形容光辉闪耀。 ⑦寒食：寒食节。古代冬至后一百零五天为寒食节。第二天叫小寒食。唐代按照旧风俗，大小寒食在全国禁止生火，所以下文有店舍无烟的描写。 ⑧贺老：指贺怀智，唐玄宗时的艺人，善弹琵琶。定场屋：等于说压场，即最好的意思。 ⑨力士：高力士，李隆基最宠信的宦官。念奴：天宝年间著名歌女。 ⑩诸郎：指年轻的贵族。 ⑪敕(chì)：帝王的诏书、命令。 ⑫红绡：这里指红色的纱帐。 ⑬掠削云鬟：用手轻拢头发。旋装束：不久就装扮好了。 ⑭九天：借指皇宫。 ⑮二十五郎：邠王李承宁，排行二十五。篴：即笛子。 ⑯逡巡：本指行进缓慢的样子，这里指歌唱时的节拍舒缓。大遍：古代音乐术语，指成套的乐曲。凉州：唐代风行的乐曲之一。彻：完，指演奏完结。 ⑰色色：各种各样。龟(qiū)兹：我国汉至唐初西北一个少数民族政权的名称。故址在今新疆库车、沙雅县一带。这里指龟兹地区的音

乐。录续:陆续。轮换着演奏。 ⑱李謩:长安城中著名的吹笛少年。擪(yǎn):按,吹笛时手指的动作。据作者自注:李隆基曾于正月十四深夜,在上阳宫奏新制乐曲,被李謩偷听,第二天夜里便在酒楼上吹奏。 ⑲大驾:指皇帝的车马。 ⑳队仗:即仪仗队伍。岐、薛:指岐王李珍、薛王李瑁,都是李隆基的侄儿。 ㉑杨氏诸姨:指杨贵妃的姐姐韩国夫人、虢国夫人、秦国夫人等。 ㉒供顿:供给食宿。顿:食宿的地方。 ㉓两京:长安和洛阳。 ㉔离宫:即行宫,皇帝出巡时的住处。 ㉕敕使:皇帝的使者。 ㉖花钿:镶嵌珠宝的首饰。 ㉗风筝:指屋檐边挂的铃铎。 ㉘御榻:皇帝的床。 ㉙姚崇、宋璟:唐玄宗开元年间两个贤明的宰相。 ㉚燮理阴阳:使天地间阴阳协调,农作物丰收。 ㉛虢国:虢国夫人,宅第在长安宣义里,趋炎附势者往来不绝。 ㉜杨与李:杨国忠与李林甫,臭名昭著的奸相。 ㉝庙谟:庙,宗庙,代指朝廷;谟,谋划。 ㉞今皇:指唐宪宗李纯,他曾任用裴度等平定藩镇叛乱。丞相:指裴度。 ㉟吴蜀平:吴,指浙西镇海节度使李锜;蜀,指西川节度副使知节度事刘辟。刘辟于元和元年(806)正月叛乱,同年九月被讨平。李锜于元和二年十月叛乱,不久被平定。 ㊱淮西贼:指盘据淮西、自称彰义军留后的吴元济。 ㊲望幸:希望皇帝来临,皇帝到来叫"幸"。

【品评】

连昌宫,唐行宫之一,高宗显庆三年(658)建,在河南郡寿安县(今河南宜阳)西九十里处。此诗作于元和十三年(818)春平定吴元济叛乱之后,意在通过连昌宫的兴废反映安史之乱前后的治乱兴衰,为统治者昭炯戒。

这首长篇叙事诗从昭炯戒的明确目的出发选取历史题材,通过集中、虚拟和艺术想像,创造人物,敷衍情节,渲染场景,突现主题,不完全符合历史事实,却在较高程度上反映了历史真实。从叙事诗的发展脉络看,这首诗和白居易的《长恨歌》都因借鉴"说话"和传奇小说的创作经验而有新开拓。

前四句写宫苑荒凉之景,引出"宫边老翁为余泣",泣诉了连昌宫昔盛今衰的历史变迁,落到"夜夜狐狸上门屋",与前四句拍合,构成全诗的第一段落。"宫边老翁"是一个虚拟人物,他住在"宫边"数十年,两次进宫,最了解连昌宫的沧桑巨变,由他承担"叙述人"的任务,就比作者自己出面叙述强得多。"余"或"我"既是作者,也是叙事诗中的人物。"我闻此语心骨悲",于是提出一个问题:"太平谁致乱者谁?"这就引出"老翁"的又一次叙述。"老翁"由于"老",所以能够根据"耳闻眼见"说明问题:致太平的是开元贤相姚崇、宋璟,他们"劝谏上皇"、"燮理阴阳"、"调和中外",以"至公"之心拣选清官良吏;乱天下者是杨妃及其兄弟姊妹和"弄权宰相"杨国忠、李林甫,弄得"庙谟颠倒四海摇,五十年来作疮痏"。这当然是作者的看法和许多同时代人的共同看法,但借"耳闻眼见"者之口说出,便有抒情意味。"老翁"最后就削平藩镇"天下宁"歌颂"今皇神圣丞相明",作者即以"努力庙谟休用兵"结束全诗,体现了他的创作意图。

前后两大段相互补充,相互映衬。前段未提开元盛世,后段补叙;后段从杨妃擅宠、奸相弄权等方面指斥天宝乱政而回避明皇,前段则以铺张连昌宫盛况的形式,把本来未曾同到连昌宫游幸的明皇、杨妃弄来主持了一次晚会。在这里,作者大胆运用了虚构、集中等小说手法。地点:连昌宫内;时间:安史之乱爆发前一年的寒食之夜。寒食节百姓禁烟,明皇却为召唤女歌星而"特敕街中许燃烛"。以上两点,全属虚构。演员:都是实有的艺坛高手,但与连昌宫无涉,作者却把他们集中在这里为帝、妃献技:贺怀智弹琵琶,念奴唱歌,二十五郎吹笛,李謩偷曲,凉州、龟兹等地方乐曲轮番演奏,彻夜不休。写明皇、杨妃等回长安,则用"平明大驾发行宫,万人歌舞途路中,百官队仗避岐薛,杨氏诸姨车斗风"表现盛大场面和熏天气焰。这是

“老翁”追叙连昌宫的往日繁华，貌似赞扬而实含讥评，所以紧接着便以“明年十月东都破”转向连昌宫荒芜破败的描写。

元稹与白居易友好，互相学习，《连昌宫词》的创作受《长恨歌》影响，自无疑问。但其艺术成就，正可与《长恨歌》媲美。如宋人洪迈所评：“元微之、白乐天在唐元和、长庆间齐名，其赋咏天宝时事《连昌宫词》、《长恨歌》皆脍炙人口，使读之者情性荡摇，如身生其时，亲见其事，殆未易以优劣论也。”（《容斋随笔》卷一五）元稹由于写出这样的好诗，被当时人称为“元才子”。

行　宫[1]

寥落古行宫，宫花寂寞红。
白头宫女在，闲坐说玄宗。

【注释】

①此诗见于《元氏长庆集》，宋人皆以为元稹诗。明人高棅《唐诗品汇》卷四三作王建诗，一作元稹。当以元稹作为是。诗作于元和四年(809)，当时元稹在东都洛阳为监察御史，所咏者当是洛阳西南的上阳宫。

【品评】

既是“行宫”，自然曾有皇帝“临幸”，异样繁华。前三句连用“宫”字以突出“行宫”，而古宫寥落、宫花寂寞、宫女白头，与昔日繁华形成强烈对比，今昔盛衰之感，已跃然纸上。

寥落行宫，唯白发与红花相对，更见寥落。宫花尚且寂寞红，宫女白头，能不寂寞！

“白头宫女在”，用一“在”字，涵盖无穷。偌大行宫，唯白头宫女“在”，则曾来游幸的皇帝久已不“在”，与此相关的一切也统统不“在”。但这一切，由青春到白头度过漫长岁月的宫女都见过听过，于闲坐寂寞时便要“说”，不厌重复地“说”，用以消磨时间，慰藉寂寞。“闲坐说玄宗”，仅五个字，便令人想起从开元治世到天宝乱离的全部历史。沈德潜《唐诗别裁集》云：“只四语，已抵一篇《长恨歌》矣。”潘德舆《养一斋诗话》云：“二十字足赅《连昌宫词》六百余字，尤为妙境。”称赞《行宫》含巨大历史内容，当然不错，但不能说它可以取代《长恨歌》或《连昌宫词》。清人舒位《又题元白长庆集后》云：“白头宫女闲能说，何必《连昌》又一篇？”意思是：写了《行宫》，就不必再写《连昌宫词》。这是错误的。《行宫》是五言绝句，含蓄蕴藉，情思绵绵，耐人吟味。《连昌宫词》是七言歌行体长篇叙事诗，铺陈史事，塑造人物，情景逼真，引人入胜。二者各有特点和优点，不能偏废。

遣悲怀三首①

谢公最小偏怜女，自嫁黔娄百事乖。②
顾我无衣搜荩箧，③泥他沽酒拔金钗。④
野蔬充膳甘长藿，⑤落叶添薪仰古槐。
今日俸钱过十万，与君营奠复营斋。⑥其一

【注释】

①遣悲怀：是元稹追悼妻子韦丛的诗。韦丛比元稹小四岁，二十岁结婚，死于元和四年(809)，年二十七岁。　②“谢公”二句：东晋宰相谢安喜欢侄女谢道韫。怜，义同爱，韦丛的

父亲韦夏卿官至太子少保，死后追赠左仆射，韦丛是他的幼女，故以谢道韫作比。黔娄：齐国的贫士，元稹自指。元稹出身寒微，婚后，曾一度出为河南县尉。 ③荩(jìn)箧：一种草制的衣箱。 ④泥(nì)：柔言索物，即口语的“软缠”。 ⑤甘：吃得很香。藿：豆叶。 ⑥奠：祭品。斋：延请僧道超度灵魂。

【品评】

元稹《遣悲怀》三首，是“悼亡”诗中的杰作。贤妻早逝，悲感萦怀，作诗排遣，只写真情，故能感人肺腑。第一首首联写结婚，比妻子为东晋著名宰相谢安最喜爱的侄女谢道韫，而自比为春秋时代的寒士黔娄，言外有“谢多娇错爱”的意思。以高门之女嫁寒士，故“自嫁”之后，“百事”皆“乖”，没过上好日子，从而领起中间两联。中间两联，追忆四种情景：她看见我没有合身的衣服，就翻箱倒箧，想找点衣料缝制；我来了朋友，想买酒，就软缠她拔下了头上的金钗；用野菜充膳，很难吃，可她把那长长的豆叶塞进口里，吃得很香；做饭没柴烧，她就去扫古槐的落叶，一筐一筐地提回来。婚后生活的艰辛，妻子对自己的体贴，自己对妻子的怜惜与负疚之情，都从往事的叙述中曲曲传出，凄怆动人。尾联从追忆回到现实：“今日俸钱过十万”，本来可以让你过上好日子，可你在贫困生活的煎熬中舍我而去了！我只能为你做点营斋营奠的事，安慰你的亡灵！

全诗都用陈述语气，语调平缓而悲凉。前面称妻子为“他”，仿佛面对别人：可是讲着讲着，妻子的音容就不断闪现，因而又改口称“君”，仿佛与妻子对话。

昔日戏言身后意，今朝皆到眼前来。
衣裳已施行看尽，[1]针线犹存未忍开。
尚想旧情怜婢仆，也曾因梦送钱财。
诚知此恨人人有，贫贱夫妻百事哀。其二

【注释】

①施(读去声):施舍。行看:即将。

【品评】

首联忆昔抚今:你从前开玩笑,说你一旦死去,就如何如何;没想到你说的那些“身后意”,今天都摆在我面前。次联紧承首联,大约韦丛曾说她万一早死,便把衣裳、针线等遗物统统送人,免得睹物念旧。所以次联写道:你穿过的衣裳,已经按你的想法陆续送人,即将送尽;可是你常用的针线盒,我还保存着,不忍心打开。第三联又讲两件事:时常想起你往日的深情,因而对你使唤过的婢仆也特别怜惜;你活着的时候,我苦于没有钱交给你维持家庭生活,现在有了钱,可你不在了,送钱给你的情景,有时便在梦中出现。尾联先宕开一笔,然后挽合:丧妻之痛,人所难免这一点,我当然懂得。既然懂得,就不必过分悲哀了。可是,我们是“贫贱夫妻”啊!因为是“贫贱夫妻”,你才会留下针线盒这样的遗物,一看见它就想起你灯下缝衣的身影;我才会在做梦时还忘不了从前的苦日子,想给你送几个钱,真是“百事哀”啊!

第一首以“自嫁黔娄百事乖”领起,写生前;第二首以“贫贱夫妻百事哀”收尾,写身后。互相映衬,弥见沉痛。

闲坐悲君亦自悲,百年都是几多时!
邓攸无子寻知命,①潘岳悼亡犹费词。②
同穴窅冥何所望?③他生缘会更难期!
惟将终夜长开眼,报答平生未展眉。其三

【注释】

①“邓攸”句:邓攸:字伯道,西晋末为河东太守,在兵乱中

因救侄儿而丢弃了自己的儿子，终身遂无子嗣，时人有“天道无知，使伯道无儿”之语。寻知命：即将到知命之年。《论语·为政》：“五十而知天命。”按元稹五十岁时，后妻裴氏始生一子，名道护。 ②潘岳：西晋诗人，妻死，作《悼亡诗》三诗，为世传诵。 ③同穴：指夫妻合葬。《诗经·王风·大车》：“死则同穴。”窅(yǎo)冥：深暗貌。何所望：意谓死后无知，即使同穴，也是徒然。

【品评】

第一句“悲君”总括上文，“自悲”开启下文：人生不过“百年”，妻子才活二十七岁便离开人世，固然可悲，自己就算活到百岁，也没多少时间，同样可悲；眼看快到“知命”之年，还像邓攸那样没有儿子；虽效潘岳赋《悼亡》以寄深情，但也无法充分表达对妻子的无限思念，不过浪费言辞；古人有“死则同穴”的说法，两个人在一起，当然好，可是墓穴幽暗，人死无知，合葬又有什么意义？世人还有再世姻缘的说法，如果来生再做夫妻，便可补偿今生的遗憾，可这太虚无飘渺，更难指望啊！尾联为一篇之警策，也是三首诗的结穴。妻子生前“未展眉”，而作者所做的一切，如“营奠”、“营斋”、“怜婢仆”、“送钱财”、赋“悼亡”、盼“他生”等，意在报答妻子，又自知无补实际，因而以“惟将终夜长开眼，报答平生未展眉”作结，情真意切，余意无穷。

韦丛早逝，元稹悼念她的诗，现在能看到的还有三十三首之多(见《元氏长庆集》卷九)。其中《六年春遣怀八首》和《遣悲怀三首》都哀婉动人，后者尤脍炙人口。孙洙《唐诗三百首》选《遣悲怀》，评论道：“古今悼亡诗充栋，终无能出此三首范围者，勿以浅近忽之。”“浅近”，并不是这三首诗的缺点，言浅意深，语近情遥，把人人心中所有而未能形诸语言的动人情景用浅显明畅的诗句充分表达出来，正是这三首诗的艺术魅力所在。

刘禹锡(772—842)

字梦得,排行二十八,洛阳(今属河南)人。贞元九年(793)进士,登博学宏词科,为监察御史。因参加"永贞革新",贬朗州司马,迁连州刺史,移夔、和二州。文宗初,入为主客、礼部郎中。又出为苏、汝、同三州刺史。开成元年(836)以太子宾客分司东都,世称刘宾客。其诗凝炼委婉,韵味深醇。尤长七绝,其《竹枝词》、《浪淘沙》等,清新俊爽,富民歌情韵,为唐诗别开生面。有《刘梦得文集》,《全唐诗》存诗十二卷。

西塞山怀古①

王濬楼船下益州,②金陵王气黯然收。③
千寻铁锁沉江底,一片降幡出石头。④
人世几回伤往事,山形依旧枕寒流。
今逢四海为家日,⑤故垒萧萧芦荻秋。

【注释】

①西塞山:在今湖北大冶东长江边,为长江中游要塞,三国时吴国以此为江防前线。 ②"王濬"句:王濬(jùn)于晋武帝时任益州(今四川成都)刺史。武帝太康元年(280)伐吴,命王濬领楼船沿江而下。 ③"金陵"句:《太平御览》卷一七〇引《金陵图》云:"昔楚威王见此有王气,因埋金以镇之,故曰金陵。"金

陵，今南京市，三国时称建业，是吴国都城。王气收，指吴国灭亡。 ④“千寻”二句：八尺为寻，“千寻”，极言其长。降幡(fān)：表示投降的旗。石头：指石头城，即金陵。 ⑤四海为家：指全国统一。

【品评】

《唐诗纪事》卷三九云：“长庆中，元微之、(刘)梦得、韦楚客同会(白)乐天舍，论南朝兴废，各赋《金陵怀古诗》。刘满引一杯，饮已即成，曰：‘王濬楼船下益州……’白公览诗曰：‘四人探骊龙，子先得珠，所余鳞爪何用耶?’于是罢唱。”按此诗当是刘禹锡于长庆四年(824)由夔州刺史调任和州刺史，沿江东下经西塞山时所作；但白居易的赞扬，则是可信的。

诗人因西塞“故垒”触发吟兴，将六代兴亡与现实思考融入苍茫宏阔的景象之中，腾挪旋转，构成沉雄悲壮的意境。前两联写孙吴恃险设防，企图维护割据，而“楼船”东“下”，“铁锁”即“沉”，“王气”顿“收”，“降幡”继“出”。用“下”、“收”、“沉”、“出”四个动词概括决定晋兴吴亡的战役，给人以弹指之间即出现全国统一局面的欢快感。第五句“人世”反挑第六句“山形”，落到“西塞山”。“几回伤往事”，既包含前四句所写的吴晋兴亡，又总括东晋、宋、齐、梁、陈的政权更迭。“人世”的沧桑变化如此频繁，令人感伤，而作为攻守要塞的西塞山，则“依旧枕寒流”，与六代兴亡形成强烈对照。地险不足恃，割据不能久，“怀古”之意，即从对照中传出。尾联紧承第三联，遥应前两联。前两联写西晋统一，第三联写六代分裂，都涉及“西塞山”，都是“怀古”。尾联“今逢四海为家日”从“古”回到“今”，表达了歌颂统一的深情和维护统一的愿望；“故垒萧萧芦荻秋”既是眼前景，与“今”字拍合，又用“故垒”点“西塞山”，挽合六代兴亡，以“萧萧芦荻秋”的荒凉景象为恃险割据者垂诫。

中唐以来，藩镇割据形势日趋严重。宪宗元和时期，曾在削平藩镇割据势力方面取得了一些胜利，但不多久，河北三镇又故态复萌，危及统一。此诗托古讽今，有深刻的现实意义。就艺术成就而言，通篇一气呵成，纵横变化，不可方物，而终不脱题。诚如清人薛雪所评："似议非议，有论无论，笔着纸上，神来天际，气魄法律，无不精到，洵是此老一生杰作。"(《一瓢诗话》)

石头城[1]

山围故国周遭在，潮打空城寂寞回。
淮水东边旧时月，[2]夜深还过女墙来。[3]

【注释】

①石头城：在今南京市西清凉山上，三国时孙吴就石壁筑城戍守，称石头城。后人也每以石头城指建业。 ②淮水：指秦淮河。 ③女墙：城上的墙垛。

【品评】

刘禹锡任和州刺史时(824—826)作《金陵五题》，以联章方式，歌咏五处古迹，总结历史教训。《石头城》是这组诗的第一首。

以偶句发端，笔势浑厚。"山围"、"潮打"，仅四个字便标出石头城的位置，而地形之险见于言外。"故国"义同"故都"，与"空城"同指"石头城"。用"故"用"空"，使空间与时间结合，唤起苍茫怅惘的吊古意识。"山围故国周遭在"，反衬六代豪华早已消歇，见得人事不修，则地形之险实不足恃。"潮打空城寂寞回”，赋予江“潮”以人的情思，因感知所拍打的是一座“空城”而“寂寞”地退回，则昔日此城车水马龙、金迷纸醉之时，它自然并不感到“寂寞”。江“潮”犹有今昔盛衰的感慨，何况人呢？三、四两句请出万古不变的明月作为古今治乱兴亡的见证人，抒发更为深沉的感喟。“石头城”上，“女墙”仍在，却不仅无人戍守，而且也没有任何人来此凭吊；只有曾照“旧时”繁华的明“月”，在“夜深”人静之时，从“淮水东边”升起，经过“女墙”，“还”来相照。吊古之情，从“山围故国”、“潮打空城”涌出，波澜迭起，至月照“女墙”而推向高潮，诗亦戛然而止，令读者咏叹想像于无穷。

《金陵五题》自序云：“他日友人白乐天掉头苦吟，叹赏良久，且曰：《石头》诗云：‘潮打空城寂寞回’，吾知后之诗人，不复措辞矣！”从全篇看，景中寓情，言外见意，凭吊前朝，垂戒后世，确是怀古诗中的杰作。

乌衣巷①

朱雀桥边野草花，② 乌衣巷口夕阳斜。
旧时王谢堂前燕，飞入寻常百姓家。

【注释】

①乌衣巷：故址在今南京秦淮河南朱雀桥边，本孙吴卫戍部队营房所在，兵士穿乌衣（黑色制服），故名。东晋初，大臣王导等住此，遂成为王、谢豪门大族的住宅区。　②朱雀桥：又名朱雀航，是秦淮河上的浮桥，面对正南门朱雀门，故名。东晋太宁二年（324）以后，以船舶连接而成，长九十步，宽六丈，是京城

内交通要道。

【品评】

这是《金陵五题》的第二首。诗人从“金陵”城中选取两个极有代表性的地名“朱雀桥”与“乌衣巷”领起一、二两句，对偶天成，色彩斑斓，既能标帜金陵的地理环境，更能激发关于六代繁华的联想。然后将“野草花”、“夕阳斜”两种荒凉景象和这两个显赫地名联结起来，于强烈反衬中蕴涵异常丰富的暗示，引人深思。前两句写静景，“静”得凄凉。后两句，于“野草花”、“夕阳斜”的静景中添入燕子飞来的动景，以动形静，更见凄凉。燕子不仅是候鸟，还有“喜居故巢”的习性。诗人抓住这一点，与一、二两句关合，写出了两个警句：“旧时王谢堂前燕，飞入寻常百姓家。”如唐汝询《唐诗解》所说：“不言王谢堂为百姓家，而借言于燕，正诗人托兴玄妙处。”

全诗不正面落墨，只选两个地名，用野草、斜阳、旧燕渲染，而王朝兴替、人世变迁的深沉慨叹，已见于言外。辛弃疾《沁园春》云：“朱雀桥边，何人会道，野草、斜阳、飞燕？”抓住此诗的主要特点推此诗为绝唱，确有见地。

竹枝词九首　其二

山桃红花满上头，[①]蜀江春水拍山流。
花红易衰似郎意，水流无限似侬愁。[②]

【注释】

①上头：山上头。　②侬：女子自称。

【品评】

竹枝词是巴、渝等地民歌中的一种，歌咏当地风物和男女相恋之情。顾况、白居易都有拟作。刘禹锡《竹枝词》九首，前有序云："四方之歌，异音而同乐。岁正月，余来建平，里中儿联歌竹枝，吹短笛，击鼓以赴节，歌者扬袂睢舞，以曲多为贤。聆其音，中黄钟之羽。其卒章激讦如吴声，虽伧伫不可分，而含思宛转，有淇澳之艳。昔屈原居沅湘间，其民迎神词多鄙陋，乃作为《九歌》，到于今，荆楚鼓舞之。故余亦作《竹枝》九篇，俾善歌者扬之，附于末。后之聆巴歈，知变风之自焉。"建平，古郡名，故治在今重庆巫山县，这里指夔州。诗中多提蜀地山川，当是刘禹锡任夔州刺史时(821—824)所作，这里选的是第二首。

这首歌，是由一位自称"侬"的山村姑娘唱出的。从全诗看，她与那个"郎"有过一段热恋的欢乐，如今却面临失恋的忧愁，因而被眼前景触发，就唱起来了。前两句托物起兴，兴中有比。"山桃红花"，开"满"山头，着一"满"字，给人以满山红焰，像烈火燃烧的炽烈感。这是眼前景，也是"兴"。但姑娘同时联想到"郎"对她的爱情之火，也曾经燃烧得这般红艳、这般热烈。这又是"比"。山头红桃盛开，山下春水奔流。山水相依相恋，构成多么明丽的美景。水依山流，特意用了一个"拍"字，用拟人化手法把水对山的爱抚之情表现得淋漓尽致。这是眼前景，是"兴"，同时也是"比"。在前两句中，"比"的意味比较隐微，后两句则由隐而显，连用两个"似"字，使"比"义紧扣"兴"义，吐露了姑娘的隐衷：山头的桃花好似"郎意"，盛开之时多么令人陶醉，可是又多么容易"衰"落！山下的春水日夜东流，好似"侬"失恋后的"愁"绪，日夜萦心，永无尽期。

全诗设色明艳，写景如绘，以比兴兼用的手法融情入景，表现了女主人公由热恋到失恋的复杂心态，充分发挥了《竹枝》民歌"含思宛转"的特点。前两句与后两句各成对偶，而以第三句承第一句，以第四句承第二句，交叉回环，别成一格。

竹枝词二首　其一

杨柳青青江水平，闻郎江上唱歌声。[①]
东边日出西边雨，道是无晴却有晴。[②]

【注释】

①唱歌：一作"踏歌"，即一边唱，一边踏脚为节拍。　②晴：谐"情"声。谐声双关，是民歌中常用的表现手法。

【品评】

首句写景。江岸绿柳含烟，江面波平似镜。在这样宁静、明媚的环境里，如果谈恋爱，该多好！然而即使谈恋爱，也不一定有诗意。诗人在这充满诗意的环境里，让两位小青年为我们演出了饶有诗意的恋爱小歌剧。

后面的三句诗，都是从女方"闻歌"落墨的，但从"闻歌"的反应中，又可窥见唱歌者的神态、情思以及男女之间的微妙关系。"闻郎江上唱歌声"，表明男青年首先在不太遥远的地方发现了他的意中人，便唱起歌来。女青年在闻歌的同时发现了歌手，原来正是她的意中人，只是他至今还没有明确地表示爱情，因而全神贯注，听他究竟唱什么。第三句，可能只是为了引出下句，也可能是写实景。如果是写实景，就更妙。正当姑娘乍疑乍喜、听出那捉摸不定的歌声终于传递了爱情信息的时候，忽然出现了"东边日出西边雨"的景象，于是触景生情，谐音双关，作出了"道是无晴却有晴"的判断。那么，下一步的情节将如何发展呢？这毕竟不是写戏，而是作诗，而且是作绝句，所以作者只是最大限度地开拓驰骋想像的空间，而把驰骋想像的权利留给读者。

浪淘沙九首　其六[1]

日照澄洲江雾开，[2]淘金女伴满江隈。[3]
美人首饰王侯印，尽是沙中浪底来。

【注释】

①浪淘沙：本唐代民间曲调，后入教坊曲。　②澄：明净。洲：水中陆地。　③江隈：江边。

【品评】

前两句以日照澄江、驱散江雾的动景托出“淘金女伴满江隈”的壮丽画面，赞颂之情，溢于言表。黄金为人所重，由来已久，但用如此优美的诗句描写淘金妇女，以前还不曾有过。第二句只写“淘金女伴满江隈”，按照通常的思路，接下去应写如何淘金。但诗人却跨越常规，另辟蹊径，从黄金的用途方面设想，提炼出出人意想的警句：“美人首饰王侯印，尽是沙中浪底来。”王侯金印，是“贵”的集中表现；美人金钗，是“富”的集中表现。这二者，更为世人所重，由来已久。但把它们的来历追溯到妇女淘金，以前也未曾有过。从章法上看，第二句之后不接写如何淘金，却用“美人首饰王侯印”大幅度宕开，精警绝伦。然而如果始终不写如何淘金，则泛而不切。作者的高明之处在第四句既揭示金印金钗的来历，又与第二句拍合，用“沙中浪底”补写了“女伴”淘金的艰辛劳动。放中有收,控纵自如,表现了卓绝的识力和精湛的技艺。

竭贫女之辛劳,成豪家之富贵,全诗所展示的,便是这种社会现象。如何看待,引人深思。

白居易(772—846)

字乐天,晚号香山居士,排行十二,下邽(今陕西渭南)人。贞元十四年(798)进士,授秘书省校书郎。元和元年(806)中才识兼茂明于体用科,补盩厔县尉。曾任翰林学士、左拾遗、左赞善大夫。因上书忤执政,贬江州司马,移忠州刺史。长庆时,由中书舍人出任杭州、苏州刺史。后以太子少傅分司东都,终刑部尚书。早年与元稹友善,诗亦齐名,并称元、白。晚年与刘禹锡酬唱,时称刘、白。有《白氏长庆集》,《全唐诗》存诗三十九卷。

赋得古原草送别

离离原上草,[①]一岁一枯荣。
野火烧不尽,春风吹又生。
远芳侵古道,晴翠接荒城。
又送王孙去,萋萋满别情。[②]

【注释】

①离离:形容野草很多。　②萋萋:草色。《楚辞·招隐》:"王孙游兮不归,春草生兮萋萋。"王孙:贵族的后代,这里泛指远游者。

【品评】

《唐摭言》卷七云:“白乐天初举,名未振,以歌诗谒顾况。况谑之曰:‘长安物贵,居大不易。’及读至《赋得原上草送友人》诗曰‘野火烧不尽,春风吹又生’,况叹之曰:‘有句如此,居天下有甚难?老夫前言戏之耳。’”《幽闲鼓吹》、《唐语林》、《北梦琐言》、《能改斋漫录》、《全唐诗话》等都有类似记载,从而扩大了这首诗的影响。“赋得”,是“赋”诗“得”题的意思。“得”什么题,由人限定。除进士科考试命题外,常见的“赋得”诗有两类:一类是取成句为题,如骆宾王的《赋得“白云抱幽石”》;另一类是咏物兼送别,如刘孝孙《赋得春莺送友人》。白居易的这一首,属于后一类。

题目是《赋得古原草送别》,诗扣题甚紧:先写古原草,后写送别,但写古草原而暗寓别情,写送别而不离草色。第一句以“古原草”点题,前加“离离”,状其稠密、茂盛,与次句的“荣”和末句的“萋萋”呼应。次句“一岁一枯荣”虽“荣”、“枯”并举,却落脚于“荣”,表明在诗人的审美意识中,“荣”是主要的、本质的。春“荣”冬“枯”,这是“原上草”的特点。诗人倒置一岁之中先“荣”后“枯”的顺序,既表现了“原上草”的顽强生命力,又在读者面前展开了“离离”绿遍古原的画卷。次联“野火烧不尽”承“枯”,“春风吹又生”承“荣”。就字面看,两相对偶,铢两悉称;但就意义言,却一气奔注,上下贯通,讲的都是“原上草”,而重点落到下句,与第二句“荣”、“枯”并举而重点归“荣”契合。第三联就“春风吹又生”作尽情描绘。出句从嗅觉方面落墨:“远芳”,即播散得很远的“草”香。这“草”香,从“原”上散发,直侵入伸向天边的“古道”。对句从视觉方面着笔:“晴翠”,即阳光下闪亮的“草”色。这“草”色,从“原”上延展,直连接遥远的荒城。十个字,把经过野火焚烧的“原上草”,写得何等色香兼美,气势磅礴!以上赋“古原草”,似与“送别”无关。而读到尾联,便感到前面所写的“离离”之“草”立刻充满“别情”。眼前是

"古原",而"王孙"一去,不是首先要穿过那"古原"吗?"原上草""远芳侵古道","王孙"不是也要随着"远芳"踏上"古道"吗?"原上草""晴翠接荒城","王孙"不是也要随着"晴翠"走向"荒城"吗?诗中的两个"又"字,看来是有意重复。"原上草"一"岁"一"枯",而"春风吹又生",循环不已。每当"原上草""春风吹又生",就"又送王孙去",也循环不已。就这样,作者把"咏物"和"送别"多层次地、紧密地结合起来了。

前六句,以"原上草"为主语,一气盘旋,脉络分明。后两句以"又送"转入"送别",又以"萋萋"照应首句的"离离",回到"原上草"。章法谨严,通体完美。中间的"野火烧不尽,春风吹又生"一联,对仗工整而气势流走,充分发挥了"流水对"的优点。它歌颂野草而又具有普遍意义,给人以乐观向上的鼓舞力量。蔑视"野火"而赞美"春风",又含有深刻寓意。它在当时就受到前辈诗人的称赞,直到现在还被人引用,并非偶然。

宿紫阁山北村①

晨游紫阁峰,暮宿山下村。
村老见余喜,为余开一樽。
举杯未及饮,暴卒来入门。
紫衣挟刀斧,草草十余人。
夺我席上酒,掣我盘中飧。②
主人退后立,敛手反如宾。③
中庭有奇树,种来三十春。
主人惜不得,持斧断其根。
口称"采造家,④身属神策军"。⑤

主人慎勿语，中尉正承恩。⑥

【注释】

①紫阁山：终南山的一个有名山峰，在长安西南。　②飧(sūn)：熟食。　③敛手：交叉双手拱于胸前，表示恭敬。　④采造家：掌管采伐木料、建造宫殿的人。　⑤神策军：中唐时期皇帝的禁卫军。　⑥中尉：即神策军头领护军中尉，由宦官担任。此诗所指的“中尉”即最有权势的宦官吐突承璀。作者另有《论承璀职名状》，反对他兼充“诸军行营招讨处置使”(各路军统帅)。

【品评】

这就是作者在《与元九书》中所说的使“握军要者切齿”的那首诗，约作于元和四年(809)前后任左拾遗时，可与王建《羽林行》参看。开头四句和结尾两句，表现了诗人和“村老”之间的亲切关系。中间十四句，画出一幅“暴卒”抢劫图；诗人自己，也是被抢劫对象之一。这些“暴卒”公开抢劫，连身为左拾遗的官儿都不放在眼里，不禁使人产生疑问：“他们凭什么这样‘暴’?”直写到“主人”因“中庭奇树”被砍而忍无可忍时，才让“暴卒”自己亮出他们的黑旗，“自称”：

我们负有为皇帝采伐木料的使命，
本是那赫赫有名的神策军人。

一听“暴卒”的“自称”，就把“我”吓坏了，连忙悄声劝告“村老”：

主人啊！你千万不要作声，
神策军的头领，是皇帝的红人！

讽刺矛头透过“暴卒”刺向“暴卒”的后台“中尉”，又透过“中尉”刺向“中尉”的后台皇帝！画龙点睛，全龙飞动，把全诗的思想境界提到了惊人的高度！

轻　肥[①]

意气骄满路，鞍马光照尘。
借问何为者，人称是内臣。[②]
朱绂皆大夫，[③]紫绶悉将军。[④]
夸赴军中宴，走马去如云。
樽罍溢九酝，[⑤]水陆罗八珍。
果擘洞庭橘，脍切天池鳞。[⑥]
食饱心自若，[⑦]酒酣气益振。
是岁江南旱，衢州人食人！[⑧]

【注释】

①轻肥：是“乘肥马，衣轻裘”的缩语。此题《才调集》作《江南旱》。　②内臣：宦官。　③朱绂：朱色的系印丝绳。　④紫绶：紫色的系印丝绳。朱、紫二色，高级官员才能用。悉：皆。　⑤樽、罍：盛酒器。九酝：美酒名。　⑥脍：细切的鱼肉。天池：海。鳞：鱼。　⑦自若：坦然自得。　⑧衢州：唐代州名，其治所即今浙江西部的衢州市。

【品评】

这是著名组诗《秦中吟》十首的第七首，《秦中吟·序》云：“贞元、元和之际，予在长安，闻见之间，有足悲者。因值歌其事，命为《秦中吟》。”《伤唐衢》诗云：“忆昨元和初，忝备谏官位。

是时兵革后，生民正憔悴。但伤民病痛，不识时忌讳。遂作《秦中吟》，一吟悲一事。”这表明《秦中吟》的主要特点是：第一，题材来自感动过作者的社会生活；第二，以“但伤民病痛”的激情“直歌其事”，无所“忌讳”；第三，“一吟悲一事”，写得很集中。

《轻肥》一名《江南旱》，以十四句写“轻肥”，而以两句写“江南旱”，结尾，形成一“乐”一“悲”的鲜明对照。开头先描写，后点明，突兀跌宕，绘神绘色。“意气”之“骄”，竟可“满路”，“鞍马”之“光”，竟可“照尘”，不能不使人发出“何为者”的惊问，从而引出“是内臣”的回答。“内臣”者，宦官也，皇帝的家奴也，凭什么这样“骄”？下两句作了说明：“朱绂皆大夫”，这是掌握政权的；“紫绶悉将军”，这是掌握军权的。宦官竟掌握了政权、军权，怎能不“骄”？“夸赴军中宴，走马去如云”两句与“意气骄满路，鞍马光照尘”两句前后呼应，互相补充，写得很形象。“军中宴”的“军”不是一般的军队，而是保卫皇帝的“神策军”。作者写此诗时，神策军由宦官管领。宦官们之所以为所欲为，就是由于他们掌握军权，进而把持朝政。作者通过宦官们“夸赴军中宴”的场面揭示其“意气”之“骄”，具有高度典型概括意义。前八句写赴宴，突出一个“骄”字。后六句写宴会，突出一个“奢”字。在交通不便的古代，身居长安而吃“洞庭橘”、“天池鳞”，“九酝”、“八珍”，水、陆毕集，不知要挥霍掉多少黎民血汗！

作者不是声明他写《秦中吟》是“但伤民病痛”、“惟歌生民病”、“一吟悲一事”的吗？为什么十四句诗只写宦官们的骄奢淫乐呢？读到结尾两句，便知作者是以“乐”衬“悲”，并且揭示这二者互为因果。白居易的有些讽谕诗，喜用“卒章显其志”的办法，在结尾部分以抽象语言说明题旨，削弱了艺术感染力。此诗则不然，当写到宦官们“食饱心自若，酒酣气益振”之时，忽用长焦镜摄取了“衢州人食人”的悲惨画面，与宦官们从赴宴到宴会的一组画面相对照，即戛然而止，而将异常深广的内涵留给读者去探索、思考，从而产生了惊人的“震撼效应”。

杜陵叟[1]

杜陵叟，杜陵居，岁种薄田一顷余。三月无雨旱风起，麦苗不秀多黄死。[2] 九月降霜秋早寒，禾穗未熟皆青干。长吏明知不申破，[3] 急敛暴征求考课。[4] 典桑卖地纳官租，明年衣食将何如？剥我身上帛，夺我口中粟。虐人害物即豺狼，何必钩爪锯牙食人肉！[5] 不知何人奏皇帝，帝心恻隐知人弊。[6] 白麻纸上书德音，[7] 京畿尽放今年税。[8] 昨日里胥方到门，[9] 手持敕牒榜乡村。[10] 十家租税九家毕，虚受吾君蠲免恩。[11]

【注释】

①杜陵叟：这是白居易著名组诗《新乐府》五十首之一，作于元和四年(809)任左拾遗时。杜陵：在今西安市东南。 ②不秀：没有扬花。 ③长吏：指县令等地方官。申破：奏明。 ④考课：按一定标准分别等级、考核官吏以定升、降。唐代由吏部考功司掌管。 ⑤“虐人”两句：虐人害物的就是豺狼（指官吏），不光是钩爪锯牙食人肉的才算豺狼。 ⑥恻隐：同情、不忍。 ⑦“白麻”句：用白麻纸写了恩诏。唐代诏书，凡重要的都用白麻纸写，一般的用黄麻纸写。德音：诏书的一种，多半是免租、赦罪等有关施“恩”的事，犹如后代的“恩诏”。 ⑧京畿：靠近京城的地方。唐代设京畿采访使，管长安周围四十多县。放：免。 ⑨里胥：里正。唐代一百户为里，设里正。方：才。 ⑩敕牒：皇帝下的命令，此处指免租的命令。榜：作动词用，张贴、张挂。 ⑪蠲：免除。

【品评】

元和三年(808)冬至四年春,长安周围及江南广大地区遭受严重旱灾,白居易上疏请求“减收租税”,以“实惠及人”。唐宪宗准其奏请,并下罪己诏,但不过是搞了个笼络人心的骗局。白居易为此写了两首诗,那就是《秦中吟》中的《轻肥》和《新乐府》中的这首《杜陵叟》。

《轻肥》和《杜陵叟》写的是同一旱灾,但表现方法不同。前者在“是岁江南旱,衢州人食人”的背景上勾出了一幅“内臣”军中欢宴图,后者则在禾穗青干、麦苗黄死、赤地千里的背景上展现出两个颇有戏剧性的场面:一个是,贪官污吏如狼似虎,逼迫灾民们“典桑卖地纳官租”;接着的一个是,在“十家租税九家毕”之后,里胥才宣布免租的“德音”,让灾民们感谢皇帝的恩德。诗人说他这首诗是“伤农民之困”的。看来他对农民“典桑卖地纳官租,明年衣食将何如”的困境的确感同身受,所以用农民的口气,痛斥了那些为了自己升官发财而不顾农民死活的“长吏”:“剥我身上帛,夺我口中粟,虐人害物即豺狼,何必钩爪锯牙食人肉!”这时候,诗人正做着唐王朝的官,却敢于如此激烈地为百姓鸣不平,不能不使我们佩服他的勇气。“昨日里胥方到门”一句中的那个“方”字值得玩味。“方”是“才”的意思。“长吏”们明知灾情严重,却不但不向上级报告,反而“急敛暴征”;及至皇帝降下免租的“德音”,又不及时宣布,硬是要等到“十家租税九家毕”之后才让里胥“手持敕牒榜乡村”。这不是有意欺骗人民吗?作者这样写,是把揭露的矛头指向“长吏”,而替皇帝回护的。但“长吏”与皇帝之间实际上有着血肉联系,诗人也没有忽视这种联系。他不是一针见血地指出“长吏”之所以“急敛暴征”,是为了“求考课”吗?同时,既然“帝心恻隐知人弊”,难道应该对“长吏”们搞的那个骗局不闻不问吗?

事实上,每当灾情严重的时候,朝廷往往颁布一个豁免赋税的官样文章;而地方官仍然急敛暴征,完成、甚至超额完成征收赋税的任务，向朝廷请功；这是统治者惯演的双簧戏。在唐代，白居易揭穿了这种双簧戏。到了宋代，苏轼曾向皇帝指出："四方皆有'黄纸放而白纸收'之语。"(《东坡集》卷二八《应诏言四事状》)在宋代，"黄纸"是皇帝的诏书，"白纸"是县官的公文。"黄纸放而白纸收"，就是朝廷免租，而地方官照样收租。此后，范成大在《后催租行》里所写的"黄纸放尽白纸催，卖衣得钱都纳却"。朱继芳在《农桑》里所写的"淡黄竹纸说蠲逋，白纸仍科不稼租"，都是这种双簧戏。

卖炭翁苦宫市也

卖炭翁，伐薪烧炭南山中。满面尘灰烟火色，两鬓苍苍十指黑。① 卖炭得钱何所营？② 身上衣裳口中食。可怜身上衣正单，心忧炭贱愿天寒。夜来城外一尺雪，晓驾炭车辗冰辙。牛困人饥日已高，市南门外泥中歇。翩翩两骑来是谁？黄衣使者白衫儿。③ 手把文书口称敕，回车叱牛牵向北。④ 一车炭，千余斤，宫使驱将惜不得。半匹红纱一丈绫，系向牛头充炭直。⑤

【注释】

①苍苍：黑白相杂的颜色。　②何所营：做什么用。　③"黄衣"句：唐代宦官品级较高的穿黄衣，无品级的穿白衣。自称是皇帝派来的，故称"使者"或"宫使"。　④"回车"句：唐代长安城中的"东市"位于皇城东南，"西市"位于皇宫西南，牵牛向北，即牵向皇宫。　⑤炭直(同"值")：炭价。

【品评】

作者说他写这首诗，是“苦宫市也”。“宫”指皇宫，“市”是“买”、“采购”的意思。所谓“宫市”，是指皇宫所需物品，派宦官到市场上去购买，实际上是掠夺。“但称‘宫市’，则敛手付与，真伪不复可辨，无敢问所从来及论价之高下者。率用值百钱物，买人值数千物，多以红紫染故衣败缯，尺寸裂而给之。”(《通鉴》卷二三五)史书多有详细记载。但千百年后仍然普遍为人们所了解，是由于读了白居易的《卖炭翁》。

开头四句，用明白如话的语言塑造出艰辛的劳动者形象及其“伐薪”、“烧炭”的复杂工序，为下文“宫使”掠夺木炭的罪行做好了铺垫。“南山”即王维所写的“欲投人处宿，隔水问樵夫”的终南山，山深林密，人迹罕到。以“南山中”为“伐薪”、“烧炭”的场所，既烘托其艰苦性，又暗示距“市南门外”极遥远，为“晓驾炭车辗冰辙”、“牛困人饥日已高”留下伏线。“卖炭得钱何所营”？“身上衣裳口中食”。设为问答，不仅化板为活，使文情跌宕，而且扩展了反映民间疾苦的深度与广度，使人们看到卖炭翁别无衣食来源，“身上衣裳口中食”全指望千辛万苦烧成的“千余斤”木炭能卖个好价钱。这就为后面写“宫使”掠夺木炭的罪行进一步做好了有力的铺垫。“可怜身上衣正单，心忧炭贱愿天寒”，这是扣人心弦的名句。“衣正单”，当然希望天暖；然而这个卖炭翁是把解决衣食问题的全部希望寄托在“卖炭得钱”上的。所以在冻得发抖的时候，一心盼望天气更冷。诗人如此深刻地理解卖炭翁的悲惨处境和内心活动，只用十四个字就表现得如此真切，便产生了撼动人心的艺术力量。“心忧炭贱愿天寒”，实际上是等待下雪。“夜来城外一尺雪”，这场雪总算盼到了！当卖炭翁“晓驾炭车辗冰辙”的时候，占据他的全部心灵的，不是埋怨下面是冰、上面是“一尺雪”的道路多么难走，而是盘算着那“一车炭”能卖多少钱、能换来多少衣食，然而结果又怎样呢？他遇上了“手把文书口称敕”的“宫使”。在皇宫的“使者”面前，在皇帝的文书和敕令面前，卖炭翁在从“伐薪”、“烧炭”、“愿天寒”、“驾炭车”，直到“泥中歇”的漫长过程中所盘算的一切，所希望的一切，全都化为泡影！那么他往后的日子怎样过法呢？读诗至此，谁能不同情卖炭翁的遭遇？谁能不憎恨统治者的罪恶？而诗人“苦宫市”的创作意图，也就收到了预期的效果。

这首诗层次多，跳跃性大，因而频频换韵。读的时候，要注意韵脚。“翁”、“中”一韵，平声；“色”、“黑”、“食”一韵，入声；“单”、“寒”一韵，平声；“雪”、“辙”、“歇”一韵，入声；“谁”、“儿”一韵，平声；“敕”、“北”、“得”、“直”一韵，入声。

长恨歌①

汉皇重色思倾国，②御宇多年求不得。③
杨家有女初长成，养在深闺人未识。
天生丽质难自弃，一朝选在君王侧。④
回眸一笑百媚生，六宫粉黛无颜色。⑤
春寒赐浴华清池，⑥温泉水滑洗凝脂。⑦
侍儿扶起娇无力，始是新承恩泽时。
云鬓花颜金步摇，⑧芙蓉帐暖度春宵。
春宵苦短日高起，从此君王不早朝。
承欢侍宴无闲暇，春从春游夜专夜。
后宫佳丽三千人，三千宠爱在一身。
金屋妆成娇侍夜，玉楼宴罢醉和春。
姊妹兄弟皆列土，⑨可怜光彩生门户。

遂令天下父母心，不重生男重生女。[10]
骊宫高处入青云，仙乐风飘处处闻。
缓歌慢舞凝丝竹，[11]尽日君王看不足。
渔阳鼙鼓动地来，[12]惊破霓裳羽衣曲。[13]
九重城阙烟尘生，[14]千乘万骑西南行。[15]
翠华摇摇行复止，[16]西出都门百余里。
六军不发无奈何，宛转蛾眉马前死。[17]
花钿委地无人收，翠翘金雀玉搔头。[18]
君王掩面救不得，回看血泪相和流！
黄埃散漫风萧索，云栈萦纡登剑阁。[19]
峨嵋山下少人行，[20]旌旗无光日色薄。
蜀江水碧蜀山青，圣主朝朝暮暮情。
行宫见月伤心色，[21]夜雨闻铃断肠声。[22]
天旋日转回龙驭，[23]到此踌躇不能去。
马嵬坡下泥土中，[24]不见玉颜空死处！
君臣相顾尽沾衣，东望都门信马归。[25]
归来池苑皆依旧，太液芙蓉未央柳。[26]
芙蓉如面柳如眉。对此如何不泪垂！
春风桃李花开日，秋雨梧桐叶落时。
西宫南内多秋草，[27]落叶满阶红不扫。
梨园弟子白发新，[28]椒房阿监青蛾老。[29]
夕殿萤飞思悄然，孤灯挑尽未成眠；
迟迟钟鼓初长夜，耿耿星河欲曙天。[30]
鸳鸯瓦冷霜华重，翡翠衾寒谁与共？
悠悠生死别经年，魂魄不曾来入梦。
临邛道士鸿都客，[31]能以精诚致魂魄。

为感君王辗转思，遂教方士殷勤觅。
排云驭气奔如电，升天入地求之遍。
上穷碧落下黄泉，[32]两处茫茫皆不见。
忽闻海上有仙山，山在虚无缥缈间。
楼阁玲珑五云起，其中绰约多仙子。
中有一人字太真，雪肤花貌参差是。
金阙西厢叩玉扃，[33]转教小玉报双成。[34]
闻道汉家天子使，九华帐里梦魂惊。
揽衣推枕起徘徊，珠箔银屏迤逦开。[35]
云髻半偏新睡觉，花冠不整下堂来。
风吹仙袂飘飖举，犹似霓裳羽衣舞。
玉容寂寞泪阑干，[36]梨花一枝春带雨。
含情凝睇谢君王，一别音容两渺茫。
昭阳殿里恩爱绝，蓬莱宫中日月长。[37]
回头下望人寰处，不见长安见尘雾。
唯将旧物表深情，[38]钿合金钗寄将去。
钗留一股合一扇，钗擘黄金合分钿。
但教心似金钿坚，天上人间会相见。
临别殷勤重寄词，词中有誓两心知。
七月七日长生殿，夜半无人私语时：
在天愿作比翼鸟，在地愿为连理枝。
天长地久有时尽，此恨绵绵无绝期。

【注释】

①长恨歌：载《白氏长庆集》卷一二，前有陈鸿《长恨歌传》，没有录。读者可翻阅鲁迅《唐宋传奇集》或汪辟疆《唐人小说》。　②汉皇：借汉武帝指唐明皇。倾国：指美女。李延年想

将其妹进给汉武帝，在汉武帝面前唱歌道："北方有佳人，绝世而独立，一顾倾人城，再顾倾人国。宁不知倾城与倾国，佳人难再得。"后因用"倾城"、"倾国"形容女子的美貌。 ③御宇：皇帝的权力所统治的地方，即他的领土。 ④"杨家"四句：杨贵妃小名玉环，早孤，养在叔父杨玄珪家。开元二十三年册封为寿王(玄宗的儿子李瑁)妃。二十八年，玄宗欲纳之，先度为女道士，住太真宫，号太真。天宝四年，立为贵妃，时年二十七岁。其事迹见新、旧《唐书·后妃传》。白居易说她"养在深闺人未识"、"一朝选在君王侧"，是有意避讳的说法。 ⑤粉黛：粉，白色，涂脸用；黛，青色，画眉用。这里作妇女的代称。 ⑥华清池：骊山华清宫的温泉。 ⑦凝脂：形容皮肤细腻白净像凝固的脂肪。 ⑧金步摇：首饰名，上有垂珠，行步便摇。 ⑨列土：封给一定的地盘。杨玉环册为贵妃以后，其兄铦拜为殿中少监，锜为驸马都尉，再从兄钊(即杨国忠)为右丞相；三个姊妹都封国夫人：大姨嫁崔家的封韩国夫人，三姨嫁裴家的封虢国夫人，八姨嫁柳家的封秦国夫人。 ⑩"不重"句：陈鸿《长恨歌传》："当时谣咏有云：'生女勿悲酸，生男勿喜欢。'又曰：'男不封侯女作妃，看女却为门上楣。'其为人羡慕如此。" ⑪丝竹：管弦乐。 ⑫渔阳：唐郡名，在今天津蓟县、北京平谷一带。鼙鼓：骑鼓。天宝十四年冬，安禄山反于范阳(安禄山是平卢、范阳、河东三镇的节度使)，附和他的有六郡，渔阳是其中之一。渔阳鼙鼓，又含有《渔阳参挝》的意思。《渔阳参挝》(鼓曲)，其声悲壮，正与《霓裳羽衣曲》形成鲜明的对比。 ⑬霓裳羽衣曲：舞曲名，共三十六段，出自印度，开元时传入中国。 ⑭九重：九，阳数之极，所以天子所居的城阙有九重门。骆宾王诗："山河千里国，城阙九重门。" ⑮"千乘"句：《资治通鉴》卷二一八："既夕，命龙武大将军陈玄礼整比六军，厚赐钱帛，选闲厩马九百余匹，外人皆莫之知……黎明，上(明皇)独与贵妃姊妹、皇子、妃、主、皇孙、杨国忠、韦见素、魏方进、陈玄礼及亲近宦官、宫人出延秋门,妃、主、皇孙之在外者,皆委之而去。” ⑯翠华:以翠羽为饰,是天子的旗。 ⑰“宛转”句:《资治通鉴》卷二一八:“至马嵬驿,将士饥疲,皆愤怒。陈玄礼以祸由杨国忠,欲诛之……国忠走至西门内,军士杀之。……上(明皇)闻喧哗,问外何事,左右以国忠反对。上杖屦出驿门,慰劳军士,令收队,军士不应。上使高力士问之,玄礼对曰:‘国忠谋反,贵妃不宜供奉,愿陛下割恩正法。’上曰:‘朕当自处之。’入门,倚杖倾首而立久之……乃命力士引贵妃于佛堂,缢杀之。” ⑱“花钿”两句:花钿、翠翘、金雀、玉搔头等首饰,都丢在地上,没有人收拾。 ⑲云栈:高跨云端的栈道。萦纡:萦回曲折。剑阁:在四川剑阁县北,其山峭壁中断,两崖相对,如剑之植,如门之辟。又叫剑门山。 ⑳峨嵋山:在四川峨眉山市西南,明皇幸蜀,没有经过这里。又按利州(今四川省广元市)古蜀道旁有小峨嵋山。 ㉑行宫:指天子出行临时驻扎的地方。 ㉒“夜雨”句:《杨太真外传》卷下:“至斜谷口,属淋雨涉旬,于栈道雨中闻铃声,隔山相应。上(明皇)既悼念贵妃,因采其声为《雨淋铃曲》,以寄恨焉。” ㉓龙驭:皇帝的坐骑,因亦指皇帝。按肃宗至德二年(757)九月,郭子仪等收复西京,十二月,明皇回长安。 ㉔马嵬坡:在今陕西兴平市西。 ㉕信马:由着马。 ㉖太液:池名,在大明宫内。未央:宫名。 ㉗西宫南内:天子的宫殿之内叫作大内,简称内。唐以兴庆宫为南内,以太极宫为西内。明皇从蜀回,居南内,到上元元年(760)宦官李辅国假借肃宗的名义,强逼明皇迁于西内。见《资治通鉴》卷二二一。 ㉘梨园弟子:李隆基曾选坐部伎三百人教于梨园,号皇帝梨园弟子;宫女数百人,也叫梨园弟子。 ㉙椒房:以椒和泥涂壁,是后妃居住的地方。阿监:指宫中的女监。 ㉚耿耿:光明貌。 ㉛临邛:今四川邛崃市。鸿都:即长安鸿都门,这里代指长安。《杨太真外传》卷下:“有道士杨通幽自蜀来,知上皇念贵妃,自云有‘李少君之术’。上皇(明皇)大喜,命致其神。” ㉜碧落：天上。黄泉：地下。 ㉝扃(jiǒng)：门扇上的环钮，也指门户。 ㉞小玉：吴王夫差的女儿。双成：即董双成，相传是王母的侍女。这里的双成指太真，小玉指使女。 ㉟珠箔：珠帘。 ㊱阑干：纵横交错的样子。 ㊲蓬莱宫：蓬莱是传说中的东海三神山之一，据说山上有仙人宫室，都用金玉做成。㊳旧物：据《长恨歌传》，唐明皇与杨玉环“定情之夕，授金钗钿盒以固之”，所以这里把“金钗钿盒”叫旧物。

【品评】

白居易在任盩厔县尉时，于元和元年(806)十二月和陈鸿、王质夫同游仙游寺，谈论唐玄宗和杨贵妃的故事，作《长恨歌》，陈鸿跟着作了《长恨歌传》。一篇叙事诗，一篇传奇小说，都是文学珍品，前者尤历代传诵，脍炙人口。

《长恨歌》是根据历史事实、民间传说，并通过艺术想像和虚构创作的长篇叙事诗。全诗八百四十字，涉及时间跨度近二十年，空间跨度则由长安到蜀中，由人间到仙境。人物性格鲜明，故事情节曲折离奇，又将近体诗的音律融入乐府歌行，语言流畅优美，音韵和谐悠扬，诗情浓郁，沁人心脾，从而将我国叙事诗的创作推向新的境界。

全诗以“惊破霓裳羽衣曲”为界，分为前后两大部分。前一部分写致“恨”之因，这是讽谕主题说的根据；后一部分写“长恨”本身，这是爱情主题说的根据。作者从当时流行的“说话”和传奇小说中吸取了创作方法和表现技巧，因而这篇叙事诗有不少新的艺术特点，例如：一、善于结合人物性格的发展而发展情节、结构作品、突现主题。一开头即揭示唐玄宗的主要性格特征——“重色”，然后从各个侧面进行刻画，情节也随之发展：“思倾国”、选妃子、华清赐浴、兄弟列土、骊宫歌舞、安史乱起、马嵬兵变、逃难蜀中，这是“重色”的表现和后果；从入蜀到回京的思念妃子以及命方士“致魂魄”，则是“重色”性格在悲剧情境中的延展和深化。因为主线分明，所以剪裁得当，体制宏丽，既波澜迭起，又层次井然。写到杨贵妃对方士讲了“在天愿作比翼鸟，在地愿为连理枝”之后，即以“天长地久有时尽，此恨绵绵无绝期”点明“长恨”而结束全诗，因为人物性格至此已无可发展，无须再费笔墨。二、善于通过人物对事件、环境的感受和反应来表现人物情感，因而常常把叙事、写景和抒情熔于一炉。如“六军不发无奈何，宛转蛾眉马前死”，只两句就概括了马嵬兵变，是最精炼的叙事，但杨妃“宛转”求救的神态，玄宗“无奈何”的心情，也和盘托出。至于写唐玄宗触景念旧，见物怀人的那些诗句，这个特点表现得更突出。三、善用比拟、烘托等手法，往往只一两句诗就展现一种感人的情境。如用“玉容寂寞泪阑干”写听到天子派来使者时的杨玉环，已极形象，再用“梨花一枝春带雨”加以比拟而神情毕现。又如“思悄然”和“未成眠”已能表现李隆基彷徨念旧的心情，再用“夕殿萤飞”、“孤灯挑尽”来渲染环境、勾勒肖像，将他处于幽禁状态的凄凉晚景烘托出来。

对《长恨歌》的主题，历来有不同理解。从作者的创作意图看，大约意在讽谕当时和以后的统治者应以李隆基为诫，不要因“重色”而荒淫误国，造成“长恨”。但在后一部分，作者把失掉政权后的李隆基写得那么感伤凄苦、一心思念妃子；把幻境中的杨妃对明皇的感情写得那么纯洁专一、坚贞不渝；而那些情景交融、音韵悠扬的诗句又那么缠绵悱恻，富于艺术感染力；就客观效果说，自然引起读者对李、杨生死相思的同情。《长恨歌》的影响不仅表现在诗歌创作方面，也不局限于国内。元代大戏曲家白朴根据它写了《梧桐雨》，清代大戏曲家洪昇根据它写了《长生殿》；在日本，也经过改编被搬上舞台。

琵琶行[1] 并序

元和十年，予左迁九江郡司马。[2] 明年秋，送客湓浦口，[3] 闻舟中夜弹琵琶者，听其音，铮铮然有京都声。问其人，本长安倡女，尝学琵琶于穆、曹二善才。[4] 年长色衰，委身为贾人妇。[5] 遂命酒，使快弹数曲，[6] 曲罢悯默。[7] 自叙少小时欢乐事，今漂沦颠顿，转徙于江湖间。予出官二年，[8] 恬然自安，[9] 感斯人言，是夕始觉有迁谪意。[10] 因为长句，[11] 歌以赠之，凡六百一十二言，命曰《琵琶行》。

浔阳江头夜送客，枫叶荻花秋瑟瑟。[12]
主人下马客在船，举杯欲饮无管弦。
醉不成欢惨将别，别时茫茫江浸月。
忽闻水上琵琶声，主人忘归客不发。
寻声暗问弹者谁，琵琶声停欲语迟。
移船相近邀相见，添酒回灯重开宴。[13]
千呼万唤始出来，犹抱琵琶半遮面。
转轴拨弦三两声，未成曲调先有情。
弦弦掩抑声声思，[14] 似诉平生不得志。
低眉信手续续弹，说尽心中无限事。
轻拢慢捻抹复挑，[15] 初为霓裳后六幺。[16]
大弦嘈嘈如急雨，小弦切切如私语。
间关莺语花底滑，[17] 幽咽泉流冰下难。[18]
冰泉冷涩弦凝绝，凝绝不通声渐歇。
嘈嘈切切错杂弹，大珠小珠落玉盘。

别有幽愁暗恨生，此时无声胜有声。
银瓶乍破水浆迸，铁骑突出刀枪鸣。
曲终收拨当心画，[19]四弦一声如裂帛。
东船西舫悄无言，惟见江心秋月白。
沉吟放拨插弦中，[20]整顿衣裳起敛容。[21]
自言本是京城女，家在虾蟆陵下住。
十三学得琵琶成，名属教坊第一部。[22]
曲罢曾教善才服，妆成每被秋娘妒。[23]
五陵年少争缠头，[24]一曲红绡不知数。
钿头云篦击节碎，[25]血色罗裙翻酒污。
今年欢笑复明年，秋月春风等闲度。[26]
弟走从军阿姨死，暮去朝来颜色故。
门前冷落鞍马稀，老大嫁作商人妇。
商人重利轻别离，前月浮梁买茶去。[27]
去来江口守空船，绕船月明江水寒。
夜深忽梦少年事，梦啼妆泪红阑干。[28]
我闻琵琶已叹息，又闻此语重唧唧。[29]
同是天涯沦落人，相逢何必曾相识？
我从去年辞帝京，谪居卧病浔阳城。
浔阳地僻无音乐，终岁不闻丝竹声。
住近湓江地低湿，黄芦苦竹绕宅生。
其间旦暮闻何物？杜鹃啼血猿哀鸣。[30]
春江花朝秋月夜，往往取酒还独倾。
岂无山歌与村笛？呕哑嘲哳难为听。[31]
今夜闻君琵琶语，如听仙乐耳暂明。
莫辞更坐弹一曲，为君翻作琵琶行。

感我此言良久立，却坐促弦弦转急；
凄凄不似向前声，满座重闻皆掩泣。
座中泣下谁最多，江州司马青衫湿！[32]

【注释】

①琵琶行：行，一种诗体。徐师曾《文体明辩》："放情长言，杂而无方者曰'歌'，步骤驰骋，疏而不滞者曰'行'。兼之曰'歌行'。" ②左迁：降职。九江郡：隋郡名，唐肃宗时改为江州，州治在今江西九江市。司马：刺史（州的长官）的属官。 ③湓浦口：在今九江西，是湓水入长江处，又叫湓口。 ④善才：曲师。 ⑤委身：托身。贾（gǔ）人：商人。 ⑥命酒：叫手下人摆酒。快弹：畅快地弹。 ⑦悯（mǐn）默：神色悲愁，不作声。 ⑧出官：由京官贬为外官。 ⑨恬然：心平气和。 ⑩迁谪（zhé）：降职外调。 ⑪长句：七言诗。 ⑫瑟瑟：风吹草木声。 ⑬回灯：把熄了的灯重新点起来。 ⑭掩抑：沉郁。思：读去声，包括思想感情。 ⑮"轻拢"句：拢、捻、抹、挑，都是叩弦的指法。 ⑯霓裳：曲名，见前。六幺：或作绿腰，曲名。 ⑰间关：鸟声。滑：流利。 ⑱"幽咽"句：冰下难，汪本、《全唐诗》都作"水下滩"，在"水"字下注明"一作冰"，"滩"字下注明"一作难"。段玉裁《与阮芸台书》云："昔年曾谓当作'泉流冰下难'，故下文接以'冰泉冷涩'，'难'与'涩'对，'难'者，滑之反也。'莺语花底'，'泉流冰下'，形容滑、涩二境，可谓工绝。" ⑲拨：拨弦用的拨子。 ⑳沉吟：迟疑不决的表情。《六书故》："喜为歌吟，疑为沉吟。" ㉑敛容：收敛其散漫弛惰的状态，表现出肃敬的神情。 ㉒教坊：唐代置左右教坊，掌管优伶杂伎。 ㉓秋娘：当时长安很负盛名的歌女，元稹、白居易的诗有好几处提到她。 ㉔五陵：汉代帝王的五个陵墓，即长陵、安陵、阳陵、茂陵、平陵。汉代经营帝王陵墓，使富豪人家迁住其地，所以五陵多豪华少年。

缠头：古代舞女在歌舞时用罗锦缠头，因而观者常赠罗锦作为彩礼，叫作“缠头”，后来多以钱物代之。 ㉕“钿头”句：节，又叫拊，是打拍子用的乐器。击节，就是打拍子。晋朝人王敦欣赏曹操的诗句：“老骥伏枥，志在千里，烈士暮年，壮心不已。”酒后诵读，用如意（如意是搔痒的东西）击唾壶为节，壶边尽缺。因而“击节”一词又含有赞赏的意思。钿头银篦，是上端镶着金花的银钗。这句诗是说歌女唱曲的时候，五陵少年用钿头银篦给她打拍子，由于很卖力，把钿头银篦都打碎了。 ㉖等闲：随随便便。 ㉗浮梁：唐代属饶州鄱阳郡，故城在今江西省浮梁县东北。 ㉘阑干：纵横。 ㉙唧唧：叹息声。 ㉚杜鹃：本名鹃，形体像鹰。相传是古蜀帝杜宇的魂所化，故叫杜鹃或杜宇；子规、子鹃则是它的别名。春天鸣叫，鸣声凄厉，能打动旅客思家的心情，故又称思归、催归，古代诗人常用“啼血”形容它凄切的鸣声，如“子规夜半犹啼血”之类。 ㉛呕哑嘲哳：形容声音杂乱。 ㉜“江州”句：唐代五品以下的官穿青衫，江州司马，即作者自己。

【品评】

《琵琶行》和《长恨歌》同是千古名作。在作者生前，已经是“童子解吟《长恨》曲，胡儿能唱《琵琶》篇”。元代大戏曲家马致远曾根据它写成《青衫泪》，清代大戏曲家蒋士铨又根据它写成《四弦秋》；在日本，也经过改编，被搬上舞台。

诗中由长安飘泊到九江的琵琶女形象塑造得异常生动真实，具有典型性。通过这个典型形象，深刻地表现了封建社会中被侮辱、被损害的歌妓们、艺人们的不幸遭遇。面对这个形象，谁能不一洒同情之泪？诗中的“我”是作者自己，但也有典型意义。作者因欲救济民瘼、革除弊政而受打击，从长安贬到九江，心情郁闷。当琵琶女第一次弹出哀怨的乐曲，就已经拨动了他的心弦，发出叹息声。当琵琶女自诉身世，直说到“夜深忽梦少年事,梦啼妆泪红阑干"之时,就更激起他的情感共鸣:"同是天涯沦落人,相逢何必曾相识。"同病相怜,忍不住倾吐了自己的遭遇和心情。"我"的诉说,反转来又拨动了琵琶女的心弦,当又一次弹琵琶的时候,那曲调就更加凄苦感人,因而反转来激起"我"的情感狂澜,以至热泪横流,湿透青衫。把处于社会下层的琵琶女的遭遇和被压抑的正直的知识分子的遭遇相提并论,作如此细致、生动的描写,并寄予无限同情,这在白居易以前的诗歌中是未曾出现的。

《琵琶行》在艺术上的成就是人所公认的。一开头,"浔阳江头夜送客"只七个字,就把人物(主人和客人)、地点(浔阳江头)、事件(主人送客人)和时间(夜晚)——作了概括介绍,再用"枫叶荻花秋瑟瑟"一句作环境烘染,而秋夜送客的萧瑟之感已曲曲传出。此后,每当情节转换之时,都以环境描写来衬托人物的内心活动,如"别时茫茫江浸月"、"惟见江心秋月白"、"绕船月明江水寒"、"杜鹃啼血猿哀鸣"等等,从而加强了诗的形象性和感染力。《琵琶行》最突出的艺术特点是:以极富音乐性的语言叙事、写景、特别是摹写音乐形象,用以抒发人物情感。全诗八十八句,或两句一韵,或四句一韵,或十数句一韵,或押平声,或押仄声,抑扬顿挫,错综变化,恰切地表现了人物的内心活动。摹写音乐的那些诗句,往往音义兼顾,情韵互谐,而在借助语言音韵摹写乐声的时候,又常用各种比喻以加强其形象性。例如"大弦嘈嘈如急雨",既用"嘈嘈"这个叠韵词来摹声,又用"如急雨"使之形象化。"小弦切切如私语"亦然。这还不够,"嘈嘈切切错杂弹",已经再现了"如急雨"、"如私语"两种旋律的交错出现,又用"大珠小珠落玉盘"一比,视觉形象与听觉形象就同时显露出来,令人眼花缭乱、耳不暇接。旋律继续变化,出现了"滑"、"涩"二境。"间关"之声,轻快流利,而比之为"莺语花底",视觉形象的优美强化了听觉形象的优美。"幽咽"之声,悲抑哽塞,而比之为"泉流冰下",视觉形象的冷涩强化了听觉形象的冷涩。由“冷涩”到“凝绝”，是一个“声渐歇”的过程。诗人用“别有幽愁暗恨生，此时无声胜有声”的佳句描绘了余音袅袅、余意无穷的境界。弹奏至此，满以为已经结束了。谁知那“幽愁暗恨”在“声渐歇”的过程中积聚了巨大潜力，无法压抑，终于如“银瓶乍破水浆迸，铁骑突出刀枪鸣”，把“凝绝”的暗流突然推向高潮。才到高潮，即收拨一画，戛然而止。一曲虽终，而回肠荡气、惊心动魄的艺术魅力，却并未随之消失。如此绘声绘色地再现千变万化的音乐形象，从而展现弹奏者起伏回荡的心潮，怎能不使我们敬佩作者的艺术才华。

春　生

春生何处闇周游，①海角天涯遍始休。②
先遣和风报消息，续教啼鸟说来由。③
展张草色长河畔，④点缀花房小树头。
若到故园应觅我，⑤为传沦落在江州。⑥

【注释】

①闇：同“暗”。　②海角天涯：极言遥远。　③教：使、让，读平声。　④展张：展开、铺开。　⑤故园：指白居易的家乡下邽。　⑥为传：替我捎信。

【品评】

白居易任江州司马期间作《浔阳春》三首，这是第一首，题为《春生》。这首诗把“春”拟人化，构思异常新颖、奇巧。开头便问：“春”从何处出“生”？接着说她一出生就到处漫游。她还懂得搞点宣传，造点声势。将到某处，先派“和风”传送消息，告诉人家“春”将来临；再遣“啼鸟”介绍情况，说明“春”将带来无限美景。她一到某地，就埋头工作，为河岸覆盖绿草，为树头点缀繁花。这分明是一首“春”的颂歌！用笔之妙，出人意外，但更出人意外的还是结尾：作者对“春”说，你如果漫游到我的家乡，家乡人如果到处寻找我，就告诉他们，我正在江州沦落受罪呢！言外之意是：如果能像“春”那样自由自在地“周游”，游到哪里，就给那里带来美景，该多好！这首诗与《琵琶行》同是写天涯沦落之恨，但选材、谋篇、命意，又何等不同！这就是艺术创造。这是一首七言律诗。盛唐以来，七律或工丽，或雄浑，或沉郁顿挫，佳作如林。但写得这样轻灵、跳脱、活泼的，还不曾有过。

邯郸冬至夜思家①

邯郸驿里逢冬至，抱膝灯前影伴身。
想得家中夜深坐，还应说着远行人。

【注释】

①邯郸：唐县名，即今河北邯郸市。冬至：二十四节之一，约在阳历十二月二十二或二十三日。在古代，冬至是一个重要节日，民间互馈酒食贺节，类似过春节。

【品评】

第一句纪实，而驿店逢佳节，已露想家之情。第二句“抱膝灯前影伴身”写如何在驿店过节：双手抱膝，枯坐油灯前，暗淡的灯光照出了自己的影子；这影子，就是自己唯一的伴侣！其凄凉、孤寂之感，已洋溢于字里行间。凄凉孤寂，就不免想家；而“抱膝灯前”，正是沉思的表情、想家的神态。那么，他坐了多久？想了多久？一字未提，第三句却作了暗示：“想得家中夜深坐”，不是说明他自己也已“坐”到深夜了吗？“抱膝灯前影伴身”一句，于形象的描绘和环境的烘托中展现思家心态，已摄三、四句之魂。三、四两句正面写想家，其深刻之处在于：不是直接写自己如何想念家里人，而是透过一层，写家里人如何想念自己，与王建“家中见月望我归，正是道上思家时”异曲同工。

李　绅(772—846)

字公垂，排行二十，无锡(今属江苏)人。元和元年(806)进士。穆宗时为左拾遗，徙江西观察使。武宗时拜相，出为淮南节度使。早岁以歌行自负，作《新题乐府》二十首，元稹、白居易和而广之，惜已失传。《全唐诗》存《追昔游诗》三卷、《杂诗》一卷。

悯农二首

春种一粒粟，秋收万颗子。[1]
四海无闲田，农夫犹饿死。其一

【注释】

①子：指粮食颗粒。

【品评】

农夫春种、秋收，种一粒粟，收万颗子，夸张地表现了收成的丰硕，也歌颂了农夫的辛勤劳动。如果耕种面积不广，那么即使丰收，也所获有限。可是“四海无闲田”，所有能开垦、能耕种的土地都种了粮食，又都获得了好收成。这就进一步歌颂农夫用自己的辛勤劳动创造了巨大财富。前三句层层铺垫，第四句突然反跌：“农夫犹饿死！”那么，农夫提供的那么多粮食到哪里去了？

锄禾日当午，汗滴禾下土。
谁知盘中飧，[1]粒粒皆辛苦？其二

【注释】

①飧(sūn)：熟食的通称。飧，一作"餐"。

【品评】

前两句既是对第一首的补充描写，表明那广种、丰收，都洒满农夫的汗水；又以"汗滴"与米粒相似为契机，引出后两句："盘中"的"粒粒"米，来自农夫的滴滴汗，可是又有谁知道呢？

这两首诗一作《古风二首》。《唐诗纪事》卷三九载李绅曾以此诗谒吕温，温读之，预言必为卿相。据此推测，此诗当作于早年。李锳《诗法易简录》称"此种诗纯以意胜，不在言语之工"。其实不仅命意高卓，而且笔力简劲，构思新颖，表现有力。第一首用前三句渲染广种、丰收，满眼富足景象，第四句突然反跌，令人惊心动魄。第二首以"盘中"映照"田间"，以粒粒饭映照滴滴汗，"谁知"一问，悲愤欲绝。用寥寥四十字概括了当时社会的主要矛盾，而形象鲜明，激情喷涌，因而千百年来，传诵不衰。

李 贺(790—816)

字长吉,河南福昌(今河南宜阳)人。郡望陇西,家居福昌之昌谷,因称李昌谷。其父名晋肃,"晋"、"进"同音,故因避父讳不得考进士,仅任奉礼郎小官,愤懑不得志。其诗多感时伤逝之作,或寄情天国,或幻念鬼境,世称"鬼才"。尤擅乐府歌行,词采瑰丽,意境奇特,富浪漫色彩。绝句多抒写不平之感,笔意超纵。有《李长吉歌诗》,《全唐诗》存诗五卷。

南园十三首 其五①

男儿何不带吴钩,收取关山五十州?②
请君暂上凌烟阁,③若个书生万户侯?

【注释】

①南园:昌谷南园为李贺读书处。其《南园》组诗十三首,写当地景物和杂感,此为第五首。 ②关山五十州:指当时藩镇割据、中央不能掌管的地区。《通鉴·唐纪》载唐宪宗元和七年(812)李绛云:"今法令所不能制者,河南北五十余州。" ③凌烟阁:在长安。唐太宗贞观十七年(643),画开国功臣二十四人于凌烟阁。

【品评】

前两句用反问语气，“何不”直贯下句，从语法结构看，两个诗句连接起来是一个完整句子：男儿何不佩带吴钩去收取关山五十州呢？问而不答，留一悬念。后两句又用反问语气，“请君”直贯下句，必须一口气读到底：请君到凌烟阁上去看看那些功臣中封过万户侯的有哪一个是书生呢？问而不答，留一悬念。

结合两问，看起来这位“书生”不再想当书生，而是想投笔从戎，谋求以“收取关山五十州”的军功封万户侯了。这里面，当然有削平藩镇、实现统一的责任感。但对作“书生”没有出路的愤激之情，也表现得很强烈。在那山河破碎、战乱频仍的岁月里，一般地说，拿笔杆子不如“带吴钩”。何况李贺这位书生连考进士的资格都因父亲名字中有个“晋”字而被剥夺了呢？然而要立军功也并不容易。他反问道：“何不带吴钩？”那么，究竟“何不带吴钩”呢？以两问成诗，声情激越，为七绝创作别开生面。

雁门太守行[①]

黑云压城城欲摧，甲光向日金鳞开。
角色满天秋色里，塞上胭脂凝夜紫。
半卷红旗临易水，[②]霜重鼓寒声不起。
报君黄金台上意，提携玉龙为君死。[③]

【注释】

①雁门太守行：乐府《相和歌·瑟调曲》旧题。古雁门郡，

占有今山西西北部之地。 ②易水：在今河北易县。 ③玉龙：指剑。

【品评】

李贺的不少诗向称难解，这一首解者纷纭，却莫衷一是。对于诗意的理解也异常分歧。

这首短诗，后面写兵临易水、提剑誓死，其主题确与战斗有关。但前四句着重写景，除“甲花”、“角声”表明此处有兵士而外，围城、突围等等全无明确描写。因此，解说之分歧，多出于对“言外之意”的不同体会。“言”外之“意”虽在“言”外，仍然来自“言”。一首诗积字成句，积句成篇，成为有内在联系的整体。这首诗前四句颇难确解，后四句却比较显豁。说清后四句，再反观前四句，通篇的意义便不难领会。

先看后四句。“半卷红旗临易水”，暗示“临易水”之前有一段进军过程。“半卷红旗”是为减少阻力，是进军的特征，如“红旗半卷出辕门”之类。“临”字也表现行军的动势。那么，“临易水”之后是否遇上敌军？如果遇到的话，力量对比如何？形势对谁有利？这一切，后三句都未作正面描述，而言外之意却比较明晰：一、“临易水”表明前进受阻，又令人联想起《易水歌》：“风萧萧兮易水寒，壮士一去兮不复还。”二、击鼓为了进军，而“霜重鼓寒声不起”，通过自然条件的不利暗示出战争形势的严峻。三、末尾两句，写主将提剑上阵，誓作殊死战斗以报君恩，则大敌当前，已不言可知。

首句于“云”上着“黑”字，已感气氛沉重。而这“黑云”又“压城”以致压得“城欲摧”，明显有象征意义。“云”上特加“黑”字，自然不会用以象征我军而是象征敌军。敌军压境围城如此凶猛，则我军只有杀出重围，才有生路。“甲光向日金鳞开”，在色彩和形象上与上句形成强烈对比，明含欣喜、赞美之情，当然是指我军。始而黑云压城、敌军围逼，既而黑云崩溃、红日当空，我军将士的金甲在日光下犹如片片金鳞，耀人眼目。就是说，已经杀出孤城，击败敌军。

一、二两句写围城与突围，构成一个意义单位。以下六句写乘胜追杀，直至兵临易水，是又一个意义单位。“角”，古代军用乐器。《北史·齐安德王延宗传》有“吹角收兵”的记载。联系上下文看，“角声满天秋色里”一句，正是以虚写实，在读者想像中展现敌退我追的壮阔场景。“塞上胭脂凝夜紫”中的“夜”字照应第二句中的“日”字，表明从突围至此，已过了较长一段时间，双方互有伤亡。“塞上胭脂”，旧注引《古今注》“秦筑长城，土色皆紫，故曰紫塞”解释，大致不错。紧承“角声”、“秋色”描绘塞土赤紫，已令人想见战血；于“紫”前加一“凝”字，更强化了这种联想。

由“日”到“夜”，以至夜深“霜重”，追兵已临易水，敌军自然先到易水。追兵尾随，敌军倘要渡水，便可能全军覆没，因而只能背水一战。“陷之死地而后生”，想到韩信的背水阵，就知道追兵面临的形势何等严峻！鼓声不起，主将誓死，正是这种严峻形势的反映。至于决战的结果如何，却让读者去想像。诗人运用特殊的艺术手法表现独特的艺术想像，或用象征，或用暗示，或用烘托，或以虚见实、以声显形、以部分代全体，给读者留下了过于广阔的想像空间，所以读者的理解因人而异。

意象新奇，设色鲜明，造型新颖，想像丰富而奇特，这是李贺诗歌的突出特点。在《雁门太守行》里，这些特点得到了全面而充分的体现。仅以后两句为例，看看他如何注意设色和造型。这两句写主将为报君主的知遇之恩，誓死决战，却不用概念化语言，而通过造型、设色，突出主将的外在形象和内心活动。战国时燕昭王曾筑台置千金于其上以延揽人才，因称此台为“黄金台”。“玉龙”，唐人用以称剑。黄金、白玉，其质地和色泽，都为世人所重。“龙”，是古代传说中的高贵动物，“黄金台”，是求贤若渴的象征。诗人选用“玉龙”和“黄金台”造型设色，创造出“报君黄金台上意，提携玉龙为君死”的诗句，一位神采奕奕的主将形象便宛然在目。其不惜为国捐躯的崇高精神，以及君主重用贤才的美德，都给读者以强烈而美好的感受。

贾　岛(779—843)

字阆仙,范阳(今北京附近)人。早年曾为僧,名无本。屡应进士试,不第。文宗开成二年(837)任遂州长江主簿,世称贾长江。以诗受知于韩愈。与孟郊交好,并称郊、岛;又与姚合齐名。其诗力矫平易浮滑之失,冥思苦吟,清奇峭直,以五律见长,时有警句,而通篇完美者不多。有《长江集》,《全唐诗》存诗四卷。

题李凝幽居

闲居少邻并,草径入荒园。
鸟宿池边树,僧敲月下门。
过桥分野色,移石动云根。①
暂去还来此,幽期不负言。②

【注释】

①云根:古人认为"云触石而生",故称石为云根。这里指石根云气。　②幽期:再访幽居的期约。言:指期约。

【品评】

此诗以"推"、"敲"一联著名,至于全诗,因为题中用一"题"字,加上诗意原不甚显,故解者往往不得要领,讥其"意脉零乱"。我们且不管那个"题"字,先读尾联,便知作者来访李凝,游览了他的“幽居”，告别时说：我很喜欢这里，暂时离去，以后还要来的，绝不负约。由此可见，认为作者访李凝未遇而“题”诗门上便回，是不符合诗意的。先读懂尾联，倒回去读全篇，便觉不甚僻涩，意脉也前后贯通，不算有句无篇。

诗人来访“幽居”，由外而内，故首联先写邻居极少，人迹罕至，通向“幽居”的小路野草丛生。这一切，都突出一个“幽”字。“荒园”与“幽居”是一回事。“草径入荒园”，意味着诗人已来到“幽居”门外。次联写诗人月夜来访，到门之时，池边树上的鸟儿已入梦乡。自称“僧”而于万籁俱寂之时来“敲”月下之门，剥啄之声惊动“宿鸟”，以喧衬寂，以动形静，更显寂静。而“幽居”之“幽”，也得到进一步表现。第三联曾被解释为“写归途所见”，大谬。果如此，将与尾联如何衔接？敲门之后未写开门、进门，而用诗中常见的跳跃法直写游园。“桥”字承上“池”字，“野”字、“云”字承上“荒”字。“荒园”内一片“野色”，月下“过桥”，将“野色”“分”向两边。“荒园”内有石山，月光下浮起蒙蒙夜雾。“移”步登山，触“动”了石根云气。“移石”对“过桥”，自然不应作“移开石头”解，而是“踏石”之类的意思，用“移”字，实显晦涩。这一联，较典型地体现了贾岛琢字炼句、力避平易、务求奇僻刻深的诗风。而用“分野色”、“动云根”表现“幽居”之“幽”，还是成功的。特别是“过桥分野色”，构思新奇，写景如画，堪称警句。

《唐诗纪事》卷四〇云：“（贾）岛赴举至京，骑驴赋诗，得‘僧推月下门’之句，欲改‘推’作‘敲’，引手作推、敲之势，未决，不觉冲大尹韩愈。乃具言。愈曰：‘敲字佳矣。’遂并辔论诗久之。”“推敲”一词，即由此而来。这段记载不一定完全符合事实，却能体现贾岛“行坐寝食，苦吟不辍”的特点。

寻隐者不遇①

松下问童子，言师采药去。
只在此山中，云深不知处。

【注释】

①一作孙革诗，题为《访羊尊师》，无根据。

【品评】

这是一首名作，评者甚众。蒋一葵《唐诗选汇解》："首句问，下三句答，直中有婉，婉中有直。"李锳《诗法易简录》："一句问，下三句答，写出隐者高致。"王文濡《唐诗评注读本》："此诗一问一答，四句开合变化，令人莫测。"

全诗只二十字，又是抒情诗，却有环境，有人物，有情节，内容极丰富，其奥秘在于独出心裁地运用问答体。不是一问一答，而是藏问于答，几问几答。第一句省略了主语"我"。"我"来到"松下"问"童子"，见得"松下"是"隐者"的住处，而"隐者"外出。"寻隐者不遇"的题目已经交待清楚。"隐者"外出而问其"童子"，省掉问话而写出"童子"的答语："师采药去。"那么问话必然是："你的师父干什么去了?""我"专程来"寻隐者"，"隐者""采药去"了，自然很想把他找回来，因又问童子："他上哪儿采药去了?"这一问，诗人也没有明写，而是从"只在此山中"的回答里暗示出来的。听到这一答，不难想见"我"转忧为喜的神态。既然"只在此山中"，不就可以把他找回来吗? 因而迫不及待地问："他在哪一处?"不料童子却作了这样的回答："云深不知处。"问话也没有明写，可是如果没有那样的问，又怎么会有这样的答呢?

诗人巧妙地以答见问,收到了言外见意的艺术效果。“我”的问话固然见于言外,“我”与“童子”往复问答的动作、情态及其内心活动也见于言外。比方说,你读到“云深不知处”的时候,只要设身处地,眼前就会出现一幅图画:“童子”一边说,一边遥指;“我”跟着“童子”遥指的方向望去,东边是白云,西边也是白云;苍峦翠岭,时露林梢,时而又淹没于茫茫云海。那么,“隐者”究竟在何处“采药”呢?

四句诗,通过问答形式写出了“我”、“童子”、“隐者”三个人物及其相互关系,又通过环境烘托,使人物形象更加鲜明。

“隐者”隐于“此山中”,则“寻隐者”的“我”必然住在“此山”外。古代社会的知识分子一般都热衷于“争利于市,争名于朝”,“我”当然是个知识分子,却离开繁华的都市跑到这超尘绝俗的青松白云之间来“寻隐者”,究竟为了什么?当他伫立“松下”四望满山白云,无法寻见“隐者”之时,又是什么心情?这一切,都耐人寻味,引人遐想。

许　浑(788？—858)

字用晦，排行七，洛阳(今属河南)人，成年后移家京口(今江苏镇江)丁卯涧，后人称许丁卯。大和六年(832)进士。仕文宗、武宗、宣宗三朝，历任虞部员外郎，监察御史，郢州、睦州刺史等职。不作古诗，律诗多怀古及歌咏田园之作，对偶整密；绝句含蓄精炼。有《丁卯集》，《全唐诗》存诗十一卷。

咸阳城东楼[①]

一上高城万里愁，蒹葭杨柳似汀洲。
溪云初起日沉阁，[②]山雨欲来风满楼。
鸟下绿芜秦苑夕，蝉鸣黄叶汉宫秋。
行人莫问当年事，[③]故国东来渭水流。

【注释】

①咸阳：今属陕西。此题一作《咸阳西门城楼晚眺》。　②作者自注："南近磻溪，西对慈福寺阁。"　③当年：一作"前朝"。

【品评】

此诗作于宣宗大中三年(849)任监察御史时。一上咸阳城楼，首先看见"蒹葭杨柳"，有"似"故乡的"汀洲"，因而触动"万里"乡"愁"；后来又凭眺"秦苑""汉宫"的遗迹，只见"鸟下绿芜”、“蝉鸣黄叶”，一派荒凉景象，因而又发出“当年事”惟余“渭水东流”的慨叹。此诗以“溪云初起日沉阁，山雨欲来风满楼”一联出名。寥寥十四字，用溪云乍起、红日忽沉、狂风满楼烘托“山雨欲来”，形势逼人。既状难状之景如在目前，又含象征意义，故历代传诵，至今犹被引用。这一联之所以有名，还由于它体现“许丁卯句法”。律句调协平仄，有“拗救法”。一为本句自救，如“平平仄仄平”句式，倘第一字用了仄声字，则除韵脚外只剩一个平声字，就成“孤平”，不合律；补救的办法是将第三字改用平声字。一为对句相救，如“仄仄平平仄，平平仄仄平”句式，倘上句第三字用仄声字，则下句第三字改用平声字。许浑往往兼用本句自救法与对句相救法，这一联就是典型的例子。按照格律，应为“平平仄仄平平仄，仄仄平平仄仄平”，却改为“平平平仄仄平仄，平仄仄平平仄平”，既本句自救，又对句相救，形成拗峭奇崛的音响，恰切地表现了云起、日沉、山雨欲来的气势。

许浑诗喜用“水”，有“许浑千首湿”之说。如《金陵怀古》：“石燕拂云晴亦雨，江豚吹浪夜还风”、《登洛阳故城》：“水声东去市朝变，山势北来宫殿高”之类皆然。此诗则“溪”、“汀”、“雨”、“渭水”并见，“湿”度更大。

杜　牧(803—852)

字牧之，排行十三，京兆万年(今陕西西安)人。宰相杜佑之孙，祖居长安南郊樊川，因称杜樊川。大和二年(828)进士，为弘文馆校书郎。历参沈传师江西观察使、宣歙观察使及牛僧孺淮南节度使幕府。入为监察御史。武宗时，出为黄州、池州、睦州刺史。宣宗时，为司勋员外郎，终中书舍人。世称杜司勋。工诗、赋、古文。诗学杜甫而有独创，骨气豪宕，风神俊朗，尤擅七律七绝，为晚唐大家。与李商隐齐名，世称“小李杜”。有《樊川文集》,《全唐诗》存诗八卷。

早　雁

金河秋半虏弦开，[1]云外惊飞四散哀。
仙掌月明孤影过，[2]长门灯暗数声来。[3]
须知胡骑纷纷在，岂逐春风一一回？
莫厌潇湘少人处，[4]水多菰米岸莓苔。

【注释】

①金河：河名，在今内蒙古自治区呼和浩特市南。虏：指回鹘。　②仙掌：西汉长安建章宫有铜铸仙人舒掌托承露盘，见前卢照邻《长安古意》注。　③长门，西汉长安宫名，汉武帝陈皇后失宠后幽闭于此。　④潇湘：泛指湘江流域。

【品评】

唐武宗会昌二年(842)八月，回鹘乌介可汗率众南犯，突入大同，劫掠河东一带，难民纷纷南逃。杜牧托物寄慨，写了这首七律。首联紧扣“早雁”落墨。“秋半”是阴历八月，北雁南飞，为时尚“早”；而“金河”一带，“虏弦”乍开，箭如飞蝗，遂被迫出现了“云外惊飞四散哀”的惨象。“虏弦开”明指射雁，暗喻回鹘侵扰。首句写因，次句写果。次句紧承首句“虏弦开”而以大雁受“惊”为契机，写高飞“云外”、写失群“四散”、写鸣声“哀”伤，从不同角度写尽大雁受难南逃之苦，而以雁喻人之意灼然可见。

第二联写大雁南飞情景。时间，特选在月明之夜；地点，特选在帝都长安；“孤影”掠过之处，特选在为皇帝承接“仙露”的“仙掌”；“数声”传入之处，特选在失宠者独眠无寐的冷宫。或反面对比，或正面烘托，在为孤雁写哀、为流民写哀的同时暗寓无穷深意，耐人寻绎。三、四两联通过对大雁的劝告表现了解除边患的殷切希望。南国春暖，大雁便急于北归。可是“胡骑”猖獗，岂能骤回！“潇湘”一带虽然“人少”荒凉，却不乏“菰米”、“莓苔”之类的食料，还是暂且住下，等待战乱平息。“须知”、“岂逐”、“莫厌”，反复叮嘱，情深意切，表现了对流亡者的无限关怀，而对朝廷驱逐“胡骑”的渴望也蕴含其中，洋溢纸上。

前四句写鸿雁未至深秋而提“早”南飞，因为“秋半虏弦开”；后四句劝告鸿雁切莫逢春便回，因为“胡骑纷纷在”。全诗从鸿雁的习性生发，融入时事，不露痕迹，为咏物诗别开生面。

赤　壁①

折戟沉沙铁未销，自将磨洗认前朝。
东风不与周郎便，②铜雀春深锁二乔。③

【注释】

①赤壁：在今湖北赤壁市西北，周瑜大破曹操水师处。 ②"东风"句：建安十三年(208)曹操大举攻吴，周瑜作好以火攻焚烧曹操战船的准备，恰遇东南风起，遂纵火大破曹军。诸葛亮"借东风"，乃小说中的艺术虚构，远非事实。 ③铜雀：台名，故址在今河北临漳县西，曹操建此以居姬妾歌妓，乃晚年行乐之处。二乔：即大乔、小乔，皆国色。大乔为孙策妻，小乔为周瑜妻。此句是说：若无东风之助，则曹操灭吴，夺二乔入铜雀台矣。

【品评】

此诗作于武宗会昌四年(844)，杜牧正在黄州做刺史。黄州有赤壁，但不是三国鏖兵之处，诗人不过借此抒发历史感慨。诗借残戟起兴，重点在后两句。但前两句也写得很有情致：从沙中发现一枝折断了的铁戟，拿起来自磨自洗，认出那是赤壁之战的遗物。"折戟"虽小，却能引起联想，神游于"前朝"战场。当时曹操拥有二十余万雄兵，号称八十万；而孙、刘联军不过三万，力量对比十分悬殊，而战争结局却是周瑜用火攻取胜，曹操惨败而回。史家评论，诗人歌咏，都赞扬孙、刘胜利，杜牧却从可能失败的角度落墨，写出了"东风不与周郎便，铜雀春深锁二乔"的名句。对于这两句诗，历来有针锋相对的争论。许顗《彦周诗话》云："孙氏霸业系此一战，社稷存亡、生灵涂炭都不问，只恐捉了二乔，可见措大不识好恶。"贺贻孙《诗筏》云："牧之此诗，盖嘲赤壁之功出于侥幸，若非天与东风之便，则国破家亡。唯借'铜雀春深锁二乔'说来，便觉风华蕴藉，增人百感，此正风人巧于立言处。"贺贻孙的见解很中肯；至于许顗的指摘，则正如冯集梧《樊川诗集注》所批评："此直村学究读史见识，岂足与语诗人言近旨远之致乎？"

杜牧深谙兵法，独具史识，故咏史诗多作翻案文章，如此诗后两句及《题乌江亭》“江东子弟多才俊，卷土重来未可知”，皆发前人所未发。虽以议论入诗，而风华蕴藉，言近旨远，自饶情韵。

江南春

千里莺啼绿映红，水村山郭酒旗风。
南朝四百八十寺，[1]多少楼台烟雨中。

【注释】

①“南朝”句：南朝帝王及贵族多信佛，故其都城建业（今南京市）佛寺尤多。

【品评】

题为“江南春”，江南地域辽阔，春景繁富，一首七绝如何描写？作者独出心裁，逐层烘染：“千里”之内，处处杂花生树、红绿相映、黄莺歌唱；“千里”之内，水村山郭，处处酒旗飘扬；“千里”之内，“南朝四百八十寺”点缀于山水佳胜之处，金碧庄严，楼台隐现。经过这三层烘染，巨幅江南春景图已展现眼前。但作者还追加了一层烘染，那就是“烟雨”。“多少楼台烟雨中”承“南朝四百八十寺”，然而寺院“楼台”既在“烟雨”中，则啼莺、红花、绿树、水村、山郭、酒旗，无一不在“烟雨”中。霏霏细雨，淡淡轻烟，使无边春色在烟雨空濛中更显出迷人的风韵，这正是“江南春”的典型特色。突出这一特色，就把“江南春”写活了。

山 行

远上寒山石径斜，白云生处有人家。
停车坐爱枫林晚，[1]霜叶红于二月花。

【注释】

①“停车”句：因爱枫林晚景而停车观赏。坐：因。晚：天晚。

【品评】

这首诗，看来是从长途旅行图中截取的“山行”片断。第三句的“晚”字透露出诗人已经赶了一天路，该找个“人家”休息了。如今正“远上寒山”，在倾斜的石径上行进。顺着石径向高处远处望去，忽见“白云生处有人家”，不仅风光很美，而且赶到那里，就可以歇脚了。第二句将“停车”提前，产生了引人入胜的效应。天色已“晚”，“人家”尚远，为什么突然“停车”？原来他发现路边有一片“枫林”，由于“爱”那片夕阳斜照下的“枫林”，因而“停车”观赏。“停车”突出“爱”字，“爱”字引出结句。

黄叔灿《唐诗笺注》云：“‘霜叶红于二月花’，真名句。”俞陛云《诗境浅说续编》云：“诗人之咏及红叶者多矣，如‘林间暖酒烧红叶’，‘红树青山好放船’等句，尤脍炙诗坛，播诸图画。惟杜牧诗专赏其色之艳，谓胜于春花。当风劲霜严之际，独绚秋光，红黄绀紫，诸色咸备，笼山络野，春花无此大观，宜司勋特赏于艳李秾桃外也。”不错，笼山络野的枫林红叶的确美艳绝伦，但被“悲秋意识”牢笼的传统文人却很难产生美感。用一个大书特书的“爱”字领起，满心欢喜地赞美枫叶“红于二月花”，不仅写景如画，而且表现了诗人豪爽乐观的精神风貌。

“寒山”、“石径”、“白云”、“人家”、“霜叶”，由“上山”、“停车”的主人公用惊喜的目光统摄起来，构成一幅秋山旅行图。当然，说这是“图”，并不确切，因为“上寒山”、“白云生”、“停车”都是动态，“爱”更是活泼泼的心态，都画不出来。

全诗的重点在第四句，前三句全是为突出第四句起烘托、铺垫作用。第一句用“寒”字，是为了唤起第四句的“霜叶”；第二句写“白云”，是为了用色彩的强烈对比反衬第四句的“霜叶”异常“红”艳，给人以“红于二月花”的感受。更有力的铺垫还是由急于赶路而突然“停车”以及由此突出的那个“爱”字，前面已分析过了。还有“枫林晚”的那个“晚”字，意味着夕阳将落，火红的光芒斜射过来，更使满林枫叶红得快要燃烧。构思新颖，布局精巧，于萧瑟秋风中摄取绚丽秋色，与春光争胜，令人赏心悦目，精神发越。兼之语言明畅，音韵和谐，宜其万口传诵，经久不衰。

过华清宫绝句三首　其一①

长安回望绣成堆，山顶千门次第开。
一骑红尘妃子笑，无人知是荔枝来。

【注释】

①华清宫：故址在今陕西西安临潼区骊山，是唐明皇与杨贵妃游乐之地，详见杜甫《咏怀五百字》注。

【品评】

杜牧写华清宫诗有五排《华清宫三十韵》一首、七绝《华清宫》一首、《过华清宫绝句》三首。这一首流传最广。关于唐明皇与杨贵妃荒淫误国，杜甫以来的不少诗人已作过充分反映。此诗也表现这一主题，却选取了新鲜角度，收到了独特效果。杨贵妃喜吃鲜荔枝，唐明皇命蜀中、南海并献。驿骑传送，六、七日间飞驰数千里，送到长安，色味未变。此诗即从此处切入，以"一骑红尘"与"妃子笑"之间的戏剧性冲突为中心组织全诗，构思、布局之妙，令人叹服。

首句"长安回望"四字极重要。解此诗者或避而不谈，或说作者已"过"华清而进入长安，又回头遥望。其实，这是从"一骑"方面设想的。长安是当时的京城，明皇应在京城日理万机，妃子自应留在京城，因而飞送荔枝者直奔长安，而皇帝、贵妃却在骊山行乐！这就出现了"长安回望绣成堆"的镜头。唐明皇时，骊山遍植花木如锦绣，故称绣岭。用"绣成堆"写"一骑"遥望中的骊山总貌，很传神。次句承"绣成堆"写骊山华清宫的建筑群。这时候，"一骑"已近骊山，望见"山顶千门次第开"；山上人也早已望见"红尘"飞扬，"一骑"将到，因而将"山顶千门"次第打开。紧接着，便出现了"一骑红尘妃子笑"的戏剧性场景。一方面，是以卷起"红尘"的高速日夜奔驰，送来荔枝的"一骑"，挥汗如雨，苦不堪言；另一方面，则是得到新鲜荔枝的贵妃，嫣然一笑，乐不可支。两相对照，蕴含着对骄奢淫逸生活的无言谴责。前三句诗根本未提荔枝，如果像前面分析的那样句句讲荔枝，那就太平淡了。读前三句，压根儿不知道为什么要从长安回望骊山，不知道"山顶千门"为什么要一重接一重地打开，更不知道"一骑红尘"是干什么的、"妃子"为什么要"笑"，给读者留下了一连串悬念。最后一句，应该是解释悬念了，可又出人意外地用了一个否定句："无人知是荔枝来。"的确，卷风扬尘，"一骑"急驰，华清宫千门，从山下到山顶一重重为他敞开，谁都会认为那是飞送关于军国大事的紧急情报,怎能想到那是为贵妃送荔枝!“无人知”三字画龙点睛,蕴含深广,把全诗的思想境界提升到惊人的高度。

周幽王的烽火台也在骊山顶上。作者让杨贵妃在骊山“山顶”望见“一骑红尘”,并且特意用“妃子笑”三字,是有意使读者产生联想,想起“褒姒一笑倾周”的历史教训的。

赵　嘏(806—852?)

字承祐，排行二十二，楚州山阳(今江苏淮安)人。武宗会昌四年(844)进士。曾为渭南尉，世称赵渭南。其诗长于七律，清圆流畅，时有警句。有《渭南集》，《全唐诗》存诗二卷。

长安秋望

云物凄清拂曙流，①汉家宫阙动高秋。
残星数点雁横塞，长笛一声人倚楼。
紫艳半开篱菊静，②红衣落尽渚莲愁。③
鲈鱼正美不归去，④空戴南冠学楚囚。⑤

【注释】

①云物：云形变化，形成种种物象，如“白衣”、“苍狗”之类，故称云物。　②紫艳：指“篱菊”的花朵。　③红衣：指“渚莲”的花瓣。　④“鲈鱼”句：写乡思。《晋书·张翰传》：“翰因见秋风起，乃思吴中菰菜、莼根、鲈鱼脍，曰：‘人生贵得适志，何能羁宦数千里以要名爵乎？’遂命驾而归。”　⑤南冠：《左传·成公九年》：“晋侯观于军府，见钟仪，问之曰：‘南冠而系者谁也？’有司对曰：‘郑人所献楚囚也。’”楚囚“南冠”，表示不忘乡土。思乡而不得归，故说“空戴南冠”。

【品评】

此诗一题《长安秋夕》，一题《长安晚秋》，大约作于文宗大和七年(833)省试落第，留滞长安之时。

此诗构思精巧之处，在于以“人倚楼”为中心，挽合前后，统摄全篇。诗中所写，皆“倚楼”人所见、所感、所想；既层次分明，又融合无迹。首联写楼头仰望中景色：各种形态的寒云在曙光中变幻、浮游，而高耸入云的“汉家宫阙”，仿佛在浮游的寒云中晃“动”。两句诗，写景如画，又同时以“拂曙”点时间，以“高秋”点季节，以“宫阙”点京城，以“凄清”写主体感受。景中含情，言外见意。次联续写楼头闻见。“残星数点”，旅“雁横塞”，于“凄清”中更添旅愁。此时忽闻“长笛一声”，秋意、乡思，便一齐涌上心头，使“倚楼”人何以为怀！第三联即通过楼前近景表现秋意、乡思，引出尾联，以思归而不得归的慨叹收束全篇。长安秋景，满目萧瑟，既是落第后悲凉怅惘心情的自然流露，也是大唐帝国衰微没落景象的曲折反映。

发端警挺，次联以“雁横塞”及“残星数点”、“长笛一声”烘托“人倚楼”，从心物交感中展现其复杂心态。其声调为“平平仄仄仄平仄，平仄仄平平仄平”(与许浑“溪云初起日沉阁，山雨欲来风满楼”略同)，于拗折中见波峭，使诗句增添特殊韵味。无怪杜牧“吟味不已”，称赵嘏为“赵倚楼”(《唐诗纪事》卷五六)。

李商隐(812—858)

字义山，号玉谿生，排行十六。怀州河内(今河南沁阳)人。开成二年(837)进士。授秘书省校书郎，补弘农尉。因受牛李党争影响，仕途失意。曾依桂管观察使郑亚及京兆尹卢弘正。柳仲郢节度东川、剑南，辟为判官、检校工部员外郎。诗与杜牧、温庭筠并称，为晚唐杰出诗人。七律精警博丽，其佳者足以追踪杜甫。七绝沉着深婉，一唱三叹，自成一家。有些诗用典过多、用思太过，有晦涩之弊。有《李义山诗集》,《全唐诗》存诗三卷。

安定城楼①

迢递高城百尺楼，②绿杨枝外尽汀洲。
贾生年少虚垂涕，③王粲春来更远游。④
永忆江湖归白发，欲回天地入扁舟。
不知腐鼠成滋味，猜意鹓雏竟未休。⑤

【注释】

①安定：郡名，即泾州，唐泾原节度使治所，故址在今甘肃泾川县北。　②迢递：高峻貌。　③“贾生”句：贾谊年少时上书汉文帝论当时政治，有“可为痛哭者一，可为流涕者二，可为长太息者六”等语。　④王粲：建安七子之一，东汉末从长安避难到荆州，依靠荆州刺史刘表。　⑤“不知”二句：《庄子·秋水

篇》云：惠子相梁，庄子往见之，或谓惠子曰：'庄子来，欲代子相。'于是惠子恐，搜于国中，三日三夜。庄子往见之，曰：'南方有鸟，其名为鹓雏，子知之乎？夫鹓雏发于南海，而飞于北海，非梧桐不止，非练实不食，非醴泉不饮。于是鸱得腐鼠，鹓雏过之，仰而视之曰：吓！今子欲以梁国而吓我耶？'"

【品评】

李商隐于开成二年(837)中进士，当时以李德裕为首的李党和以牛僧孺为首的牛党互相倾轧。李商隐原来依附的令狐楚是牛党。令狐楚死后，李商隐进入泾原节度使王茂元幕府，并做了他的女婿，而王茂元被认为是李党。因此，李商隐在参加博学宏词科考试时，受到牛党的排挤，不幸落选，于开成三年春回到泾州，作此诗。这时他二十六岁。

此诗以登高望远，略写春景发端，接着借两位古人抒发怀抱。贾谊少年时上《治安策》，指出可为"痛哭""流涕"的种种政治缺失，并提出巩固中央政权的建议，却未被采纳，其涕泪等于白流。他自己也渴望济人匡国，而应试落选，无由进入仕途，忧时之泪也同样白流。王粲少年时远游荆州，依附刘表，春日登当阳城楼作《登楼赋》，发出"虽信美而非吾土"的慨叹。自己落第远游，寄人篱下，只能作一名幕僚，春日登安定城楼，也有满腹积郁正待倾吐。两句诗用典精当，只述前贤遭遇，而自己的处境和心情已和盘托出。

五、六两句为全篇警策。"永忆江湖"，是说他并不贪图利禄，而是始终向往江湖，希望过洒脱飘逸的生活。但这有个前提，那就是"欲回天地"，即希望大显身手，使国家由混乱转安定、由衰弱转强盛。等到这一愿望实现的"白发"之年，便"入扁舟"而"归"江湖。这里暗用了春秋时代越国大夫范蠡功成身退、泛舟五湖的典故，而句法回旋错综，境界阔大高远，恰切地表现了宏伟抱负和高尚情操。难怪王安石最喜吟诵，认为"虽老杜无以过”(《苕溪渔隐丛话》卷二二引《蔡宽夫诗话》)。在章法上,又水到渠成地引出尾联,用《庄子》寓言,对那些抓住腐鼠便吃得颇有滋味,压根儿不知鹓雏之志而横加猜忌的小人给予辛辣的讽刺。

前两联忧念国事,感慨身世,哀惋中见愤激。后两联自抒伟抱,抨击腐恶,振拔处见雄放。全诗赋比交替,虚实相生,文情跌宕,气势磅礴,学杜甫七律而独得精髓,是李商隐早期律诗中的代表作。

隋　宫①

紫泉宫殿锁烟霞,②欲取芜城作帝家。③
玉玺不缘归日角,④锦帆应是到天涯。
于今腐草无萤火,终古垂杨有暮鸦。
地下若逢陈后主,岂宜重问后庭花。

【注释】

①隋宫:指隋炀帝在扬州所建江都、显福、临江等宫。　②紫泉:长安北部的河流。“泉”,本作“渊”,避李渊讳改。司马相如《上林赋》写长安形胜,有“紫渊径其北”语,故此以“紫泉”代长安。　③芜城:指扬州。　④日角:指人的额角丰满如日,古代相法认为是帝王之相,此指李渊。

【品评】

首句以“紫泉”代长安,选有色彩的字面与“烟霞”映衬,烘托长安宫殿的巍峨壮丽,为次句突出隋炀帝杨广荒淫无度,迷恋扬州行宫作铺垫。按照思维逻辑，继“欲取芜城作帝家”，应直写去“芜城”游乐。诗人并没有违背这一逻辑，却不作铺叙，而用虚拟推想的语气说：“玉玺不缘归日角，锦帆应是到天涯。”这就既包括了“取”芜城作帝家，又超越了“取”芜城作帝家。更重要的是：还表现出杨广的穷奢极欲导致了亡国的后果，而他却至死不悟。其用笔之灵妙，命意之深婉，令人赞叹。第三联涉及杨广游乐的两个故实：一是放萤，杨广在洛阳景华宫搜求萤火虫数斛，“夜出游放之，光遍岩谷”；在扬州也放萤取乐，还修了“放萤院”。二是栽柳，白居易在《隋堤柳》中写道：“大业年中炀天子，种柳成行夹流水。西至黄河东至淮，绿影一千三百里。大业末年春暮月，柳色如烟絮如雪。南幸江都恣佚游，应将此树映龙舟。”这两个故实自成对偶，正好可以构成律诗中的一联。但作者却不屑于作机械的排比，而是把“萤火”跟“腐草”、“垂杨”跟“暮鸦”联系起来，于一“有”一“无”的鲜明对比中感慨今昔，深寓荒淫亡国的历史教训。“兴在象外，活极妙极，可谓绝作”（方东树《昭昧詹言》）。尾联活用杨广与陈叔宝梦中相遇的故实，以假设、反诘语气，把揭露荒淫亡国的主题表现得感慨淋漓。陈叔宝与杨广同以荒淫著称。隋文帝开皇九年(589)灭陈，陈叔宝投降，与隋太子杨广很相熟。杨广当了天子，乘龙舟游扬州时，梦中与死去的陈叔宝及其宠妃张丽华等相遇，请丽华舞了一曲《后庭花》（见《隋遗录》卷上）。《后庭花》是陈叔宝所制的反映宫廷淫靡生活的舞曲，被后人斥为“亡国之音”。诗人在这里特意提到它，其用意是：杨广是目睹了陈叔宝荒淫亡国的事实的，却不吸取教训，既纵情龙舟之游，又迷恋亡国之音，终于重蹈陈叔宝的覆辙，身死国灭，为天下笑。“地下若逢陈后主，岂宜重问《后庭花》。”问而不答，余味无穷。

马　嵬[1]

海外徒闻更九州，[2]他生未卜此生休。[3]
空闻虎旅传宵柝，[4]无复鸡人报晓筹。[5]
此日六军同驻马，当时七夕笑牵牛。
如何四纪为天子，[6]不及卢家有莫愁？[7]

【注释】

①马嵬：即马嵬坡，杨贵妃遇难处，详见白居易《长恨歌》注。　②"海外"句：古代中国包括九州，战国邹衍创"大九州"之说，指出中国名赤县神州，中国境外如赤县神州者还有九个。此句"海外更（还有）九州"，指白居易《长恨歌》及陈鸿《长恨歌传》所说的海外仙山。　③他生未卜：指"世世为夫妇"的誓约能否实现，不可预知。　④虎旅：指唐玄宗入蜀的警卫部队。宵柝（tuò）：夜间巡逻的刁斗声。　⑤鸡人：宫中报时的卫士。筹：漏壶中的浮标，计时器。　⑥四纪：十二年为一纪，唐玄宗在位四十五年，将近四纪。　⑦莫愁：古洛阳女儿，嫁为卢家妇，见南朝乐府歌辞《河东之水歌》。

【品评】

一开头夹叙夹议，先用"海外""更九州"的故实概括方士在海外寻见杨妃的传说，而用"徒闻"加以否定。"徒闻"者，徒然听说也。意思是：玄宗听方士说杨妃在仙山上还记着"愿世世为夫妇"的誓言，"十分震悼"，但这有什么用？"他生"为夫妇的事渺茫"未卜"；"此生"的夫妇关系，却已分明结束了。怎样结束的，自然引起下文。

次联用宫廷中的“鸡人报晓筹”反衬马嵬驿的“虎旅传宵柝”，而昔乐今苦、昔安今危的不同处境和心情已跃然纸上。“虎旅传宵柝”的逃难生活很不安适，这是一层意思。和“鸡人报晓筹”的宫廷生活相映衬，暗示主人公渴望重享昔日的安乐，这是又一层意思。再用“空闻”和“无复”相呼应，表现希望已经幻灭，为尾联蓄势，这是第三层意思。“虎旅传宵柝”本来是为了巡逻和警卫，而冠以“空闻”，意义就适得其反。从章法上看，“空闻”上承“此生休”，下启“六军同驻马”。意思是：“虎旅”虽“传宵柝”，却不是为了保卫皇帝和贵妃的安全，而是要发动兵变了。正因为如此，才“无复鸡人报晓筹”，李、杨再不可能享受安适的宫廷生活了。

第三联的“此日”指杨妃的死日。“六军同驻马”与白居易《长恨歌》“六军不发无奈何”同意，但《长恨歌》紧接着写了“宛转蛾眉马前死”，而此处则只说“驻马”而未提结果，岂非简而不明？这一联的精警之处在于先写“此日”即倒转笔锋追述“当时”。“当时”与“此日”对照、补充，不仅其意自明，而且笔致跳脱，蕴含丰富，这叫“逆挽法”。玄宗“当时”七夕与杨妃“密相誓心”，讥笑牵牛、织女一年只能相见一次，而他们两人则要“世世为夫妇”，永远不分离，可在遇上“六军不发”的时候，结果又如何？两相映衬，杨妃“赐死”的结局就不难于言外得之，而玄宗虚伪、自私的精神面貌也暴露无遗。同时，“七夕笑牵牛”是对玄宗迷恋女色、荒废政事的典型概括，用来对照“六军同驻马”，就表现出二者的因果关系。没有“当时”的荒淫，哪有“此日”的离散？而玄宗沉溺声色之“当时”，又何曾虑及“赐死”宠妃之“此日”！行文至此，尾联的一问已如箭在弦。

尾联也包含强烈的对比。一方面是当了四十多年皇帝的唐玄宗保不住宠妃，另一方面是作为普通百姓的卢家能保住既善“织绮”、又能“采桑”的妻子莫愁。诗人由此发出冷峻的诘问：为什么当了四十多年皇帝的唐玄宗还不如普通百姓能保住自己的妻子呢？前六句诗，批判的锋芒都是指向唐玄宗的。用需要作许多探索才能作出全面回答的一问作结，更丰富了批判的内容。

贾　生[①]

宣室求贤访逐臣，[②]贾生才调更无伦。
可怜夜半虚前席，[③]不问苍生问鬼神。[④]

【注释】

①贾生：贾谊。　②宣室：汉未央宫正殿。逐臣：放逐之臣，指贾谊。贾谊于汉文帝时为大中大夫，为大臣所谗，贬往长沙。后来召见，文帝坐宣室，问鬼神之本，"贾生因具道所以然之状。至夜半，文帝前席"（《史记·贾生列传》）。　③前席：古人席地而坐，对方讲话，听得入神，便不自觉地向前移动。　④苍生：百姓。

【品评】

前两句为后两句作铺垫。汉文帝"求贤"而召回"逐臣"，可谓重视人才。而召回来的贾谊，又才调绝伦，可谓君臣遇合，必将在政治上大有作为。两层铺垫之后，突用"可怜"一转：听贾谊回答问题，直听到"夜半"，多次"前席"，听得何等入神！然而也只是徒然"前席"，因为他"不问苍生"而只"问鬼神"，贾谊也只能在回答关于鬼神的问题上施展"才调"而已！"逐臣"被"访"，尚不能真正发挥作用；压根儿不被"访"，又将何如？就重视人才、发挥人才作用的重大问题抒发谠论，而以唱叹出之，充满激情,故有艺术魅力,与抽象说教者有别。

隋宫

乘兴南游不戒严,九重谁省谏书函?①
春风举国裁宫锦,②半作障泥半作帆。③

【注释】

①省(xǐng):省察。 ②宫锦:皇宫使用的高级锦缎。③障泥:马鞯两旁的下垂部分,用以遮挡尘、泥。

【品评】

隋炀帝在他当政的十四年内,把绝大部分时间用于佚游享乐,挥霍民脂民膏。此诗举“南游”以概其余,收到了以少总多的艺术效果。

第一句单刀直入,点明“南游”。而以“乘兴”作状语,已将杨广贪图享乐、不惜民力、骄横任性、为所欲为的独夫行径暴露无遗。“不戒严”正是“乘兴”的一种表现形式,凭着自己高兴,想南游就南游,谁敢反对?有反对的,杀掉就是了。用不着“戒严”。一、二两句前呼后应,相互补充。既然“乘兴南游”,就只准助“兴”,不准扫“兴”。对于那些扫“兴”的“谏书”,连“函”套都不肯看上一眼。寥寥数字,活画出独夫形象。看《通鉴·隋纪》,便知大业十二年(616)杨广第三次南游,建节尉任宗上书极谏,被杖杀;奉信郎崔民象上表谏阻,亦被杀;行至汜水,奉信郎王爱仁谏阻,斩之而行。“九重谁省谏书函”,一方面揭露其一意孤行,另一方面指斥其不得人心。“忠臣”冒死谏阻,则民不堪命，怨声载道，已不言可知。

从作者的艺术构思看，在写了“乘兴”、拒谏之后，将通过写“南游”本身暴露其耗竭天下民力以供一己享乐的罪恶。然而只剩两句诗，又如何写？比方说：仅制造旌旗仪仗所需的羽毛、皮革、牙角之类，就逼得百姓四出搜求，“网罟遍野，水陆禽兽殆尽，犹不能给”。从这里写起行不行？不行，因为这无法包举南游全貌。各类“龙舟”数千艘，最大者高四层四十五尺，长二百尺，饰以金玉，巨丽豪华。从造船方面写起行不行？也不行，因为也无法包举“南游”全貌。杨广“南游”，水陆并进：水路“舳舻相继，连接千里，自大梁至淮口，联绵不绝。锦帆过处，香闻百里”；陆路“骑兵翼两岸而行，旌旗蔽野”。不论从制旗或造船方面写，都无法兼顾。

诗人只选“宫锦”而舍弃一切、又带动一切。“春风”一词，与“乘兴”呼应，为荒淫天子助“南游”之兴；又从反面揭示“举国”之人于农事倍增之时被迫废弃生产，忙于为天子“南游”而“裁”自己经过无数工序织出的锦缎！“裁宫锦”干什么？第四句作了回答：“半作障泥半作帆。”这真是石破天惊的警句，既表现了对于百姓血汗的痛惜，又从水陆两方面打开了读者的思路。只要联系首句的“乘兴南游”驰骋想像，则舳舻破浪、骑兵夹岸、锦帆锦鞯、照耀千里的景象，就历历浮现目前。而给人民造成什么灾难和给自己带来什么后果，俱见于言外。写杨广“南游”而于千汇万状中筛选“乘兴”、拒谏、特别是“举国裁宫锦”而略作点化，一气贯注，又层层深入。每一层次，都具有深刻的社会意义，可以唤起读者的联想，从而收到言有尽而意无穷的审美效果。

夜雨寄北①

君问归期未有期，巴山夜雨涨秋池。
何当共剪西窗烛，却话巴山夜雨时。②

【注释】

①寄北：一作“寄内”。“内”：指妻子。　②巴山：泛指巴蜀地区。

【品评】

第一句“君问归期未有期”，一问一答，先停顿，后转折，跌宕有致，极富表现力。翻译一下，那就是：“你问我回家的日期，唉，回家的日期嘛，还没个准儿啊！”其羁旅之愁与不得归之苦，已跃然纸上。接下去，写了此时的眼前景“巴山夜雨涨秋池”，那已经跃然纸上的羁旅之愁与不得归之苦，便与夜雨交织，绵绵密密，淅淅沥沥，涨满秋池，弥漫于巴山的夜空。然而此愁此苦，只是借眼前景而自然显现；作者并没有说什么愁，诉什么苦，却从这眼前景生发开去，驰骋想像，另辟新境，表达了“何当共剪西窗烛，却话巴山夜雨时”的愿望。其构想之奇，真有点出人意外。而设身处境，又觉得情真意切，字字如从肺腑中流出。“何当”（何时能够）这个表示愿望的词儿，是从“君问归期未有期”的现实中迸发出来的；“共剪”、“却话”，乃是由当前苦况所激发的对于未来欢乐的憧憬。盼望归后“共剪西窗烛”，则此时思归之切，不言可知；盼望与妻子团聚，“却话巴山夜雨时”，则此时独听“巴山夜语”而无人共语，也不言可知。独剪残烛，夜深不寐，在淅沥的巴山秋雨声中阅读妻子询问归期的信，而归期无准，其心境之郁闷、孤寂，是不难想见的。作者却跨越了这一切去写未来，盼望在重聚的欢乐中追话今夜的一切。于是，未来的乐，自然反衬出今夜的苦；而今夜的苦，又成了未来剪烛夜话的材料，增添了重聚时的乐。四句诗，明白如话，却何等曲折，何等深婉，何等含蓄隽永，余味无穷！

姚培谦在《李义山诗集》中评《夜语寄北》说："'料得闺中夜深坐，多应说着远行人'（白居易《邯郸冬至夜思家》中的句子，见前），是魂飞到家里去。此诗则又预飞到归家后也，奇绝！"这看法是不错的，但只说了一半。实际上是：那"魂""预飞到归家后"，又飞回归家前的羁旅之地，打了个来回。而这个来回，既包含空间的往复对照，又体现时间的回环对比。桂馥在《札朴》卷六里说："眼前景反作日后怀想，此意更深。"这着重空间方面而言，指的是此地、彼地、此地的往复对照。徐德泓在《李义山诗疏》里说："翻从他日而话今宵，则此时羁情，不写而自深矣。"这着重时间方面而言，指的是今宵、他日、今宵的回环对比。在前人的诗作中，写身在此地而想彼地之思此地者，不乏其例；写时当今日而想他日之忆今日者，为数更多。但把二者统一起来，虚实相生，情景交融，构成如此完美的意境，却不能不归功于李商隐既善于借鉴前人的艺术经验，又勇于进行新的探索，发挥独创精神。

上述艺术构思的独创性又体现于章法结构的独创性。"期"字两见，而一为妻问，一为己答；妻问促其早归，己答叹其归期无准。"巴山夜雨"重出，而一为客中实景，紧承己答；一为归后谈助，遥应妻问。而以"何当"介乎其间，承前启后，化实为虚，开拓出一片想像境界，使时间与空间的回环对照融合无间。近体诗，一般是要避免字面重复的，这首诗却有意打破常规，"期"字的两见，特别是"巴山夜雨"的重出，正好构成了音调与章法的回环往复之妙，恰切地表现了时间与空间回环往复的意境之美，达到了内容与形式的完美结合。王安石《与宝觉宿龙华院》云:“与公京口水云间,问月‘何时照我还?’邂逅我还(回还之还)还问月,‘何时照我宿钟山’?”杨万里《听雨》云:“归舟昔岁宿严陵,雨打疏篷听到明。昨夜茅檐疏雨作,梦中唤作打篷声。”这两首诗俊爽明快,各有新意,但在构思谋篇方面受《夜雨寄北》的启发,也是灼然可见的。

温庭筠(812—870)

本名岐,字飞卿,排行十六,太原祁(今山西祁县)人。好讥讽权贵,因此屡举不第,仅任方城尉、隋县尉、国子监助教等职。才思敏捷,八叉手成八韵,人称“温八叉”。诗与李商隐齐名,并称温、李。惟题材较狭,多数篇章以绮错婉媚见长,其成就远逊于李。其怀古七律气韵清拔,多含讽谕。绝句中亦不乏清灵疏秀的佳作。有《温飞卿诗集》,《全唐诗》存诗九卷。

商山早行[①]

晨起动征铎,[②]客行悲故乡。
鸡声茅店月,人迹板桥霜。
槲叶落山路,[③]枳花明驿墙。[④]
因思杜陵梦,[⑤]凫雁满回塘。

【注释】

①商山:在今陕西商洛市商州区东南。　②铎(duó):指车马的铃铛。　③槲(hú):落叶乔木。叶片冬天虽枯,仍留枝上,早春树枝发芽时始脱落。　④枳:灌木或小乔木,春季开白花。⑤杜陵:在长安南郊,作者曾寓居于此,有《鄠杜郊居》等诗。大中末年离杜陵外出宦游,作此诗,故诗中以杜陵为故乡。

【品评】

首句以“动征铎”表现一起床即上马赶路，铃铎声声，其辛苦匆忙之状宛然在目，故继之以“客行悲故乡”。赶路时还在“悲故乡”——为离开故乡而悲伤，那么在“茅店”过夜时，不用说也是想家的。这一点，在尾联作了照应和补充。三、四两句，历来脍炙人口。梅尧臣认为最好的诗应该“状难状之景如在目前，含不尽之意见于言外”，欧阳修请他举例，他便举出这两句，反问道：“道路辛苦，羁愁旅思，岂不见于言外乎?”（见欧阳修《六一诗话》）李东阳还从另一个角度指出这两句诗“人但知其能道羁愁野况于言意之表，不知二句中不用一二闲字，止提掇出紧关物色字样，而音韵铿锵，意象具足，始为难得”（《怀麓堂诗话》）。李东阳的论述，涉及充分利用汉语语法特点塑造意象的重要问题。汉语语法相当灵活，特别在诗歌语言中，主语、动词和一切表示语法联系的虚词都可以省略，纯用名词或名词片语构成诗句，有利于塑造意象，唤起读者的联想。把这两句诗分解为最小的构成单位，便是代表十种景物的十个名词：鸡、声、茅、店、月，人、迹、板、桥、霜。当然，“鸡声”、“茅店”、“人迹”、“板桥”，都是以“定语加中心词”的“偏正词组”形式出现的，但由于作定语的都是名词，仍然保留了名词的具体感。例如在“鸡声”中，作了“声”的定语的“鸡”，不是仍可以唤起引颈长鸣的联想吗? 这两句诗，正是筛选紧关“早行”的最富特征性的景物名词塑造意象，从而收到了“状难状之景如在目前，含不尽之意见于言外”的效果。欧阳修的“西风酒旗市，细雨落花天”、“鸟声梅店雨，野色板桥春”，陆游的“楼船夜雪瓜洲渡，铁马秋风大散关”，都取法于此。五、六句写离店过桥，刚踏上山路的情景。朝前走，槲叶纷纷飘落；回头看，因还未天亮，“茅店”看不分明，只有驿墙旁边的枳花白得显眼。由此引出结句：昨夜在“茅店”中梦见杜陵：凫雁成群，在池塘里嬉游，自得其乐。与首联呼应、补充，使梦中的故乡春景与旅途苦况形成强烈的对照,强化了全诗的艺术感染力。

南歌子词二首　其一

井底点灯深烛伊,[1]共郎长行莫围棋。[2]
玲珑骰子安红豆,[3]入骨相思知不知?

【注释】

①"井底"句:烛:灯烛,作动词用,是"照"的意思;这里又是"嘱"的谐音。伊:他,即下句的"郎"。　②"共郎"句:长行:古代的一种赌博游戏,用不同色彩的骰子投掷以判输赢。围棋,下棋游戏;又是"违期"的谐音。　③"玲珑"句:骰子:通常叫"色子",赌博用具,正方立体六面,每面分刻一至六点,凡涂红色的点子,也可嵌入红豆。安:嵌。红豆:又名相思子,详见王维《相思》注。

【品评】

这首诗,最大限度地运用了谐声双关的民歌手法,为"刻骨相思"找到了一种新颖的象征符号。谐声双关主要见于民间情歌,其原因大约在于谈情说爱,有些话不便明言,故设法讲得隐秘些。惟其隐秘,故有特殊风味。这首诗,便是一个例证。全诗是以女主人公向男主人公讲话的形式写出的。先看表面上的意思:

我就像井底下点蜡烛,深深地照着你。
我愿跟你永远在一起走,可别独自去围棋。
就像把红豆安在玲珑的骰子里,

我那入骨的相思啊,你知也不知?

再看骨子里的意思。我深深地嘱咐你:我要跟你玩博戏,可别误了约好的日期!下两句,表面上和骨子里的意思相同。不论从哪一方面看,全篇意思贯通,都有点诗味。其在谐语双关的大量运用方面表现出的巧妙构思,也能给人以趣味感和新鲜感。如管世铭《读雪山房唐诗钞凡例》所说:"温飞卿'玲珑骰子安红豆,入骨相思知不知',古趣盎然,勿病其俚与纤也。"当然不能与刘禹锡"东边日出西边雨,道是无晴却有晴"相提并论。

陆龟蒙(？—881？)

字鲁望，吴郡(今江苏苏州)人。举进士不第，归隐松江甫里，自号甫里先生、天随子、江湖散人。与皮日休酬唱，世称皮、陆。古体诗取法韩愈，近体学温、李清新流利一路而自具面目。有《甫里集》，《全唐诗》存诗十四卷。

新　沙①

渤澥声中涨小堤，②官家知后海鸥知。
蓬莱有路教人到，应亦年年税紫芝。③

【注释】

①新沙：海边新淤积出的一块沙洲。　②渤澥：海的别支，指小海。　③"蓬莱"二句：蓬莱、方丈、瀛洲，相传是海中仙山。紫芝：灵芝的一种，据说吃了它可以长生不老。《十洲记》载："方丈洲在东海中心，群仙不欲升天者，皆往来此洲。仙家数十万，耕田种芝草。"

【品评】

这首小诗从一个崭新角度揭露官府横征暴敛，无所不至。前两句是写实，后两句是推想。前两句写实，却写得含蓄。海涛声中涨出了一条小小的沙堤，这就是题中所说的"新沙"。因为"新"，就连常在海边飞来飞去的沙鸥，也是过了一段时间才知道的；可是"官家"却早在海鸥知道之前就已经知道了。至于

“官家”知道后干些什么，没有说，所以称得上含蓄。但当你读到结句“税紫芝”，你的想像力就立刻活跃起来，诗人前面没有说的许多情景同时就在你眼前闪现：海边一出现“新沙”，逃亡的农民就赶来开荒，“官家”就赶来收税。后两句，是以前两句所写的事实为根据作出的推想：既然海边的“新沙”也来征税，那么海中的蓬莱如果有一条路能够让人走到的话，大约神仙们种的紫芝，也免不了年年纳税吧！

推想虽然新奇，却合逻辑地反映了最本质的真实：不管你在任何地方种任何东西、干任何营生，只要有路可通，都要征税，无所逃于天地之间。陶渊明曾经幻想过“秋熟靡王税”的桃花源，生活在“通津达道者税之，莳蔬艺果者税之，死亡者税之”（《旧唐书·食货志（上）》）的晚唐时代的陆龟蒙，连这样的幻想也破灭了。一首七绝，从崭新的角度切入，用崭新的手法表现，揭露暴政苛敛，入木三分。这与诗人的艺术独创有关，也与晚唐的政治背景有关，其特殊的时代烙印是显而易见的。

皮日休(834? —883?)

字逸少,后改袭美,襄阳(今属湖北)人。早年隐于鹿门山,自号醉吟先生、鹿门子。咸通八年(867)进士。僖宗乾符二年(875)任毗陵副使,不久,被黄巢“劫以从军”。黄巢称帝,署为翰林学士。诗与陆龟蒙齐名,多抨击时弊、关心民瘼之作。其《正乐府》诸什上承白居易《新乐府》,尤著名。有《皮子文薮》,《全唐诗》存诗九卷。

橡媪叹[1]

深秋橡子熟,散落榛芜岗。[2]
伛伛黄发媪,[3]拾之践晨霜。
移时始盈掬,[4]尽日方满筐。
几曝复几蒸,用作三冬粮。
山前有熟稻,紫穗袭人香。
细获又精舂,粒粒如玉珰。[5]
持之纳于官,私室无仓箱。
如何一石余,[6]只作五斗量?
狡吏不畏刑,贪官不避赃。
农时作私债,[7]农毕归官仓。
自冬及于春,橡实诳饥肠。
吾闻田成子,诈仁犹自王。[8]
吁嗟逢橡媪,不觉泪沾裳。

【注释】

①橡媪(ǎo):拾橡子的老妇人。 ②榛(zhēn)芜岗:草木丛生的山岗。 ③伛(yǔ)伛:弯腰驼背。 ④移时:过了好久。盈掬:满把。 ⑤玉珰:玉制的耳坠。这里用以比喻米粒的晶莹洁白。 ⑥一石(dàn):十斗。 ⑦“农时”句:贪官狡吏趁农民需要种子的时候把官仓里的粮食拿出来放私债。 ⑧“吾闻”二句:田成子,即春秋时齐国宰相田常,他为了收买人心,曾以大斗贷出粮食,以小斗收进,故民众歌颂他。后来他的子孙取得了齐国的王位。

【品评】

这是《正乐府》十首的第三首。《正乐府·序》云:“诗之美也,闻之足以劝乎功;诗之刺也,闻之足以戒乎政。”说明他是自觉继承白居易“美刺比兴”传统的。《正乐府》收入他早年自编的《皮子文薮》,作于唐末农民大起义前夕。这首诗用质朴的语言,叹息的声调,写实的手法,通过“橡媪”的悲惨生活,反映了唐末吏治的极端腐败和对广大农民敲骨吸髓的剥削,令人感到农民大起义的风暴即将来临。

聂夷中(837—884?)

字坦之,河东(今山西永济)人。懿宗咸通十二年(871)进士。后补华阴县尉。以五言古诗见长,多关心民生与讽谕时世之作。《全唐诗》存诗一卷。

咏田家

二月卖新丝,五月粜新谷。[1]
医得眼前疮,剜却心头肉。
我愿君王心,化作光明烛。
不照绮罗筵,[2]只照逃亡屋。

【注释】

①粜(tiào):出卖粮食。 ②绮罗筵:坐满穿华贵衣服的人的筵席。

【品评】

这首五言古诗,以简练的语言,真实、生动地反映了晚唐社会的典型情况。田家的劳动果实可以变钱的,只有"丝"和"谷"。二月,蚕丝还未缫成,五月,稻谷还未上市,却不得不低价预先卖掉一年的劳动果实。劳动果实还未收获,却已经全部为高利贷者所占有。诗人以"医得眼前疮,剜却心头肉"的贴切比喻表述了这种惨象,读之动人心魄。田家为什么要低价预卖丝谷,前面没有明说,但后四句希望“君王”之心化为明烛“只照逃亡屋”,就明确地告诉人们:田家之所以忍痛“剜却心头肉”,是由于不得不用“心头肉”去“补”苛捐杂税的千疮百孔。到那千疮百孔无法补足的时候,就被迫逃亡。迫于官府与高利贷者的双重压榨,晚唐农民大量逃亡,乃是遍及全国的严重现象。诗人以“绮罗筵”反衬“逃亡屋”,渴望引起最高统治者的注意,其治国济民的责任感值得钦敬;但那“君王”之“心”,又怎能“化作光明烛”呢?《唐诗别裁》卷四评云:“唐时尚有采诗之役,故诗家每陈下民苦情,如柳州《捕蛇者说》,亦其一也。此诗言简意足,可匹柳文。”

杜荀鹤(846—904)

字彦之,号九华山人,排行十五,池州石埭(今安徽石台)人。昭宗大顺二年(891)进士。田頵镇宣州,辟为从事。天复三年(903),为頵赴大梁通好朱温,为温所喜,表授翰林学士。生长农村,遭逢乱离,善用近体诗反映民间疾苦、抨击社会黑暗,语言通俗、风格清新,后人称"杜荀鹤体"。有《唐风集》,《全唐诗》存诗三卷。

再经胡城县①

去岁曾经此县城,县民无口不冤声。
今来县宰加朱绂,②便是生灵血染成。③

【注释】

①胡城县:故城在今安徽阜阳市北。 ②县宰:县令。朱绂(fú):系官印的红色丝带,然唐诗中多用以指绯衣。唐制五品服浅绯,四品服深绯。 ③生灵:生民。

【品评】

这首诗对于典型现象的高度概括,是通过对于"初经"与"再经"的巧妙安排完成的。写"初经"时的所见所闻,只从"县民"方面落墨;是谁使得"县民无口不冤声"?没有写。写"再经"时的所见所闻,只从"县宰"方面着笔;他凭什么"加朱绂"?

也没有说。在摆出这两种典型现象之后，紧接着用“便是”作判断，而以“生灵血染成”作为判断的结果。“县宰”的“朱绂”既是“生灵血染成”，那么“县民无口不冤声”正是“县宰”一手造成的。而“县宰”之所以“加朱绂”，是由于屠杀了无数冤民。在唐代，“朱绂”(指深绯)是四品官的官服，“县宰”而“加朱绂”，表明他加官受赏。诗人不说他加官受赏，而说“加朱绂”，并把“县宰”的“朱绂”和百姓的鲜“血”这两种颜色相同而性质相反的事物联系起来，用“血染成”揭示二者的因果关系，就无比深刻地揭露了统治者与民为敌的本质。结句引满而发，不留余地，但仍然有余味。“县宰”未“加朱绂”之时，权势还不够大，腰杆还不够硬，却已经逼得“县民无口不冤声”；如今因屠杀冤民而立功，加了“朱绂”，权势更大，腰杆更硬，他又将干些什么呢？试读诗人在《题所居村舍》里所说的“杀民将尽更邀勋”，便知这首诗的言外之意了。

山中寡妇

夫因兵死守蓬茅，[①] 麻苎衣衫鬓发焦。
桑柘废来犹纳税，[②] 田园荒后尚征苗。[③]
时挑野菜和根煮，旋斫生柴带叶烧。[④]
任是深山更深处，也应无计避征徭。[⑤]

【注释】

①蓬茅：草屋。 ②桑柘(zhè)：桑树叶、柘树叶都可喂蚕。 ③征苗：征收农业税。 ④旋：同“现”。斫(zhuó)：砍。 ⑤征徭：赋税和劳役。

【品评】

唐末军阀割据混战，社会动荡，人民苦难更加深重。此诗只用白描手法描写了“山中寡妇”的悲惨遭遇，却具有以个别见一般的典型意义。军阀割据、混战危及唐王朝的统治，因而要征兵打仗、修筑栅寨。诗人在《乱后逢村叟》中写道：“因供寨木无桑柘，为点乡兵绝子孙。”又在《题所居村舍》中写道：“蚕无夏织桑充寨，田废春耕犊劳军。”这一类诗句，都可作《山中寡妇》的注脚。首句“夫因兵死”，说明诗中女主人公因丈夫被“点”为“乡兵”作战丧命，沦为“寡妇”，独自在死亡线上挣扎。“桑柘废”，不外是被砍去“供寨木”，但仍然要纳税；“田园荒”，当然由于缺种子、无劳力，但仍然要交租。因此，她只能挑些野菜，连菜根一起煮了吃；砍些树枝，来不及晒干，连树叶一起烧。住的是茅草房，穿的是麻苎衣。丈夫既然能被抓去当兵，可见他还年轻，但她的形容，却是“鬓发焦”，被煎熬得不像人样了。尾联就题目中的“山中”落墨，从个别扩展到一般，写出了千古传诵的名句。“任是深山更深处，也应无计避征徭”，与陆龟蒙的“蓬莱有路教人到，亦应年年税紫芝”，可谓异曲同工。但陆龟蒙只讲“税”，这里既讲“税”、又讲“徭”。“徭”通常指劳役，然从首句的“夫因兵死”看，诗人所用的“徭”还包括兵役。“无计避征徭”，确切地概括了唐末人民苦难的时代特征。

郑　谷(851? —910?)

字守愚,袁州宜春(今属江西)人。光启三年(887)进士,历官鄠县尉、右拾遗、都官郎中,时称郑都官。以《鹧鸪诗》出名,时称郑鹧鸪。其诗清婉晓畅,时有佳句。绝句风神绵邈,犹有盛唐余韵。有《云台编》,《全唐诗》存诗四卷。

淮上与友人别

扬子江头杨柳春,[①]杨花愁杀渡江人。
数声风笛离亭晚,[②]君向潇湘我向秦。

【注释】

①扬子江:长江。　②离亭:即长亭、短亭,古代驿站。

【品评】

从《诗经·小雅·采薇》以来,"杨柳"越来越成为诗歌中借以抒写离情别绪的典型景物。此诗通篇不离杨柳,别饶韵味。首句中的"扬子江头"点离别之地,"杨柳"是眼前景。"春"字既点离别之时,又为"杨柳"传神绘色。只提"杨柳"而不作具体描写,形象似乎不够鲜明;但把它和"扬子江头"联系起来、和"春"联系起来,就会通过读者的生活经验唤起丰富的想像:千万缕嫩绿的柳丝随风摇曳,或拖在岸上,或漂在水里;千万朵雪白的杨花随风飘扬,或扑落江面,或飞向远方;而江南江北的阳春烟景,也会在你面前展现出迷人的图画。第二句的"渡江人"扣题目中的“与友人别”,“杨花”则紧承“杨柳春”而来。“杨柳春”三字兼包柳丝与杨花。诗人单拈“杨花”,只说它“愁杀渡江人”,既可使读者想像到杨花之濛濛、漫漫,又可使读者联想到柳丝之依依、袅袅。不然怎么会“愁杀渡江人”?“愁”本是个抽象的概念,但在这里,“渡江人”的“愁”是由离别之时所见所感的客观景物引起的,所以它并不抽象。不是吗?两位亲密的朋友即将分手,依依的柳丝牵系着惜别的情感,四散的杨花撩乱着伤离的意绪。在这种场合用“愁杀”二字概括“渡江人”的心理活动,只会提高情景交融的艺术境界,而不会产生概念化的缺点。三、四两句撇开了“杨柳”,怎样和一、二两句联系起来呢?其实,那只是字面上撇开了“杨柳”,而在“数声风笛”里却再现了“杨柳”。古代有一种《折杨柳曲》,是用笛子吹奏的。北朝乐府民歌《折杨柳歌辞》云:“上马不捉鞭,反折杨柳枝。蹀坐吹长笛,愁杀行客儿。”可以使我们了解这种笛曲的情调。这种笛曲,唐代仍然普遍流行。王之涣《凉州词》中的“羌笛何须怨杨柳”,杜甫《吹笛》中的“故园杨柳今摇落,何得愁中却尽生”,都指《折杨柳曲》而言。李白《春夜洛城闻笛》所写的“谁家玉笛暗飞声,散入春风满洛城;此夜曲中闻折柳,何人不起故园情?”使我们对这种笛曲的情调有了更多的了解。和一、二两句联系起来看,第三句“数声风笛”所传来的,正是撩动“故园情”、“愁杀行客儿”的《折杨柳曲》。当两位朋友于柳丝依依、杨花濛濛中话别的时候,又飘来“数声风笛”,唤起了柳丝依依、杨花濛濛的听觉形象,与晃动在眼前的视觉形象融合为一,又会引起什么感触呢?

“离亭晚”中的“晚”字很重要。它既充分表现了惜别之情,又为下一句补景设色。两位朋友在“离亭”话别而不愿分别,直留连到天“晚”,终于不得不在暮霭沉沉、暮色苍茫中分手上路,各奔前程了。“君向潇湘我向秦”,茫茫别意,都从两个“向”字传出,令人黯然销魂。明人谢榛却认为此结“如爆竹而无余音”，因而移作起句，将全诗改为“君向潇湘我向秦，杨花愁杀渡江人。数声长笛离亭晚，落日空江不见春”（《四溟诗话》卷一），未免点金成铁。

明清诗评家多认为此诗有盛唐风韵。沈德潜把它和被几位诗评家分别推为唐人七绝“压卷”的“秦时明月”、“渭城朝雨”、“黄河远上”、“朝辞白帝”等并列（《说诗晬语》卷上），是当之无愧的。著名的《鹧鸪》诗第二联“雨昏青草湖边过，花落黄陵庙里啼”颇有神韵，但从全篇看，还不如此诗完美。

韦　庄(836—910)

字端己,京兆杜陵(今陕西西安市长安区东南)人。韦应物四世孙。乾宁元年(894)进士。授校书郎、迁右补阙。天复元年(901)入蜀,为西川节度使王建掌书记。前蜀建国,王建称帝,官至宰相。为晚唐五代杰出词人,与温庭筠并称温、韦。诗风清新秀朗,多写飘泊流离之感。《秦妇吟》长篇叙事诗最著名,因被称为“《秦妇吟》秀才”。七绝亦多佳什。有《浣花集》,《全唐诗》存诗六卷。

长安清明

早是伤春梦雨天,可堪芳草正芊芊!
内官初赐清明火,① 上相闲分白打钱。②
紫陌乱嘶红叱拨,③ 绿杨高映画秋千。
游人记得升平事,暗喜风光似昔年。

【注释】

①“内官”句:寒食节禁举烟火,第三天即清明节,钻榆柳之火以赐近臣。见《唐辇下岁时记》。　②“上相”句:上相:宰相的尊称。白打:古代的足球游戏。唐时宫女于寒食节举行白打,可得奖金。　③紫陌:宫城大道的美称。红叱拨:良马。天宝中大苑国贡红叱拨。这句写贵臣们朝见皇帝后乘车回府。

【品评】

此诗作于乾宁元年(894)登进士第前后。在此之前,黄巢军攻陷长安,李克用又曾进入,长安遭到严重破坏,满目凄凉。这首诗在艺术构思方面的新颖之处,在于不像作者的另一些诗篇和同时诗人的多数诗篇那样从正面描写京城的残破景象。而是用游人的“暗喜”反衬自己的“伤春”。其反衬的方式,也匠心独运,破尽前人窠臼。首联写自己“伤春”。已是寒食、清明时节,繁花即将凋谢。如果遇上风雨,便立刻出现“花落知多少”的惨象。“梦雨”一词,蕴涵诗人生怕风雨袭来的殷忧。“芳草正芊芊”写京城中野草茂密,与杜甫《春望》“城春草木深”同一含义。前加“可堪”益增感伤。从季节上说,芳草芊芊,意味着春天即将消逝;万一风雨袭来,仅剩的一点春天就全被葬送。当时唐王朝虽在长安恢复了政权,但正处于风雨飘摇之中。两句诗,赋比兴并用,把“伤”季节之“春”与“伤”政治之“春”融合无间,令人萌发无限联想。尾联写游人“暗喜”。“喜”什么?“喜”眼前“风光”有“似”昔年“升平”时代的“风光”。写到这里,便戛然而止。

粗读一遍,会以为游人记忆中的“升平”风光究竟是什么,诗人全未描写。细读几遍,便知诗人不仅写了,而且写得很具体、很热闹;与此同时,不禁赞佩诗人章法结构之巧。原来尾联是中间两联的引申。看中间两联,便知清明时节:内官赐火;宫女白打;上相分钱;达官显宦们上朝下朝,车骑络绎,紫陌上红马“乱嘶”,一片欢腾;绿杨掩映,美女们踩动秋千,荡来荡去,荡得很高。在偌大京城里,就只有这么一点“风光似昔年”,使“记得升平事”的游人为之“暗喜”!把这种“暗喜”和首联的“伤春”联系起来,便立刻把全诗的思想境界提升到新的高度,引人深思。

古离别①

晴烟漠漠柳毵毵，② 不那离情酒半酣。③
更把玉鞭云外指，④ 断肠春色在江南。

【注释】

①古离别：乐府《杂曲歌辞》。 ②毵毵：细长貌。 ③不那：无奈。 ④云外指："指云外"的倒置。

【品评】

首句写阳春烟景如在目前，但非单纯写景。读次句，便知首句所写，乃饯别筵席上所见，景中已寓"离情"。当酒已半酣，人将上马之时，以情观景，则"晴烟漠漠"，"离情"已随之"漠漠"无际；"柳"丝"毵毵"，"离情"已随之"毵毵"撩乱。第三句以"更"字领起，推进一步，写已经上马的行人手持"玉鞭"，遥指"云外"——行人要去的地方，"杂花生树，群莺乱飞"的江南"春色"，便在想像中浮现。饯别之地的"春色"已令人"不那"，江南"春色"更浓更艳，能不令人"断肠"吗？

全诗以丽景衬离情。虚实相生，情景交融，辞采秾艳，笔致空灵。首句以"晴烟漠漠柳毵毵"实写饯别之地的"春色"；结句以"断肠"虚写行人要去的江南"春色"。中间用"玉鞭"绾合前后。"玉鞭"一"指"，行人与饯行者即从此分手，而两地"春色"，则在眼前与想像中连成一片。"春色"无边，"离情"无尽。

韩　偓(842—923)

字致光，小名冬郎，自号玉樵山人，京兆万年(今陕西西安)人。龙纪元年(889)进士。历任左拾遗、左谏议大夫、翰林学士、中书舍人、兵部侍郎等职，昭宗待以心腹，屡欲拜相，固辞不受。后为朱温排挤，贬濮州司马，再贬荣懿尉，徙邓州司马。后挈族入闽而卒。其父韩瞻与李商隐连襟，偓幼年赋诗，李有“雏凤清于老凤声”之誉。七律多抒写忠愤，深得杜甫、李商隐神味，绝句清丽婉约，托兴深远。有《玉樵山人集》，《全唐诗》存诗四卷。

故　都①

故都遥想草萋萋，上帝深疑亦自迷。
塞雁已侵池籞宿，②宫鸦犹恋女墙啼。③
天涯烈士空垂涕，④地下强魂必噬脐。⑤
掩鼻计成终不觉，⑥冯驩无路学鸣鸡。⑦

【注释】

①故都：指长安。朱温于天祐元年(904)迫昭宗迁都洛阳。朱温乃黄巢军叛徒，以屠杀百姓起家。天祐四年篡唐自立，国号梁。　②池籞：池周插竹条，用绳结网。　③女墙：宫墙上的墙垛。　④天涯烈士：作者自指，他被朱温排挤出京，唐亡时流寓福建，故自称天涯烈士。烈士，古代对义烈之士的通称，不论

存亡。 ⑤“地下”句：光化三年(900)，宰相崔胤为铲除宦官，召朱温率兵自大梁入长安，自此大权落入朱温之手，崔胤及忠于唐室者多被杀。地下强魂：即指崔胤等被害者。噬脐：以人不能咬到自己的肚脐比喻追悔不及，典出《左传·庄公六年》。 ⑥“掩鼻”句：谓朱温篡唐之计已成，而人们终未觉察。掩鼻计，典出《韩非子·内储说》：魏王给荆王赠了一位美女，荆王的夫人郑袖告诉她：“王很喜欢你，但讨厌你的鼻子，你见王时掩住鼻子，他就永远宠爱你了。”美女接受建议，每见王，常掩鼻。荆王问郑袖：“新人一见我就捂鼻子，为什么？”郑袖说：“她最近常说害怕闻王的臭气。”荆王愤怒，割掉她的鼻子。 ⑦“冯驩”句：慨叹自己远在天涯，无法使昭宗脱险。学鸣鸡：典出《史记·孟尝君列传》：孟尝君入秦被困，逃回齐国，半夜至函谷关。按照规定，鸡鸣始开关门，孟尝君门客冯驩学鸡叫，附近的鸡也跟着叫，孟尝君乃得半夜出关，未被秦兵追及。

【品评】

朱温迁都洛阳，弑昭宗，废哀帝而自建梁朝。此诗作于迁都之后，当时诗人正流寓福建。全诗以“故都遥望”领起，先推出“草萋萋”的总镜头和“塞雁”、“池籞”、“宫鸦”、“女墙”等分镜头，而以“自迷”、“已侵”、“犹恋”涂上浓重的感伤色彩。京城长安，当日何等繁华，如今处处长遍萋萋野草，不见人烟，倘“上帝”下临，也会深感迷惘，疑惑这并非大唐京都。宫中池苑，禁籞森严，如今竟被塞雁侵入，任意栖宿。总之，一切都面目全非，只有几只“宫鸦”还留恋宫墙，在雉堞上悲啼。第三联忽于低回哀叹中振起，以“空垂涕”结前四句，抒发了“天涯烈士”报国无路的愤激之情；以“必噬脐”启后两句，通过崔胤必追悔于地下的设想，表现了虽死亦为“强魂”、与逆贼势不两立的慷慨之志。尾联承“噬脐”作结，上句写朱温伪装效忠唐室，恨未及早识破；下句以冯驩尚能效鸣鸡使孟尝君脱险作反衬，表现昭宗被迫迁都，已失去自由，而自己却一筹莫展的悲痛心情。前半写遥想中的故都破败景象，即景抒情，无限凄惋。第三联忽掀巨浪，大声震天。如清人吴汝纶指出："提笔挺起作大顿挫。凡小家作感愤诗，后半每不能撑起，大家气魄，所争在此。"（《韩翰林集》评语）尾联借典故述今事，而以"终不觉"、"无路学"紧贴自身，慷慨欲报之意，情见乎词。

韩偓七律，取法杜甫、李商隐而能自具面目，纵横变化，沉郁顿挫，造语妍练，律对精切，其感愤时事之作，尤深挚勃郁，凄切感人。如吴北江所评："晚唐唯韩致尧为一大家。其忠亮大节，亡国悲愤，具在篇章，盖能于杜公外自树一帜。"（高步瀛《唐宋诗举要》卷五引）

自沙县抵龙溪，值泉州军过后，村落皆空，因有一绝[①]

水自潺湲日自斜，尽无鸡犬有鸣鸦。
千村万落如寒食，[②]不见人烟空见花。

【注释】

①沙县、龙溪、泉州：俱在今福建省境内。泉州军：指割据福建中部的藩镇武装。　②如寒食：像寒食节禁烟火那样不见炊烟。

【品评】

此诗作于后梁开平四年（910）。首句用两"自"字，慨叹只有"水"之"潺湲"、"日"之西"斜"能够"自"主，不受人事巨变的影响，反衬"村落皆空"。次句以"有"衬"无"。"鸡犬"乃人家所饲养，连"鸡犬"都被杀光，老百姓哪能幸存？乌"鸦"乃野禽，能在高空飞翔，因而尚有存者；但也由于觅食维艰，哀哀鸣叫。第三句以"千村万落"表现洗劫范围之广，以"如寒食"表现洗劫程度之惨。结句以"见"衬"不见"。"不见人烟"，与"无鸡犬"拍合；"空见花"，与"有鸣鸦"及"潺湲"之"水"、西"斜"之"日"拍合。合拢来，便是这样一幅图画：从人事方面看，"千村万落""无鸡犬"，"不见人烟"；从自然方面看，斜日西驰，流水潺湲，饥鸦哀鸣，残花寂寞。以自然衬人事，倍感荒凉，令人怵目惊心，不忍卒读。从残唐军阀混战至五代纷争，杀戮之惨，世所罕见。这首诗以寥寥二十八字勾画出一幅缩影，具有深刻的现实意义。